講談社文庫

邪心

警視庁犯罪被害者支援課2

堂場瞬一

講談社

目次

邪心

警視庁犯罪被害者支援課2

流出

第一部

1

「村野《むらの》さん――村野秋生《あきお》さん」

呼ばれて、私は立ち上がった。途端に、左膝に鋭い痛みが走る。太い針を刺されたような感じ。病院での待ち時間にずっと同じ姿勢で座っていたので、関節が固まってしまったのだろう。動かさないのがよくないのは分かっているのだが……足を引きずりながら診察室のカーテンを引くと、ずっとこの膝の面倒を見てくれている医師の長《なが》井《い》が、渋い表情を浮かべて待っていた。目の前にはレントゲン写真。自分の膝の様子を見るのはあまり気持ちがいいものではないのだが、と思いながら、私は椅子を引いて座った。

「相変わらずだね」

「違います。悪化してるんですよ」私は思わず反論した。

「素人判断はよくないなあ」

「痛いので」思わず弱音が口をつく。「実際、きついんですよ。だから病院に来たんですから」

「だったら、いよいよ手術する？」長井がさらりと言った。私より十歳ほど年長で、頼りになるのだが、時々脅すような口調になるのは困りものだ。「手術」の話が出るのは何度目だろうか。その都度拒否してきたのだが、そろそろ限界、という感じでもある。

「手術したとして、復帰できるまでにどれぐらいかかりますか」

「リハビリをどれだけ頑張るかによるけど、最低でも一か月や二か月は見ておかないと。歩き回ることが多い仕事だから、完全に治してから復帰しないと、元《もと》の木阿弥《もくあみ》だよ」

「二か月って……」私は思わず絶句した。そんなに長く仕事から離れられるわけがない。怪我した直後ならともかく、今さらという感じもあった。「普通に仕事しながらリハビリはできないんですか」

「無理」長井が即座に言った。「手術してしっかり休んでリハビリするか、一生薬で誤魔化《ごまか》し続けるか、どっちかだね」

毎回この繰り返し……私は早くもうんざりしてきた。事故の後遺症であるこの膝の痛みは、雨が近い時や、季節の変わり目などにひどくなる。特に秋から冬にかけて、そして春が来る頃だ。しかし不思議なことに今回は、残暑が長引く九月なのに痛みがひどくなっている。

「このままだと、本当に杖が手放せなくなるよ」長井が脅した。

「杖ね……ついでに、仕込み杖にしてもらうわけにはいきませんか」

「あなたの仕事では必要ないでしょう。だいたい私の仕事は、杖を作ることじゃないし」長井が溜息《ためいき》をつく。「まあ、杖が必要になる可能性は六十五パーセントぐらいかな」

「ずいぶん中途半端ですね」しかし、五分五分よりは可能性が高いわけか……。

「まだ軽口を叩く余裕があるなら、大丈夫でしょう……とにかく、いつもの痛み止めを出しておきます。もしも手術を受ける決心がついたら、いつでも言って下さい。あなたの膝を切り開きたくて、うずうずしてるんだ。外科医としての大きなチャレンジになるんでね」

「勘弁して下さい」私は思わず身震いした。手術の際は部分麻酔で、しっかり手術シーンを見せてやる、というのが長井の口癖である。どうもサドっ気があるようだ。ついでにスプラッター趣味も。

「死体に慣れてる人が、手術ぐらいで怖気《おじけ》づくとはね」長井が鼻を鳴らした。

「それとこれとは別です。自分の体なんですよ」

「はいはい」急に興味をなくしたように、長井がカルテに視線を落としてしまった。

去るべきタイミングだとは分かっていたが、何となく立ち上がれない。彼にもう一太刀浴びせたいのか、せめて優しい言葉をかけて欲しいと思っているのか、自分でも分からなくなってしまっていた。

「先生……」

「はいはい、終わったらさっさと帰る」

長井がカルテを見たまま、冷たい口調で言った。むっとして立ち上がったところで、長井がちらりと私を見る。

「いつまでも自分を苦しめる必要はないと思うけどね」

「いや、それは……」

「人間は記憶する生き物だ」長井が指先で頭を突いた。「苦しい記憶は、肉体の痛みよりもずっときついんですよ。自分を罰するつもりなら、それで十分じゃないかな」

「記憶力が悪いんですよ。頭より体のタイプなので」私は肩をすくめてから一礼した。

そう、私は頭が悪い。肉体に刻みつけられた痛みを感じることでしか、教訓を得られないのだから。問題は、時に痛みに負けて、病院に駆けこんでしまうことだ。痛みを記憶していなければならないのに、痛みを消したい——我ながら、大いに矛盾していることは分かっている。

実感しているだけましなのだ、といつも自分に言い聞かせていた。

私が勤務する警視庁総務部犯罪被害者支援課は、それほど忙しい部署ではない——普段は。業務は犯罪被害者に対するケアや、一線の警察官に対する教育、指導。何か事あれば現場へ出動するのだが、大抵は所轄の支援員が動いて解決してしまう。逆に言えば、支援課本体が出て行くことになったら、大変な事件・事故ということだ。このところの支援課はずっと、「休め」の日々が続いていた。一月以上も現場に出動していない。足には負担がかかっていないのに膝が痛くなるのだから、実に割に合わない話だ。暑過ぎるせいではないか、と私は密かに分析している。あまりにも暑いので、体のバランスが崩れて、膝にも皺寄《しわよ》せがきたのかもしれない。支援課の部屋に行く前に、私はトイレにこもってきついサポーターを膝にはめた。これで締めつけると、取り敢えず痛みを和らげることはできる。

支援課に入ると、同僚の松木優里《まつきゆり》が疑わしげな視線を向けてきた。切れ長の目でそんな風に見られると、悪さを非難されているような気分になる。

「何で来たの」

いきなりの第一声に苦笑しながら、私は自席に腰を下ろした。

「何でって、別に休みでもないし。朝方病院に行ってただけじゃないか」

「今日は休んでも平気だったのに。有給、溜まってるんでしょう？」

「いや、これから何かあるかもしれないし」

「統計的には、夏は事件が少ない時期よ」優里が肩をすくめる。

「その手の統計はあてにならないと思うけどな」

「それで、検査結果は？」優里があっさり話題を変えた。

「手術を勧められたけど、断った」

「怖いから？」

「もちろん」彼女に嘘をついても始まらない。同期だし、支援課でも長くデスクを並べている。大抵のことは見透かされているのだ。

「男の人は痛みに弱いって言うわね」

「それは認める」私は肩をすくめた。ついでに言えば精神的にも弱い。これまで多くの犯罪被害者を見てきたが、家族や恋人、友人を亡くしたショックを長く引きずるのは圧倒的に男だ。女性は、初期のショックは激しいものの、最初に泣き叫んで取り乱した後は、ある程度乗り越えてしまうことが多い。もちろん、必ずしもそうではないから、支援課が必要になってくるのだが。

「いい加減、決断すべきかもしれないわね。いつまでもそのままじゃまずいでしょう」

「そうかもしれないけど、リハビリに一か月か二か月、かかるそうだ。そんなに長い間、現場を離れていられないよ」

「あなた一人がいなくても、十分仕事は回るわよ」

「ずいぶん低く見られたな」

「単なる事実」

いつもの軽口。その間、優里がまったく表情を崩さなかったのもいつも通りだ。

「彼女の笑顔を見られれば、一日ついている」というジンクスが私にはある——つまり、私の毎日はほぼアンラッキーということだ。

電話が鳴った。優里が長い手を伸ばし——身長百七十センチに見合った長さだ——受話器を取った。

「はい、支援課……ああ、西原《にしはら》」

　私は思わず立ち上がった。電話の相手が、公益社団法人の「東京被害者支援センター」で働く西原愛《あい》だとすぐに分かったから。何を勘違いしているのか、優里は私と別れた恋人の愛を、ことあるごとにくっつけたがっている。優里は優秀な警察官ではあるが、恋愛に関しては間違いなく素人だ。人の気持ちがまったく分かっていない。

「西原だけど、あなた、話す？」

　優里が受話器を肩に押し当て、私に声をかけてきた。私は苦笑しながら首を横に振り、「任せるよ」と言って自分のロッカーに向かった。愛がここへ電話してくる時は仕事に決まっているのだから、誰が受けても同じことだ。

　背広の上衣をハンガーにかけながら、優里の声に聞き耳をたてた。馬鹿でかい声ではないが、よく通る。

「うん……ああ、なるほど……まだ迷ってるわけね？　それは、センターとしては処置に困るわね」

　何となく、会話の内容が想像できた。民間組織である支援センターは、被害者や被害者家族にとっての「駆け込み寺」でもある。警察に相談するのはハードルが高いと感じた時に、気軽に話しに行ける場所だ。同時に、警察が事件や事故の初期に被害者支援を行った後、長期的視野に立ってケアを引き継ぐのも重要な仕事である。今回は、支援センターに相談に来た人がいたものの、引き受けるべき案件ではなかったのだろう。しかし愛としては引っかかっているということか。

席に戻ると、優里は既に電話を終えていた。何かあったのかと嗅ぎつけた係長の芦《あし》田《だ》浩輔《こうすけ》が、彼女の席に近寄って来る。

「何か問題でも？」芦田がさりげなく切り出した。盗犯担当の捜査三課のベテラン刑事だったこの警部は、基本的に支援課の仕事が苦手である。ただし、苦手だからと言って手が抜けない性格でもあった。相当ストレスが溜まっているだろうと私は同情していたが、そもそも支援課の仕事が得意な人間など、多くはないのだ。敢えて言えば優里が一番適任だろうが、彼女の場合、大学で犯罪心理学を勉強し、当時からボランティアで支援センターの仕事を手伝っていたという特殊な事情がある。支援課で働くために、警察官になったようなものなのだ。

「支援センターの方に相談がきたんですが……」手帳を手に、優里が立ち上がる。他の刑事たちも、彼女の周りに集まって来た。何となく、バレーボールのタイムアウトのようだな、と私は想像した。キャプテン・優里を中心に選手たちが作戦を相談する。

「中野区在住の二十五歳の女性です。以前交際していた男性が、拙《まず》い写真をネットに公開したと……」

「リベンジポルノか」芦田が素早く反応した。さすがに、こういう情報に関しては敏感である。実際支援課でも、この手の犯罪がこれから増えるのを予想して、情報収集を行っている。

「本人はそうだと言っているんですが……」優里は珍しく、歯切れが悪かった。普段はどんなことでも、報告書を読むように正確な口調で話すのに。

「はっきりしないな」芦田も嫌そうな顔つきになる。優里の顔を見て、何かまずい事態だと気づいたようだった。

「この一件は、犯罪には該当しないのではないかと……支援センターの方では判断できないので、こっちに相談してきたんです」

「問題の写真は？」

優里が、自分のパソコンの前に屈みこむ。私は彼女の肩越しにモニタを覗きこんだ。おそらく愛から送られてきた写真が、画面一杯に映っている。

一見、「ポルノ」とは言い難い写真だった。若い女性が、肩の下――胸の上と言うべきか――まで布団に覆われた格好で横たわっている。横には裸の男。こちらはヘソの上あたりまで露《あら》わになっていた。写真がやや斜めに傾《かし》いでいるのは、男が思いきり腕を伸ばして自撮りしたせいだろう。画質はよくないし、少しピントもずれているが、二人がベッドにいることだけは分かる。

「ああ、こりゃ、間違いなく事後ですね」嬉しそうな声を上げたのは、辛うじてまだ「若手」と言える長住光太郎《ながすみこうたろう》だった。「女の方も、ご満悦って感じじゃないですか」

「よせよ」振り向き、私は長住に警告を与えた。この男は、支援課の仕事を舐《な》めている——正確に言うと、被害者を守ることについて、何とも思っていない。元々捜査一課出身で、犯人逮捕こそ被害者を救う唯一の方法だと信じて疑っていないのだ。その信念は間違ってはいないが、それだけでは済まないほど、現代の事件は複雑化している。

「いや、だけど」長住は引かなかった。「この手の事件って、写真を撮らせる方にも問題があるでしょう？　やばいって分かってないんだから、自業自得ですよ」

「お前、自分の妹さんがこういう目に遭っても、そんなことが言えるのか？」

指摘すると、長住がむっつりとした表情で黙りこんだ。歳の離れた彼の妹はまだ大学生で、田舎の富山《とやま》から上京して長住と同居している。

「それとこれとは関係ないでしょう」長住が小声でぶつぶつと文句を言った。

「同じだよ。人の気持ちになって考えられないんだったら、支援課の仕事はやっていけない――」

「まあまあ」芦田が緊張した表情で割って入った。「一つ、穏便にな」

私と長住の言い合いは日常茶飯事なのだが、彼は毎回、止めるべきかどうか迷っているようだ。まあ、それも仕方ないのだが……支援課は、基本的に寄せ集め部隊なのだ。他の課で経験を積んだ人間が集められ、実際の被害者支援、所轄に対する指導、研修などを行っている。私も同じで、ここへ来る前は本部の捜査一課にいた。唯一の「プロパー」が優里で、そういう意味では彼女こそが支援課の柱とも言える。問題は、他の人間がここを「仮住まい」と捉えているせいで、どうしても仕事に身が入らないことだ。もちろん、大きな事件や事故であれば我先に飛び出していくが、それは警察官の習性のようなものである。被害者を慰め、その後の生活までフォローするような仕事など、誰もやりたくないのだ。

「取り敢えず、支援センターに行ってみます」私は芦田に言った。

「そうだな。まずは詳しく事情を聴いてくれないか」

「そうします」

「お前、膝は……」芦田が、疑わしげに私の膝を見た。

「車を使わせてもらえれば」オートマ車なら、左足が動かなくても運転できる。

「それは構わないが……一人で行くなよ」

「安藤《あんどう》を連れていきます」

「そうしてくれ」

振り向いて安藤梓《あずさ》の姿を探す。輪の後ろの方で、びっくりしたように目を見開いていた。通称「ダブルA」。頭文字なのだが、大リーグ好きの私に言わせれば、メジャーどころかトリプルAにも及ばない、という皮肉でもある。

彼女は、数か月前には江東《こうとう》署の初期支援員で、車の暴走事故を装った事件の処理に関わり、慣れないながらも必死に被害者のフォローをした。それをきっかけにして、本部の支援課に無理矢理異動させたのだが——女性が少ないのがこの課の問題なのだ——本人は未だに戸惑っている。彼女が異動してきてから、支援課が現場に出るほどの事件や事故は起きていなかったからだ。これでは慣れるもクソもない。

「安藤」

声をかけると、彼女はすっと前に出て来たが、おどおどしている感じだった。

「現場だ。支援センター」

「はい」

すぐに返事はしたものの、声は暗い。仮に動くにしても、これはまだ入り口に過ぎないのに——彼女の暗さは私にも伝染した。

「それから、そのまま被害者に会いに行くかもしれないから、そのつもりで……あと、車の運転は頼めるかな」念のため、やはり自分では運転したくなかった。

「大丈夫です」

梓が覆面パトカーのキーを取りに行った。私は先ほど脱いだばかりの背広をロッカーから取り出して着こみ、膝のサポーターを外した。立ったままの優里が、真顔で訊ねてくる。

「西原に連絡しておこうか？」

「いや、向こうに行けば会えるだろう」今日、愛は午前中だけ支援センターに詰めているはずだが、今から行けばまだ間に合いそうだ。

「一応、通告しておいた方がよくない？」

「どうして」

「何となく」

「そういう曖昧《あいまい》なのは、君らしくないな」優里が気を遣っているのは分かるが、それは明らかに的外れなのだ。私と愛の間には、何もない。

今は、もう。

かつて信じていたものは、二人が一緒に巻きこまれた事故で完全に崩壊していた。

2

支援センターは、新宿区の北部にある。繁華街からは外れ、周辺にオフィスビルや普通のマンションが混在する一角。結局、優里が事前に通告していたようで、私たちは愛に出迎えられた。彼女は私を見るなり、「調子、悪いの?」と訊ねた。

「見ただけで分かる?」

「露骨《ろこつ》に足を引きずってるじゃない」

「ああ……」そういう彼女は、車椅子から私と梓を見上げている。五年前、暴走車が歩道に突っこんで六人がはねられた事故に巻きこまれ、私は今に引きずる膝の痛みを抱えこんだ。だがそれが何だと言うのだ。愛は下半身の自由を失い、車椅子の生活になった——私を庇《かば》って、私よりひどい怪我を負ったのだ。

「あの……ご無沙汰してます」梓が、両手をきちんと揃えて腿《もも》に置き、頭を下げた。

「梓ちゃん」愛の表情が穏やかになる。「連れて来られたの?」

「はい、あの……」何となく言いにくそうで、梓の顔が赤くなる。何と言うか……警察官になってそれなりに年月が経っているのに、未だに新人という感じだ。

　思い出して、私は出入り口に向かった。愛が「どうかした？」と声をかけてくる。

「ちょっと水を」痛みが引かないのは、もらってきた薬を呑み忘れていたからだ。

「お茶ぐらい出すけど」

「薬を呑むんだ」

　愛が無言でうなずく。「一番の相談室にいるわ」と言い残すと、器用に車椅子の向きを変えた。梓を引き連れて、入り口のカウンターから奥に消えて行く。

　私は一度センターの外に出て、廊下に置いてある自動販売機でペットボトルのミネラルウォーターを買った。ひんやりするボトルを頰に押し当て、意識を鮮明に保とうとする。もらったばかりの薬をバッグから取り出し、規定の量——痛みが出るといつも呑んでいるのでもう分かっている——を取り出して、水で流しこんだ。一時間もすると、痛みは忘れてしまうだろう。

　呑んだだけで、何となく痛みが遠のき始めた感じがして、私は再度支援センターに突入した。ここの職員、それにボランティアとは顔見知りで、来る度に温かく出迎えてもらえるのだが、それでほっとするのは一瞬だ。だいたいすぐに、厳しい話に巻きこまれる。

センターには、相談室と、十人ほどが入れる会議室がある。基本的に相談室は、ここへ相談に来た人への対応用だ。私は、この部屋があまり好きではない。何というか……涙と悲しみ、憤《いきどお》りが部屋の空気に染みついている感じがするのだ。意識して、そういうことに無関心にならないようにしているので、いつも心がささくれ立つ。

梓も居心地悪そうにしていたが、これは緊張のためだろう。優里に言わせれば、支援課に絶対必要な能力――気配りと共感力に優れているというのだが、まだその能力をフルに活用する機会はなかった。

愛の向かいに梓が座っていた。私は奥へ詰めるよう、梓に手で合図し、空いたスペースに腰を下ろした。愛と目線の高さが同じになったが、それでも妙に落ち着かない。わずかな空間を置いて正面から向き合うと、過去の様々な事どもが脳裏を過《よ》ぎっていくのだ。愛がまったく気にしていないようなのも、何となく気にくわない。

「平尾綾子《ひらおあやこ》さん」愛が唐突に切り出した。

「被害者？」私は応じた。

「あくまで自称、ね。今のところ、警察でも手を出せないと思うわ」

かすかに非難するような調子で愛が言って、手元のペーパーを私の方へ滑らせる。

テーブルから落ちそうになったのを受け取り、さっと目を通した。

平尾綾子、二十五歳、住所は中野区。職業、大学院生。

「学生か」私は顔を上げた。

「今のところは。ただ、就職が決まりそうで、それが問題になっているのよ」

「ああ、そういうことか……」平尾綾子という女性が慌てている理由は、即座に理解できた。あの手の写真がネットに広く流れたら、決まりかけていた就職が流れてしまう恐れもある。会社という組織は、スキャンダルを異様に嫌うのだ。こういうのは、昔ならば問題にもならなかった、と思う。ネットがこれほど一般的になる前は、個人的な写真が他人の目に触れる機会などほとんどなかったはずだ。怪文書を作ってどこかに貼りつけたり、人の家のポストに放りこむのは、結構なエネルギーを要する行為だし、バレる可能性も高い。ネットというのは極めて便利で、今ではこれ抜きでは世の中が動かないだろうが、阿呆の暴走を助長している一面があるのも間違いない。犯罪がカジュアル化しているのだ。

「ずっと仕事はしてなかったんだろうか」私は書類から顔を上げた。

「二年前までは、普通に働いてたわ」愛が指摘する。「ちゃんと読んで。全部書いてあるから」

「失礼」咳払いして、書類に戻る。懐かしい愛の字を追っていくと、平尾綾子のキャリアがようやく頭に入ってきた。

都内にある私大の理工学部を卒業後、民間の研究機関に就職。しかしそこを一年で辞めた春、大学院に入り直している。今、二年目。修士号を無事に取る前提で、改めて別の会社への就職が内定した、ということだった。

「このキャリアはどう判断したらいいんだろう」私は首を捻《ひね》った。

「上昇志向の強い人、でしょうね」愛が淡々と説明した。「最初の研究所は、必ずしも彼女の希望する職場ではなかったらしいの。もともと、遺伝子関係の研究をしたかったそうなんだけど……自分のキャリア不足だと考えて大学院に戻って、それで、もともと希望していた会社への就職活動も始めた」

「ふらふらしたキャリアにも見えるけどな」最近は、就職が決まらないので大学院に進む人も多いと聞いている。もっとも彼女は一度就職しているから、少し事情が違うわけか……。

「やりたいことのためには、多少の回り道も厭《いと》わない、ということよ」愛が訂正した。「わざわざ修士号を取得するために、大学院に行ったんだから」

「なるほど。で、希望のところに内定が決まった……」

「今は入社が内定して、修士号の取得に専念している状況ね。四月から働くのは決まっているそうだから、前途洋々でしょう」愛が詳しく説明した。「そんなところで、問題の写真が出てきたわけよ。それで心配になって、うちに相談に来たの」

「警察には？」

「行ってないわ」愛が首を横に振った。「やっぱり、行きにくいんでしょうね」

「正直に言って、あの写真では、立件するのは難しいと思う」私は率直に言った。あういう写真をばらまく阿呆に対しては頭にくるが、法律ができることには限界があるのだ。

「それは分かってるけど、何とかならない？」

「法律がね……」私は思わず腕を組んだ。

「私事性的画像記録の提供等による被害の防止に関する法律」――いわゆる「リベンジポルノ防止法」。この法案は、名前からして突っこみどころ満載なのだが、内容的にはさらに問題がある。衆院解散のどたばたの中で成立した法律は、とにかく穴だらけ、欠点が多い。警視庁の中でも早くから、「これで立件するのは相当難しい」という意見が多数を占めていた。見れば既に摘発例はあるが、運用には慎重にならざるを得ない。

「私は詳しいことは分からないけど、リベンジポルノ防止法では立件できないの？」

「この条件では難しいな」

「じゃあ、他の法律……猥褻《わいせつ》関係とか、名誉棄損とかでは？」

「猥褻には当たらないと思う。この画像が猥褻かと言えば……正直、そこまでとは言えないんじゃないかな」

愛がうなずき、プリントアウトした画像をクリアファイルから取り出した。先ほど、警視庁で私たちも確認した画像である。確かに長住が指摘した通り「事後」には見えるが、猥褻と判断するにはやはり無理がある。

リベンジポルノ防止法における「私事性的画像記録」も、範囲が狭い。「性交又は性交類似行為」「他人が人の性器等を触る行為」「衣服の全部又は一部を着けない人の姿態」などなど……この条件に該当するとなると、モザイクなしのアダルトビデオのキャプチャー画像になってしまう。

そして平尾綾子の写真は、とてもこの条件を満たすとは言えない。二人の男女の間に何があったかは想像できるが、「猥褻性」という点で疑問符がつく。

「やっぱり、難しいだろうね」

「他の法律の適用も？」

「もしも彼女が未成年だったら、何らかの手はあったかもしれないけど……成人女性だからね」

「それにしても、どうしてこういう写真を撮るのかしらね」

愛が溜息をつき、私の顔を見た。そんな目で見られても困る――かつての恋人から発せられる質問としては、いかにも不適切な感じだった。何度もベッドを一緒にした相手にこんなことを聞かれても、答えようがない。

「迂闊《うかつ》よね……つき合ってる時は、こういう写真こそが親密な証拠だと思うのかもしれないけど、別れた時にどうなるかを考えないのかしら」

「まあ、それは……別れる前提で交際する人はいないんだし」私と愛には、こういう写真はない。それどころか、二人で一緒に写真を撮ったことも一度もないのだ。彼女の方で嫌がったのは、たぶん身長差が原因だろうと思う。二十センチ以上も違うと、横並びで一緒に写った時に、でこぼこしてしまう。

「どうなの？」愛が梓に話題を振った。「梓ちゃんぐらいの年だと、こういう写真にも抵抗ないんじゃない？　平尾さんと同い年ぐらいでしょう」

「私は……」

梓が顔を赤く染める。丸顔なのでトマトのようだな、と私は失礼な感想を抱いた。

「ああ、ごめん」愛が笑みを浮かべる。「今の、セクハラだったわね」

同性間でセクハラ？　世の中、どこまで面倒臭いことになってるんだ、と私は心の中で溜息をついた。ちょっと話をするにも、一々気を遣わなくてはならない。

「そういう写真を撮ってる友だちはいます。結構、人に見せたりして……」梓が消え入りそうな声で言って、「私はないですけど」とつけ加えた。

「そうよね。ちょっとこういう写真を許すのは……どうかな」

愛がちらりと私を見る。私は思わず視線を逸らし、もう一度写真に視線を落とした。綾子の上気した顔……第三者が見ても何とも思わないかもしれないが、彼女を知っている人間が見たらどう感じるだろう。そう言えば法律には「第三者が撮影対象者を特定することができる」という項目もあった。その点に関してだけは、この写真はリベンジポルノ防止法の要件を満たしているのだが……。

「相手の男は？」私は画像から目を離して訊ねた。

「石井《いしい》涼太《りょうた》。彼女と同い年」

「つき合いは長いのか？」

「高校時代から……大学進学で一緒に東京へ出て来て、社会人になってからもつき合いは続いていたから、六年ぐらいかしら。結構長いわね」

「田舎は……」私はまた書類に視線を走らせた。「札幌か」

「ありがちなパターンよね。田舎の高校生同士がつき合い始めて、東京でもずっと一緒……東京みたいなところで暮らしていると、よく知った、頼れる相手が恋しくなるんじゃないかしら」

「そういうことなのか？」さらりと分析した愛は、東京生まれの東京育ちである。一時は一人暮らしをしていたが、事故の後は実家に戻っている。

「あくまで想像よ」愛が肩をすくめる。珍しいことだった。彼女は優里と同じく現実的な女性で――だから気が合うのだろう――適当な想像で物を言うことはまずない。

「君らしくないな」

「そう？」

愛がさらりと言った。昔はこういう些細《ささい》なことから言い合いになったりしたのだが……今は、そうはならない。そのことに私は、複雑な寂しさを覚えた。

気を取り直して、綾子についてさらに情報を求める。

「新しい職場は、来年の春からだね？」

「そういうこと。彼女が一番心配しているのは、会社の方針なのよ。もしかしたらもう、気づいているかもしれないけど、自分から打ち明けることもできないでしょう？

会社側が知ったら、自分の処遇がどうなるか……」

「そういうのを——新入社員の身元調査を入念にやる会社もあるそうだ。コンプライアンスにかかわるかもしれないからね」

「何と言っていいのか……」愛が溜息をついた。「暇って言ったら悪いけど、他にやることないのかしらね」

「意外に大事な仕事らしいよ。調査で犯罪歴が見つかることもあるからね。犯罪までいかなくても、世間的には許されないやんちゃもあるかもしれないし。会社としては、変な人間を入社させてしまって、後から叩かれたらたまらないんじゃないかな」

「こんなことが問題になる？」

「この手の写真を撮らせるような軽率な人間は、我が社に相応《ふさわ》しくない——堅い会社だと、そんな風に考えるかもしれない」

「でも、彼女はあくまで被害者でしょう？」愛が食い下がった。

「まあ……」私は言葉を濁した。そんなに簡単なことではない。私たちが相手にするのは「犯罪被害者」である。しかし今のところ、綾子はその枠に入ってこない。一般的な意味では被害者と言っていいだろうが、警察が手を出していいかどうかは微妙なところだ。他に対策としては、検索エンジンの会社などを相手取って、データの削除を要請する……ただしそういうことには時間がかかり、そうこうしている間に、会社側が知ることになる可能性も高い。

愛がもう一度腕時計を見た。顔を上げると、申し訳なさそうな表情が浮かんでいる。

「ごめん、今日はここまでなの」

「ああ、午前中だけの日だね」月、水、金がそれに当たる。火曜日と木曜日はフルタイムで詰めるのが、彼女のウィークデーのスケジュールだ。

「お昼は抜きになりそうね。これから会社へ戻らないと」愛は、ウエブ系の小さな制作会社を経営している。

「社長も大変だ」

「私抜きでも仕事は回るけど、顔ぐらいは出しておかないと申し訳ないしね……それで、どうするの？」

「彼女には話を聴いてみるよ」それぐらいはやっても問題ないだろう。かといって、過大な期待を持たせてもいけないが。「それでもう一度、判断するよ」

「元彼の方は？」

「俺が会いに行っても、別に脅しにはならないんじゃないかな」

「ああ……そうね」愛が苦笑した。「迫力、ないしね」

「分かってる。でも、状況によっては警告ぐらいはしてもいいと思う。うちには、強面《こわもて》の人間も揃っているから、そいつらに任せるよ」その筆頭が芦田だ。盗犯担当の刑事は、一般的に「目がいい」と言われる。しかし、しばしば目を細めるのが癖になるせいか、悪相になってしまうのだ。芦田も相当目つきが悪い。

「それは任せるけど……彼女については、私も追いかけるつもりだから」

「仕事として？」

「むしろ、個人的に」

「それは危険じゃないかな」

支援センターへの相談は、年間数千件にも及ぶ。話を聴くだけでも大変な時間がかかるし、その他にも実際に犯罪被害者のサポートの仕事があるわけで、時間に余裕はない。まして愛のように、本業として自分で会社を経営していて、合間にボランティアで支援センターの仕事をしているような人には、そんな余裕はない。それにも増して私が心配しているのは、彼女がこれを「個人的な問題」と捉えてしまうことだ。愛に言わせれば、犯罪被害者を巡る状況は、一人一人全部違う。しかし中には、自分の「心配」にぴたりとはまってしまう被害者もいるという。そういう人に対しては、どうしても特別な目で見て世話をしたくなる――だがそれは、本来の仕事の枠をはみ出した行為であり、本来は避けなければならない。本当なら、アトランダムに担当させて、個人的な感情が入りこむ隙間がないようなシステムで運用すべきなのだ。

「後でまた、連絡するわ」

愛がテーブルの前から離れた。梓が慌てて立ち上がる。車椅子を押そうとしたのだが、愛は穏やかな笑みを浮かべて首を横に振った。手助けはいらない――支援センターは基本的に、完全バリアフリーになっているし、愛も車椅子の生活に慣れている。自分で車を運転してどこへでも出かけていく。今日も会社までは、自分の車で戻るはずだ。変な話だが、彼女は怪我をしてからの方が活発になった。支援センターで仕事を始めたこともそうだし、車――特別に改造した車を持ったのも三年ほど前である。

何かに夢中になれば、嫌なことは忘れられる――私たちが、犯罪被害者によく語りかけることだ。「何か」とは、仕事であったりボランティアであったり、恋愛であったりと様々なのだが、忙しさは手っ取り早く過去を記憶の隅に押しやる一番有効な方法なのだ。もちろん、一種の対症療法に過ぎないが、力を注いでいることが、過去を完全に凌駕《りょうが》してしまう場合もある。それはそれでいいことで――私も同じようなものだ。事故による被害者から、被害者を守る立場へ転身したのは、自分の過去を忘れるためでもある。

もちろん、被害者を助けたいという気持ちも人一倍強いのだが。

「愛さん、強いですよね」覆面パトカーの運転席に座るなり、梓が言った。

「強いな」私は思わず同意した。

「昔からなんですか？」

「気が強いという意味では——ああ、強かった。昔と変わっていない」

「事故の影響はあるんですかね」

「どうかな」答えにくいことを平気で聞く娘《こ》だ——私は苦笑しながら外を向いた。陽射しが凶暴に照りつけ、行きかう人々の歩みはのろい。少しでも早足で歩くと、すぐに汗だくになってしまうのだろう。もう九月だというのに、長い夏はまだ終わりそうにない。「出してくれ。とにかく、本人に会ってみよう」

無言で、梓が車を出した。彼女の運転は極めて慎重、かつスムーズで、外を見なければ車が動いていることさえ忘れてしまう。私はもう一度、愛から借り受けた書類に目を通した。不明な情報に関しては検索を試みる。

大学は、私立の理系ではトップクラス。高校も、札幌市内でも上位の進学校だったことが分かった。十八歳人口の減少で、大学受験も年々事情が変わっているのだろうが、とにかくよくできる生徒だったのは間違いない。推薦だろうが一般入試だろうが、そもそも成績が悪かったらどうしようもないのだから。

愛は、かなり細かく状況を聴き出していた。問題の元彼、石井涼太とつき合い始めたのは高校三年生の夏。それから六年ほど交際し、綾子が前の研究所を辞めると同時に別れた。大学院に入って修士号を取り、本来希望していた会社へ就職する——その過程で、別れ話が出たようである。彼女は自分のキャリアを優先させたかった。一方、石井涼太は未練たっぷりだった。結局綾子が振り切る形で別れたのだが、石井の方では納得していなかったのだろう。

もしもストーカー化していたら、と私は一瞬不真面目なことを考えた。それならそれで、対処法がある。しかしこういうやり方——闇の中から撃つような手口は、やはり立件しにくい。

綾子が、自分の写真がネットに流出しているのを知ったのは、一週間ほど前だったという。それも友人から知らされるという、嫌な形で。一週間ほど悩んだ綾子は、支援センターの存在を知って駆けこんできたのだった。これはお定まりの質問なのだろうが、愛は「どこで支援センターのことを知ったのか」と綾子に訊ねている。答えは

「友人に教えられて」だった。このパターンか、と私は納得した。支援センターの——支援課もそうだが——最大の悩みは、認知度が低いことである。積極的に犯罪被害者の相談に乗る部署が民間に、あるいは警察にあることは、意外に世間に知られていないのだ。元々警察は「広報下手」なのだが、自分たちの仕事が世間になかなか理解されないのは苛立《いらだ》たしい。もっとも、「仕事がないのがいい状態」でもあるのだが。

顔を上げ、窓の外を見る。ビル風が吹き抜けたようで、すぐ側《そば》の歩道を歩く若い女性の髪が乱れた。煙草《たばこ》を吸いながら歩いている中年の男性の顔の前で、赤い火花がぱっと散る。冷房の効いた車の中にいるのに、うだるような暑さは私の心にも入りこんでくるようだった。

「彼女が神経質になるのも分かるな」

ぽつりと言うと、梓が反応した。

「そうですよね。就職……というか、夢が潰《つぶ》れちゃうかもしれませんよね」

「会社がぴりぴりするのも、どうなのかね」私は首を傾げた。「別にこんな写真が流出したって、会社の評判が悪くなるとは思えないけど。有名人ならともかく、彼女は一般人だからね。誰と恋愛したって構わないし、こういう写真を撮るのも……俺には理解できないけど、ありなんじゃないかな」

「会社も、空気を読んでいるんでしょうね」梓が言った。「今は、何を言われるか分からないから……先んじて、少しでもスキャンダルになりそうなことは排除するとか」

「スキャンダルって」私は思わず鼻で笑ってしまった。「そういうのは、有名人専用の話だろう。一般人にスキャンダルっていう言葉をくっつけるのは無理があるよ」

「そうですかねえ……今は、何でもかんでもすぐに叩かれる時代ですから」

「あんな写真ぐらいで叩かれたら、たまらないな」

言ってしまってから、私は口をつぐんだ。「あんな写真」という感覚は、私が無責任な第三者だからこそ出てくる言葉だ。もう少し気を遣わないと……長住のように無責任だとは思っていないが、自分はまだまだ犯罪被害者の気持ちを汲《く》めていない、と思うことも多い。

そもそも、平尾綾子が犯罪被害者かどうかという根本的な問題もあるのだが。

3

平尾綾子は、東京メトロ中野坂上駅近くのマンションで独り住まいだった。愛が連絡を入れてくれていたので、すんなりと部屋まで通される――ということは、彼女は相当真剣に悩んで相談に来ていたのだ、と私は判断した。ごく軽い気持ちで、「取り敢えず話を聞いて欲しい」というレベルだったら、警察官を家に入れたりしないだろう。話をするにしても、自分のプライベートな空間ではなく、どこか外で話せる場所を選ぶはずだ。

「いいんですか？」ドアの前で、私は彼女に念押しした。「喫茶店かどこかで話をしてもいいんですが」

「この辺、お茶を飲めるお店があまりないんですよ」

確かに、駅からは少し離れている。幹線道路沿いにマンションが建ち並んでいるだけの、典型的な東京の住宅街といった雰囲気だ。ここへ来るまでの間にも、喫茶店などは見かけなかった。

「では、失礼します」一礼して家に入る。

一人暮らしには広過ぎる部屋だとすぐに分かった。そもそも玄関が広いのだ。そこにヒールのそこそこ高いパンプスとサンダルが一足ずつ置いてあるだけだが……玄関脇にあるかなり大きなシュークローゼットは、全て靴で埋め尽くされている予感がする。もしもそうなら、彼女は、経済的には相当恵まれた立場にあるわけだ。

通されたリビングルームはすっきりしていた。もっとも、ここをごちゃごちゃさせるのは、かなり難しいだろう――十五畳ほどもあるのだ。部屋の真ん中に二人がけのソファが一脚、一人がけの物が二脚置かれているが、床の大部分が見えているぐらいだった。唯一雑然としているのは、壁際に置かれたデスク周りで、巨大なパソコンのモニターが載り、さらに外づけハードディスクらしきものが何台か置かれていた。散乱する書類、転がったボールペン……そこだけが、「生活」ではなく「仕事」ないし「研究」の匂いを発している。

私の視線がそちらを向いているのを見て、綾子が薄い笑みを浮かべる。かなり無理しているのは明らかだった。

「すみません……あそこだけ、片づかなくて」

「仕事用ですか？」

「勉強用、です。修士論文の準備がありますから」

「順調ですか？」

「まだ時間はあると思ってますけど……あっという間に追い詰められるでしょうね」

「それにしても、バックアップがすごいですね」

「ああ……心配性なんです」綾子の笑みが消える。

心配性なのは間違いないだろう。今も、どこか落ち着かない様子で、視線をあちこち彷徨《さまよ》わせている。私が真っ直ぐ顔を見ると、一瞬目を伏せた後で「座って下さい」とやっと切り出した。

私は梓と並んで二人がけのソファに座り、向かいに綾子が腰かけた。一見、冷静な感じに見えるのだが……すらりと背が高く、足も長い。細身のジーンズを穿《は》いているのだが、これにヒールの高い靴を合わせたら、とんでもなく足が長く見えるだろう。あの写真とは……髪型が違っている。写真の綾子はぎりぎり肩にかかるぐらいの長さの髪だった。今はずっと伸びて、おそらく背中にまで届いている。よく手入れしているようで、艶々《つやつや》と輝いていた。全体的には、二十五歳という年齢よりもずっと大人っぽく見える。それに比べれば、年齢が近い梓はまだ幼い。

綾子が、さらに落ち着かない様子で体を揺らす。じっくり観察している場合ではなかったと反省して、私は話を切り出した。

「今日は、勇気を持って支援センターを訪ねていただいて、ありがとうございました」

「いえ……他に、誰に相談していいか分からなかったので」

「弁護士は考えなかったんですか」

「お金がかかるじゃないですか。弁護士も、ボランティアじゃないですよね」

「それはそうですね」相槌《あいづち》を打ちながら、彼女はそれほど財政的に逼迫《ひっぱく》しているわけではないはずだが、と私は首を傾げた。都心に近い中野坂上で、これだけ広く新しいマンションに住み、家具も高価そうな物を揃えている。服は……私は女性の服装に関しては疎《うと》いが、今着ている服もシンプルだが高そうに見えた。グレイの、体の線がはっきり出る半袖のカットソーにジーンズ。カジュアルなのだが、金がかかっている感じはある。爪には綺麗にマニキュアが施されていた。それを言えば足も……形のいい爪には、透明だがしっかりペディキュアが塗られている。

「支援センターのことは、友だちから聞いたんですね」

「ええ。そういうところがあるのも知りませんでした。困って友だちに相談して、彼女が探してくれたんです。それで……」綾子が屈みこんで、ローテーブルに載せた私たちの名刺を見た。「支援センターでは、警察はこういう件を捜査するのは難しいかもしれないと言われました」

「話は聴きます。支援センターを信用していないわけではないですけど、直接確認しないと気が済まないんですよ」

「そう、ですか」綾子が溜息をつく。

何とも本音が読めないタイプだな、というのが私の第一印象だった。おそらくこういうことがなければ、自分に自信を持ち、非常にはきはきしている女性なのだろう。だが今は、心が折れかけているように見えた。何とか持ち前の精神力で持ちこたえている——となると、やはり相当強い女性なのだろう。

「仕事のことを心配しているんですね？」

「本当に心配なんです」綾子の眉が寄った。「実は昔、同じようなことがあって」

「あなたにですか？」

「違います」綾子が真剣な表情で、顔の前で大きく手を振った。「会社の方なんですけど、新卒で入社が決まっていた女の子が、内定取り消しされたんですよ」

「それはどういう——」

「昔のアルバイトのせいでした」秘密を打ち明けるような小声で、綾子が言った。「キャバクラで働いていたことがあって、元彼が、店で働いている時の写真をネットに流出させたんです。別れ話が出ていて、その腹いせだったらしいんですけど……それで会社側が、内定取り消し処分をしたんです」

「それはちょっと……神経質過ぎないですかね」今時、学費や小遣い稼ぎのために、キャバクラで働く大学生ぐらいはいくらでもいるのだ。あるいは、もっとハードな風俗だったのか。

「あの、それだけで話が済めば、大したことはなかったんですけど……」言いにくそうに綾子が話を続けた。

「続きがあるんですか？」

「その人、会社を訴えたんです。過去の職歴を問題にして内定を取り消すのは問題だって」

これではまるで泥仕合《どろじあい》ではないか。しかし、そういう情報がまったく耳に入っていなかったことにも驚く。この手のトラブルは大抵、噂になって流れるものだが……思わず綾子に確認してしまった。

「表沙汰にはなっていません。デリケートな問題なので、会社側も本人も公表する気はなかったんじゃないでしょうか。だいたい裁判はすぐに和解で決着して、会社側がある程度のお金を払って終わったそうですし。入社はできませんでしたけど」

「トラブルには違いないわけですね」

「そうです」綾子がうなずいた。「私、そういうのに巻きこまれたくないんです。絶対にこの会社に入りたいんです」

本気でそう考えているとしたら、読みが甘い……警察が扱えるかどうか分からない状態で厳しいことは言いたくなかったが、私は思わず口を出してしまった。

「あなたは、写真を流出させた相手を、罪に問いたいんですよね」

「ええ」

「でも、そんなことをしたら、むしろ世間に知られることになりますよ。今、リベンジポルノ防止法違反で逮捕者が出たら、大きなニュースになりますから」

「でも、私は被害者ということになります。あくまで、犯罪に巻きこまれた被害者ですよね。だったら、非難されることもないと思います。世間は何と言っても、会社が問題ないと判断すれば、それでいいんです」綾子が強気に言った。

「それは……そうですね」追い詰められてはいるものの、まだ冷静な面を残していること私は感心した。確かに、ただ写真が流出していることが分かったら、会社側は内定を問題視するかもしれない。しかし、元恋人が勝手に写真をネットに流して逮捕されたとなれば、事情は違う。日本の会社は、空気を読んで素早く態度を変えるはずで、「被害者」である綾子を守る方向に動くかもしれない。

「写真はもう拡散しているので、実質的には止めようがないと思います。でも、このまま泣き寝入りするのは絶対に嫌なんです……今の会社に入るのが、大きな目標ですから。そのために、これまで頑張ってきたんです」

綾子の声が揺らいだ。目に涙の膜が張っている。しかし何とか涙は零《こぼ》さず、立て直した。相当芯が強い女性だ、と私は確信した。

「入社予定の会社なんですけど……すみません、この『東京メディテック』という会社について、私は知らないんですが」

「ああ、一般的には、そんなに有名な会社ではないです。でも、遺伝子治療に関しては、世界のトップレベルを行っているんですよ」

「前にお勤めだった研究所は……」

「そちらはあくまで、基礎研究なんです。でもメディテックでは、もう応用段階に入っているんですよ。基礎研究も大事だけど、どうしても、直接世の中の役に立つ仕事がしたくて」

「新卒でそちらに就職する手もあったと思いますが」少し世間話に流れているな、と思いながら私は質問を重ねた。

「その頃――三年前は、メディテックはまだそれほど魅力的な企業ではなかったんです。私の研究不足だったかもしれませんけど……でも、研究所に就職してみて、メディテックと仕事上のつながりもできて、いろいろ調べてみたら、どうしてもあそこで働きたくなったんです。それで、今後の仕事に有利になるように、大学院へ入りまし

ら」

「それは……何とか。少し出発が遅れますけど、仕事はこれから何十年もできますか

た」

「大変な努力ですね」

若いな、と私は素直に感心した。私もまだ、「定年まであと何年」と数えるような年齢ではないが、彼女の場合、自分の前に無限の時間が広がっているように感じているだろう。それに遺伝子治療は、間違いなくこれから医療の最先端を走る分野だ。トップランナーの自負は、大きな財産である。元恋人の嫌がらせで潰されたら、確かにたまらないだろう。

「つき合っていた彼——石井涼太さんのことについて教えて下さい」

「さんづけなんですね」綾子が皮肉っぽく言った。ウェットな雰囲気はすっかり消えている。

「今のところは、まだ呼び捨てにはできませんよ」私の場合、心理的にも抵抗がある。こういうのが、優里に言わせれば「甘い」となるのだが。

「高校の同級生だったんです」綾子がすらすらと語り出した。

「その頃から、つき合い始めたんですね」

「ええ。上京してから大学は別だったんですけど、近くだったので……」

「上京して来た頃は、寂しかったんですか」

梓がいきなり割りこんだ。少々場違いな質問に思えたが、私は止めなかった。彼女はなかなか、自分からは口を開かない。どうでもいいような質問でも、言葉を発する気になったのだから、それはそれでいいことだ。彫像のように固まって押し黙ったままでは、この仕事はこなせない。

「はい？」綾子がいきなり、梓を睨《にら》みつけるように目を細めた。

「いえ……北海道から東京へ出て来て、初めての一人暮らしだったら、寂しくなかったですか？　簡単には友だちもできないでしょうし」

「そんなことはないですよ」綾子が反論した。「私、社交的な方ですから」

「石井さんとは、仲は良かったんですか？」梓が食い下がる。言わずもがなだが、昔の状況は聞いておいて損はない。

「それは……昔はそうでした」綾子が複雑な笑みを浮かべた。「変な話ですけど、ルックスはいいですしね」

「友だちにも自慢できるぐらいに？」梓がさらに訊ねる。

「彼、大学デビューだったんですよね。東京へ来てから急に垢抜《あかぬ》けた感じになって、服装や髪型も、高校時代とは全然変わりました。私の友だちの受けも良かったです」

今時「大学デビュー」とは言わないかもしれないが……「見た目」から入るのは、恋愛においては普通だろう。私は例の写真でしか石井を見ていないが、確かに写真で見た限り、ルックスは悪くはない。ほっそりした、いかにも今時の若者という感じで、あの手の顔が好きな女性がいるのも理解できる。

「学生時代は、話しているだけでも楽しかったんです。専門は違うんですけど、同じ理系で話も合いましたし」

「交際中に、大きな喧嘩は……」

「なかったですね。基本的に、穏やかな人なので。どちらかというと私の方が、いつもカリカリしていたかもしれません」

なるほど、と私は無言で合点してうなずいた。今の彼女はかなり追い詰められて焦っている状態だが、何もなければ相当強い女性なのは間違いない。理系だからという理由ではないだろうが、常に理路整然と話して、時に相手をやりこめてしまいそうな感じもする。

「性格は真逆、みたいな感じですか」遠慮がちに梓が訊ねる。

「そうですね。でも、だからこそ気が合ったんだと思います」綾子の口調には、往時を懐かしむ雰囲気はなかった。淡々と報告書を読み上げるような感じである。

「そうですか……」

梓が、広げた手帳に視線を落とした。一字も書いていないのは、隣に座る私にははっきりと見える。何か疑問に思っているようだが、直接綾子には確認しにくい――そんな本音を私は感じ取った。

「関係がおかしくなったのは、あなたが最初に就職してからですよね」私は梓に代わって質問を再開した。

「正直、気持ちがまったく落ち着いていなかったんです」綾子がうなずいて認めた。「元々第一志望のところではなかったし、働き始めてすぐに、この研究所でずっと働いているわけにはいかないと思ったんです。再就職のことや、大学院への進学を考えて、気持ちが焦ってしまって」

「彼には相談しなかったんですか？」

「基本的に、自分で決めないといけないことですよね。私の問題ですから」

綾子の顔つきが険しくなる。そこまで突っ張ることだろうか、と私は不思議に思った。確かに、自分の人生を最後に決めるのは自分自身だが、それまでに誰かに相談するのはごく普通のことだ。他の人の意見を聞かないと、間違った方向へ行ってしまっても気づかないだろう。

「だったら、全てをあなた一人で決めたんですね」

「そうです。私の人生ですから」

「それで、彼とはすれ違いになって……」

「当時は……そうですね。自分のことで精一杯だったので」

「別れる時、修羅場にはならなかったんですか」

「そういう感じではないです」綾子が慌てて顔の前で手を振った。「彼は、そういう人じゃない……違うと思っていたので」

「じゃあ、あっさり引いたんですか」

「当時はそうだと思ってました。ちゃんと、冷静に話したので、納得してくれたんだと……でも、そうじゃなかったんですね」綾子が溜息をつく。

「別れた後で、何か連絡はあったんですか？」

「一度もなかったです。電話も、メールも……だから、完全に諦めてくれたんだって思ったんですけど」

「今も連絡はないんですね」私は念押しした。

「ないです」

「それでいきなり、写真をばらまかれたわけですか」

「ええ……」綾子の顔が蒼《あお》くなる。「友だちから知らされて、びっくりして」

「その段階で、彼に連絡を取ろうとは思わなかったんですか」

「それが、電話番号もメールアドレスも変わってしまっていて。フェイスブックなんかでも追跡できなかったんです」

「それで、支援センターに相談したと……彼がやったのは間違いないんですかね？」

「はい？」綾子が目を細めた。「他に誰が……」

「例えば、彼のパソコンがハッキングされて、データが流出したとか」

「可能性としてはあり得ますけど、そんなことをするほど暇な人はいないと思います。だいたい、流出させようと思うほど……そういう写真じゃないでしょう」綾子が顔を赤らめる。

「そこが問題なんですけどね」ここからが勝負だ、と私は気持ちを引き締めた。あの写真だけでは、法律違反を成立させるのは難しいと説明しなければならない。「センターでも話が出たとは思いますけど……今回の写真では、リベンジポルノ防止法違反として摘発するのが難しいんです」

「ああ、はい……」綾子が長く息を吐いた。「そんな風には聞きました」

「我々も何とかしたいんですが、警察はあくまで、法律に従って動くものですから」

言い訳じみているなと思いながら、私ははっきり言わざるを得なかった。石井に接近して警告を——圧力を与えることも考えたが、今それをやると、警察の仕事をはみ出してしまう。しかも、最大の問題が未解決であることに気づいた。

あの写真は、本当に石井が流出させたのか。

動機は十分。オリジナルの画像を持っているのも間違いないだろう。だが、本人がやったという証拠を固めるのは極めて難しい。

「例えば、他に写真が拡散したりすれば、また動けるかもしれません」

「それも嫌ですよね」綾子が両手で頰を挟みこんだ。

「会社の方には、まだ気づかれていないんですか」

「ないと思いますけど……そんなこと、直接確認できないので」綾子が両手をきつく握り合わせた。右手の小指でシルバーの指輪が光ったが、これはあくまでファッションだろう。

「不安なままでいるのは、本当に困りますよね」

無言で綾子がうなずく。すぐに、すがるような視線を私に向けてきた。参ったな……支援課に来てから最悪の瞬間かもしれない。犯罪被害者への対応は、今まで散々やってきた。未だに慣れないし、自分がこういう仕事に向いているかどうかも分からないのだが、今回の一件はまったく意味合いが違う。「被害者未満」とでも呼ぶべき存在を相手に、どう振る舞っていいのか、私のノウハウの中にはなかった。

「何か、上手い手はあるんでしょうか」

「考えます」それしか言えない自分が情けない。「あなたが苦しんでいるのは間違いないんですから、何か手を考えますよ」

「よろしくお願いします」

綾子がまた頭を下げた。が、顔を上げた時にも、緊張感は消えていなかった。警察の一言で救われる、という人もいるのだが、綾子は頭のいい女性だ。私の言葉の薄っぺらさを実感しただけだろう。

この程度しかできないのか……私は苦い気持ちを嚙み締めたまま、部屋を後にするしかなかった。


「ええと」車に戻ると、梓が遠慮がちに切り出した。

「何だ？」私は車のルーフに手をついて、慎重に膝の屈伸を始めた。先ほどまで座っていたソファは座面が低過ぎ、膝に嫌な負担がかかっていたのだ。薬の効き目で痛みは薄れていたが、このままだと引きずって歩く羽目になるかもしれない——幸い、痛めた左膝は問題なく曲がった。

「正直に言っていいですか？」

「遠慮はいらないよ」

「嫌な人ですよね」

「何だよ、いきなり」私は目を細めて、今出て来たばかりのマンションを見上げた。まだ真新しいマンションの窓ガラスが、九月の強烈な日差しを受けて煌《きら》めく。建物全体がどこか冷たい感じで、住民以外の人間を拒絶しているようにも見えた。

「すみません」梓が首をすくめた。「単なる印象です」

「そんなに嫌な感じだったかな」

「あくまで個人的な印象です」梓がドアを開け、運転席に滑りこんだ。

「向上心が強くて、自分のことで精一杯になっているのは分かるけど、俺は特に嫌な感じはしなかったな」助手席に座った私は、シートベルトを引っ張りながら言った。

「男性と女性では、見方が違うのかもしれないけど……私はちょっと苦手です」

「間違っても、そういうことを顔に出さないように」私はすかさず忠告した。「犯罪被害者は、心が麻痺しているか、妙に敏感になっているか、どちらかなんだ。こっちのちょっとした変化にも気づいて、自分が無視されているとか、置き去りにされたとか、感じることもある」

「そういうつもりじゃないんですけどね」梓は自分でも、自分の気持ちの状態を上手く説明できない様子だった。

「気丈に振る舞っていたけど、結構傷ついてたと思うよ」

「そうですか？」

「弱みを見せたくないタイプの人はいるんだ。それに彼女は、大学院での二年間を、自分の夢のために注ぎこんでいる。それが無駄になったらと思うと、ショックは大きいだろう」それ故、石井を止める手段が見つからないのが悔しい。

犯罪被害者支援は、エンジンが一基止まった飛行機のようなものなのだ。何とか飛んではいるが、安定しているとは言い難い。分厚いマニュアル――ほとんどを優里がまとめたものだ――はあっても、あくまで指針であり、必ず解決策を提示してくれるわけではない。百人の犯罪被害者には、百通りの事情と苦しみがある。毎回、手探りの仕事――しかも今回は「未満」なのだ。支援の糸口さえ見えていないのが現状だった。

「とにかく、あまり印象だけで決めつけないように」

「そうですよね、そうなんですけど……」梓の言葉は歯切れが悪かった。もう一度たしなめようと思ったが、その瞬間、私は自分の中にもかすかな不快感が芽生えているのに気づいた。

4

「じゃあ、どうする」芦田は戸惑いを隠さなかった。

「上手い手は……今のところはないですね」私は正直に認めた。「当面は経過観察、何か起きたら即時対応――それぐらいしかできません」

「まあ、仕方ないだろうな」芦田が腕組みをした。「何でもかんでも手を突っこめるわけじゃないし」

「その、石井涼太とかいう男に、がつんと言ってやればいいじゃないですか」長住がつまらなそうに言った。「こういうことでしか別れた女に復讐できないなら、気の小さい男に決まってるでしょう？　警察に忠告されたら絶対に手を引きますよ」

「それができれば、やってる。でも、そうする権利もない」私は反論した。「だいたい、石井がやったという確証もないんだから」

「だったら、その辺を掘り下げて調べてみたらどうですか」

「課長……」

私は課長の本橋怜治《もとはしれいじ》に視線を向けた。彼の背後で、課長室のドアがゆっくりと閉まる。いったいいつから話を聞いていたのだろう。

「だいたいの事情は、芦田係長から聞きましたけどね」本橋が近くの椅子を引いてきて座った。「経過観察というあなたの方針は、間違ってはいない。ただそれは、警察的には『何もしないで待っている』というのと同義ですよね？　それでは、いざ何かあった時に、動けないでしょう」

「そうかもしれませんが……」

ちらりと長住の顔を見ると、何故か勝ち誇ったような表情を浮かべていた。自分の案が支持されたわけでもないのに。

「いざという時のために、周辺から状況を調べておく手はありますよ。あくまで本人に気づかれないように気をつけないといけませんが、それぐらいなら問題ないはずです」

「……ええ」

「職業は？　会社員ですか？」

「そうです。勤務先は……」私は愛がまとめてくれた書類に視線を落とした。「サクラビタミン」

「ああ、これですよね」梓が自分のデスクの引き出しを開け、ごそごそと探った。取り出したのはシリアルバーだった。「最近、これが売れてるみたいですよ」

「食品会社なのか？」私は訊ねた。

「そう」優里が割って入った。「元々はインスタント食品を作ってたみたいだけど、最近は機能性食品にも乗り出したみたい」

「健康にいい食品？」

「食物繊維たっぷりとか、ビタミン入りとか。昔は飲み物が多かったと思うけど、最近は食べ物も増えてるわね」優里が引き出しを開け、梓と同じシリアルバーを取り出した。ナッツ入り、チョコレート味と読める。どうして二人とも同じ物を持っているる？　そんなに流行っているのか？

「特売だったんで」言い訳するように梓が言った。「まとめて買ってきたんです」

「私はそれをおすそ分けしてもらっただけ」優里がさらりと言って、私にシリアルバーを差し出した。「食べる？」

私は苦笑して首を横に振った。この手の食べ物は何となく苦手だ……歯にしがみつくような食感が好きになれない。

「創業昭和三十四年。東証一部上場。関連会社十五社を含めて、社員二千五百人」優里が説明を再開する。

「でかい会社だな」私は口笛を吹きそうになった。「世間的には、きちんとした会社、ということになるんだろうな」

「ちなみに、少なくともここ十年は、社員がトラブルを起こしたことはないわね。警察沙汰、という意味だけど。それより前のことは、まだ調べていない」

「俺がいない間に、そこまで調べたのか？」

「大した手間じゃないわ」優里が肩をすくめた。「とにかく、基本的には品行方正な会社みたい。酔っ払って喧嘩したり、痴漢したりする社員はどこの会社にもいるけど、それもなかったみたいね。社員教育がしっかりしているのかもしれない」

「ああ、分かった、分かった」長住が嬉しそうな声を上げた。「会社に圧力をかけりゃいいんですよ。そんなお利口さんの会社なら、社員が悪さしたら放り出すでしょう。それで十分、制裁したことになる」

「それはやり過ぎだ」私は体を捻って、長住と相対した。「容疑がはっきりしたわけでもないのに、適当な情報を会社に吹きこむわけにはいかない」

「阿呆は、痛い目に遭わせないと反省しないでしょう」長住の口調は強硬だったが、目が笑っているので真面目に言っているとは思えなかった。「馘《くび》になるのが一番怖いんじゃないですか、会社員は」

「後で問題になるぞ」

「いずれにせよ、まずは周辺捜査をしましょう」本橋が割って入った。時折強硬になることもあるのだが、基本的には和を大事にする人である。「そこは村野警部補、中心になってやって下さい」

「分かりました」課長命令とあらば、従わざるを得ない。何となく、長住が笑いを嚙み殺しているように見えたが、無視する。こいつは支援課の仕事を馬鹿にして、引っ掻き回そうとしているだけなのだ。そもそも普段から、「本籍」である捜査一課へ戻ることしか考えていないのだから、真面目に相手をする価値もない。実際、古巣の幹部と頻繁に会って、いろいろ相談しているのを私は知っている。こっちにすれば好きにしろ、だ。今いる場所で力を発揮できない――しようと努力しない人間は、どこへ行っても足手まといになるだけだろう。

「それでは、そういうことで」本橋が話をまとめにかかった。「あくまで穏便に、ね」

それだけ言い残して課長室に消える。何だか無責任な感じもしたが、課長がすべての仕事を采配できるわけもないのだから、仕方ない。とにかく私は、自分でできることをするだけだ。

集まっていた課員たちが散ったので、私はようやく自分の席についた。幸い、長住の席は私の背後にあるので、直接顔を合わせることはない。それにしてもあいつは……やはり、いつか必ず説教してやろうと思った。それで心を入れ替える保証はないが、一度、正面切って支援課の仕事について諭《さと》してやらなくては。

「ちょっと……」優里が遠慮がちに声を上げた。

「何か？」

「西原からメールが来てるんだけど」

「それで？」

「読む？　転送しようか？」

「いいよ」私は苦笑しながら顔の横で手を振った。「君宛てだろう？　俺には読む権利はないよ」

「何となく、あなたを意識して書いてるような感じがするから」

「よせよ。君、いつからそんな妄想するようになったんだ？」

「冷静に分析した結果だけど」優里が不思議そうに首を傾げる。

「分かった、分かった……それで、内容は？」

「今回の件は西原が直接担当して、しばらく平尾さんの面倒を見るって」

「それは、イレギュラーなやり方だね」私は首を捻った。

「向こうには向こうの都合があるから、こっちは口出しできないけど……気になったみたいね」

「それは分かるけど、大丈夫なのかな」実際、気になった。愛の支援センターでの仕事は、あくまでボランティアである。本業もあるのだし、今でも相当負荷がかかっているのに、例外的な仕事まで引き受けたら、彼女の方が参ってしまうのではないだろうか。

「本人が大丈夫だって言ってるんだから、任せるしかないでしょう……それで彼女、あなたにもよろしくって」

「よろしくって言われても」私は顔を歪《ゆが》めた。「別に、俺が彼女の面倒を見てるわけじゃない」

「そう？　これは一種のラブコールじゃない」

どうしてそういう解釈になるのか……私は思わず掌《てのひら》を広げて額を揉《も》んだ。時折、優里の発想は飛び過ぎて、ついていけなくなる。

「そんなわけ、ないだろう」

「あなたがそう言うなら、そういうことにしてあげてもいいけど」

「何だよ、それ」ほとんど禅問答のようになってしまっている。このままいくら言葉を連ねても、私が納得するような答えは得られそうにない。

「とにかく、西原は仕事熱心だから。そこは評価しないと」

「何で俺が評価しなくちゃいけないんだ？」

「それは……」

優里が急に口ごもる。要するに彼女自身も答えが分かっていないのだ。だったら、余計なことは言わなくてもいいのに。

「俺は特に、言うことはないから。西原には、適当に返信しておけばいいんじゃないかな」

冷たいかもしれないと自分でも感じたが、優里の微妙なお節介につき合っている暇はない。私はまず、サクラビタミンの基礎調査、そして石井涼太の個人情報の収集から始めた。

「普通の人っぽいですね……優秀なんでしょうけど」梓が手帳を見ながら、ぽつりと感想を漏らした。

それは感想にもなっていないと思ったが、私は反論を控えた。実際、私から見ても、石井涼太は「普通の人」としか思えなかったからだ。札幌の進学校から現役で都内の理系の大学に進み、卒業と同時にサクラビタミンに入社。以来ずっと、本社ではなく研究所の方で勤務している——理系の人間のキャリアとしては、ごく普通だろう。

府中市にあるサクラビタミンの研究所を訪れた私たちは、車の中から正門を見守っていた。午後六時。ちょうど終業時間なのか、ぞろぞろと社員が出て来る。何だか嫌な予感がした。会社の中でも、研究部門の人間というのは、勤務時間があってないようなものではないか——そんな想像をしていたのである。昼夜逆転していたり、そこまででなくても毎日終電まで粘ったり。だとしたら、この張り込みは相当長くかかるか、無駄に終わる可能性もある、そう覚悟していたのだが、六時を十分過ぎたところで、石井涼太が正門から出て来た。

すらりとした長身。ノーネクタイの半袖シャツというラフな格好だった。背中をかすかに丸めているのは、長身の人間にありがちな癖である。荷物は、薄手の黒いブリーフケースだけ。あれでは、ノートパソコンを入れたら一杯になってしまうだろう。

元々、荷物は多く持ち歩かないタイプなのかもしれない。髪は耳を覆い隠すほどの長さで、確かにハンサムなものの、どこか線が細い感じだ。しかし陰湿な印象はない。自分を振った相手を貶《おとし》めようと、ネットにプライベートな写真を流出させるようなタイプとは思えなかった——いや、思いこみはやめよう。第一印象は大事だが、そこにとらわれ過ぎてはいけない。

石井は一人だった。他の社員は二人、三人と連れ立って出て来ることが多かったのだが、基本的に孤独を好むのかもしれない。たまたまかもしれないが、あんな嫌がらせをする人間には友だちはいないという先入観も立つ。いやいや……そういう考えに引っ張られたら駄目だ。

「後で連絡する」

言い残して、私は覆面パトカーのドアを開けた。石井が、歩くのが速くないといいのだが……膝の痛みはだいぶ薄れているものの、まだ速歩きができるほど回復してはいないのだ。本当は梓に尾行させればいいのだが、まだ任せる気にはなれない。

多摩川にほど近い場所にあるサクラビタミンの研究所の最寄駅は、京王線の中河原《なかがわら》である。おそらく徒歩十分ほど、真夏や真冬は結構大変ではないかと、私は密かに石井に同情した。かといって、会社でシャトルバスを出すほどの距離ではないだろう。

幸い、石井はそれほど速く歩かなかった。マンションなどが立ち並ぶ住宅街を抜け、どちらかというとゆっくりしたペースで駅へ向かっている。途中、梓に電話を入れ、寄り道する気配がないことを伝えた。

「じゃあ、駅へ移動します」

「駅の近く、でいい」私は指示し直した。「鎌倉街道沿いで待機していてくれ。何もなければ、このまま家まで尾行するから、そこで落ち合うようにしよう。また連絡する」

「了解です」

石井の自宅が、井の頭線の永福町《えいふくちょう》にあることは確認している。明大前《めいだいまえ》での乗り換えがあるだけだから、通勤は楽だろう。朝夕のラッシュとは逆方向になるし。もっともサクラビタミンの本社は江戸川区にあるので、そちらへ異動になったら面倒だろう。

石井は、曲がりくねった細い道路を抜けて、駅前まで出て来た。「ひがし通り商店会」のアーケードの下をくぐると、その向こうが鎌倉街道である。高架になっている駅も見えた。石井は角を曲がって鎌倉街道に出て、そのまま高架をくぐった。駅前はロータリーになっており、一角に交番がある。交番の正面にはショッピングセンター……石井は駅の構内にある書店に足を運んだ。コンピューター関係の雑誌が置いてある棚の前で、立ち読みを始める。私は少し離れた場所にあるスポーツ誌の棚へ向かった。大リーグもシーズン終盤。毎月購読している専門誌が、「プレーオフの行方を占う」的な特集を掲載する時期だ。そういえば今月はまだ買っていなかった……が、今はあくまで尾行中である。レジでもたもたしている間に、石井は消えてしまうかもしれない。雑誌に視線を落とす振りをして、観察を続ける。

五分ほど、雑誌をとっかえひっかえして見ていた石井は、結局一冊を摑《つか》んでレジに向かった。タイトルまでは見えなかったが、仕事の関係なのか、それとも趣味なのか。

私は一足先に店を出て、改札の中で待った。石井もすぐに改札に入り、上り線のホームへ上がって行く。電車が来ていないことを確認して、私はまた梓に電話を入れた。

「今、上りホームだ」

「こっちも移動した方がいいですか?」

「自宅の方へ向かってくれ。何か別の動きがあったらまた連絡する」

「了解です」緊張した声で言って、梓が電話を切った。

彼女はまだまだ刑事の——私たちはいわゆる「刑事」ではないが——仕事に慣れて

いないと思いながら、私は背広のポケットに携帯を落としこんだ。石井はホームの白線からだいぶ下がった位置に立ち、先ほど買ってきたばかりの雑誌を広げている。ブリーフケースには肩紐がないので右手に持ち、左手に雑誌という落ち着かない格好である。ページをめくる度に、バッグを持った右手を持ち上げなければならない。

私は一瞬彼から視線を切り、時刻表を確認した。この時間だと各停しかこないのか……隣の分倍河原《ぶばいがわら》で特急か何かに乗り換えるのだろうな、と想像する。気楽な一人暮らしであっても、各停で延々と明大前まで行くほど暇ではないはずだ。

電車がホームに滑りこんできて、石井は雑誌に視線を落としたまま乗りこんだ。空席があるのに立ったまま、ブリーフケースを網棚に載せると、また雑誌に集中し始める。私は同じ車両の端に乗り、石井の様子を観察し続けた。乗り換えのタイミングで見逃さないようにしなければならない。

予想通り、石井は分倍河原で降りて特急に乗り換えた。夕方の上りでも少し混んでおり、監視が難しくなる。ただし、停車駅が少ないから、見逃すこともあるまい。

逆に、想定外の動きが欲しいぐらいだった。こういう単調な尾行は、昔から私を苛々《いらいら》させる。

石井は明大前で井の頭線に乗り換え、一駅だけ乗って永福町で降りた。この時点で午後七時過ぎ。梓に報告を入れる。ハンズフリーにしているのでいくらでも話せるはずなのに、梓はさっさと電話を切りたがった。運転している時は、あくまで運転に集中したいタイプなのかもしれない。

「もう少しつき合ってくれてもいいのにな」一人小声で文句を言いながら、私は石井の尾行を続けた。

永福町駅付近は、井の頭線沿線でよく見られる、ごちゃごちゃとしたまとまりのない街である。駅の北口を幹線道路の井ノ頭通りが通っているが、生活の中心になるのはそれと交わる細い商店街のようだ。石井は、買い物客で賑わう商店街をゆっくりと歩き始めた。餃子の専門店、焼き鳥屋、ビストロと、軽く酒を呑むのに適した店が並んでいる。一人暮らしにも便利な街だろう。

石井は途中で、このメーンストリートの左側にある細い路地に足を踏み入れた。行先は、住宅街の中に地味に佇《たたず》む、一軒の中華料理店。ああ、こういう店が彼の「台所」なのか、と得心した。どこの街にも一軒はあるような、昔ながらの中華料理店。店の外にはガラス製のショーケースがあり、定食が一律八百五十円なのが分かった。日替わりのメニューは、ショーケースの脇に置かれた黒板に書かれている。気楽な店で、酒を呑まない限り、千円以上使うのは難しいだろう。

どうするか……店の内部の様子が分からないのが痛いが、中に入ると同席する羽目になる可能性もある。一瞬の判断で、店の外で待つことにした。住宅街の中にぽつりとある店なので待ちにくいが、仕方がない。駅の方へ少し戻り、電柱の陰に入って携帯電話を取り出す。一度、梓から着信があったのが分かり、思わず顔をしかめた。徒歩で尾行中に電話してくるとは……基本の基本を知らないわけだ。常にマナーモードにしてはあるが、静かな場所で張り込みをしていると、振動しているのが聞こえたりする。いや……もしかしたら緊急の用事かもしれないと思い、慌ててかけ直した。

「今、どこだ」

「駅前です」

すぐ近くか……一瞬頭の中で、距離と時間を計算した。厳しく指導するつもりだったのに、頭から吹っ飛んでいた。

「車は停めておけるか？」

「コインパーキングがあります」

「分かった。今から言う場所へ来てくれ。彼の家の近くだ」中華料理店の住所と大まかな道順を教える。梓が生真面目にメモしている様子が窺《うかが》えた。「五分で来られるか？」中華料理店での一人の食事は、だいたいあっという間に終わってしまう。

「大丈夫だと思います」

「彼が食事を終えるまでに、何とか頼む」

「分かりました」

三分後、梓が全力疾走でやって来た。呼吸を整えながら足を止めたが、丸い頬は赤くなっている。

「そこまで急がなくても」

「遅れたら……申し訳ないので」

彼女は、こちらの言うことを極端に真に受けてしまうところがある。もちろん、遅れるよりははるかにましなのだが、ゆとりは一切ない感じだ。

「彼は今、そこの店で食事中だ」私は二十メートルほど先にある看板を指さした。「間もなく出て来ると思う。そのまま徒歩で尾行してくれないか？　俺は店で聞き込みをしてみる」

「分かりました」

こうした場合、相手の正体を探るのは、極めて難しい。つき合いが深いであろう会社の人間に聞くのが一番いいのだが、そうすると警察が追っていることを、本人に知られるリスクがある。取り敢えずは自宅の近所で聞き込みをして、何とか人となりを浮かび上がらせるしかない。

十分後、石井が店から出て来た。駅の方に背を向け、ゆったりした歩調で歩き出す。すっかり腹が満たされ、家に帰るのも億劫《おっくう》そうな感じだった。

「頼む」と私が言った時には、梓はもう歩き出していた。何故か弾むような歩き方で、頭がぴょこぴょこと上下する様は、子どもがスキップを踏んでいるようだった。

私はすぐに、中華料理店に入った。午後七時台ということで、店内はほぼ満員。独酌《どくしゃく》で夕飯を食べる中年男性や、四人がけのテーブルで宴会をやっている大学生らしきグループなどで埋まっていた。店内は小綺麗で、中華料理店特有の油っぽい感じはあまりない。店員が忙しく立ち働いていたので、私はカウンターに腰を落ち着け、様子を窺った。簡単に話しかけられる雰囲気ではない……食事をして、タイミングを見計らってとも考えたが、それでは時間がかかり過ぎる。

結局、フロアを担当している中年女性の手が空いたところで声をかけた。バッジを示すと、女性がにわかに緊張するのが分かる。こういう反応は普通で、私は遠慮なしに切り出した。

石井の風貌を説明する。身長、体つき、髪型……女性はすぐにぴんときたようだった。

「ああ、週に一回ぐらいは来られますよ」カウンターを拭きながら答える。

「いつも一人ですか？」

「そうですね、一人ですね」

「女性を連れて来たりしたことは？」

「一度も見たことがないけど」女性が顔を上げ、私を疑わしげに見た。「何か問題でもあるんですか？　その人、何かしたんですか」

「いや、そういうわけじゃないですけど」私は言葉を濁した。案外強硬、というか強気な女性である。下手な質問をすると、そっぽを向かれてしまいそうだ。「参考まで、です。詳しいことは申し上げられませんが」

「警察の仕事はそういう感じなんでしょうね」女性が鼻を鳴らした。「いつも一人ですよ。だいたい、回鍋肉《ホイコーロー》定食を食べていきますけど」

私はカウンターに載ったメニューをちらりと見た。主菜＋ライス＋スープ＋日替わりの小鉢のつけ合わせ。これで八百五十円は、都内ではお値打ちかもしれない。一人暮らしの夕食には十分だろう。

「酒は？」

「いつも食事だけです」

「何か話したりすることは？」

「ないですね。うちのお客さんは、だいたい食べるのが専門なので。さっさと食べてさっさと帰るだけです」

　これでは参考にならない。私は礼を言って店を出たが、もやもやが膨らんだだけだった。そのまま石井の自宅へ向かう。胃は空腹を訴えていたが、取り敢えず梓と合流しなければならない。

　石井のマンションに着くと、梓が電柱の陰に隠れてぽつんと立っていた。いかにも手持ち無沙汰な様子。

「どうだった？」

「コンビニで買い物をしただけで、すぐに帰りました。中華料理店の方、どうでしたか？」

「沈黙の客みたいだな」私自身がそうなので、石井の行動はよく理解できる。一人で夕飯を食べる時は、酒も呑まずにさっさと済ませたいのだ——独酌は、悪酔い、さらにはアルコール依存症への第一歩である。だから自宅近くで通う店は決まっていても、店員と軽口を叩くこともない。食べることに専念して、食べ終えたらすぐに帰るのが私の流儀である。店員と変に馴《な》れ合うのを嫌い、同じようにしている人間はいくらでもいるはずだ。

一人暮らしが長いと、軽い人づき合いが面倒になってくる。

「出て来そうにないな」私はマンションを見上げた。石井の部屋が二階の角部屋なのは分かっている。灯りが灯っていて、カーテンの向こうで人影が動くのが分かった。

「そうですね。あまり活発な人には見えませんね」

「同世代から見て、ああいうタイプはどうだ？」

「どうって……」梓が苦笑する。「個人的感想は控えます」

「率直に言ってもらっていいんだけど」

「やめておきます」梓が首を横に振った。「でも最近は、ああいう人、多いですよね」

「同僚でも？」

「何か……インドア派っていうか、呑み会もあまりやりませんし」

「段々、そんな風になってきたんだよな」私はうなずき、今日の尾行は解除しよう、と決めた。というより、今後も尾行する必要があるのかどうか……石井が不活発なタイプなのは間違いないようで、同じ日々を繰り返しているだけのような予感がした。

しかし、家の中でどうしているかは分からない。綾子の写真はネットでばらまかれたわけで、そういう作業をするには、家に籠《こも》っているのが一番安全なのだ。誰にも見られず、密かに作業する……暗い場面を想像して、私はぞっとした。怨念が、パケット通信で世界中にばらまかれていく。

「今日は終わりにしよう」

「お疲れ様です」梓がほっとした表情を浮かべて肩を上下させた。

「何だ、緊張してたのか」

「支援課に来てから、本格的な尾行は初めてですから」

「腹が減っただろう？　飯でも食べて帰ろうか」

「そう、ですね」

答えが一拍空き、梓があまり乗り気でないのが分かった。「呑み会もやらない」という発言には、彼女自身も含まれていたのだろう。無理強いすると面倒なことになるな、と私は前言を撤回しようとした。

「車を返さないといけないですよね」遠慮がちに梓が切り出した。

「ああ、そうか」乗り気でない理由がすぐに分かった。彼女の家は確か杉並——阿佐《あさ》ヶ谷《や》である。ここから吉祥寺まで井の頭線で出て、中央線に乗り換えれば、短時間で帰れる。あるいは縦の線を結ぶバスの路線があるかもしれない。警視庁に戻るのは時間の無駄だ。「車は俺が返しておくよ。それほど遠回りにはならないから」

私の家は中目黒《なかめぐろ》だ。一度霞が関《かすみがせき》の警視庁に寄ってからでも、大して時間はかからない。

「いいですか？」

梓の顔がぱっと明るくなった。こんなことでそれほど悩んでいたとは、と驚く。別に遠慮しなくてもいいのに……まだまだ、話しやすい雰囲気が作れていないのだな、と少しだけ反省する。総務部の下にぶら下がっている支援課は、捜査の最前線に立つ刑事部の各課に比べれば、殺気立った雰囲気は薄い。だが任務の特殊性故に、神経が磨《す》り減ることも多いのだ。長住のような異端児がいるせいで、些細な言い合いがぴりぴりした口論に発展してしまうこともある。彼女は、そういう雰囲気を敏感に感じとって、ずっと畏縮していたのだろう。

「大丈夫だ。とにかく飯にしないか？　人が飯を食ってる間、ずっと待ってると、普段より腹が減る感じがするよな」

梓がようやく笑みを浮かべた。何とも分かりやすい……彼女をコントロールするのは楽勝だ、と私は少しだけほっとした。

5

自宅へ戻って玄関に入った途端、タイミングを見計らっていたように愛から電話が入った。珍しい……彼女から直接電話がかかってくることなど、今では滅多にないのだ。

一瞬鼓動が高鳴ったが、何かを期待したわけではない。トラブルがあったのでは、と心配したのだ。灯りも点けないうちにスマートフォンの通話ボタンを押し、応答しながら照明のスウィッチに手を伸ばす。玄関がぱっと明るくなるのと、彼女の声が耳に飛びこんでくるのと、一緒だった。

「ごめん、今、話して平気？」

「ああ、いや——ちょうど家に帰って来たところだ」

「かけ直す？」

「いや、大丈夫」靴を蹴り脱ぎ、部屋に入る。昼の熱が残っていてむっとした。一人の部屋は常にこういう感じなのだが……いつまで経っても慣れず、侘《わび》しい気分になる。「で、どうかしたのか？」

　まさか、綾子に何かあったのでは、と心配になる。今のところ、愛の口調に変化はないが、元々感情を露わにするタイプでもない。

「綾子さんのことなんだけど」愛は、相談に来た人を――特に女性を、下の名前で呼ぶことが多い。

「何か問題でも？」訊ねながら、エアコンのリモコンをテーブルから拾い上げ、電源を入れて設定温度を下げる。

「今夜、会ってきたの。私が誘って」

「まさか、家庭訪問したんじゃないだろうな」私は思わず目を細めた。犯罪被害者支援の仕事に「線引き」はない――必要なら二十四時間対応で動かなければいけないが、やはり区切りはある。夜間に相手の家を訪ねたり、自分の家に招いたり……そういうことは避けるべきなのだ。もちろん、緊急時にはその限りではないが、現在綾子を取り巻く状況は、そこまで深刻ではない。

「外で会ったわよ」愛が慌てて言い訳するように言った。「一緒に食事をして、話を聞いて……昼間に比べればだいぶ落ち着いたみたい」

「そうなのか？」

「あなたたちと話して、少しは気が楽になったって言ってたわ」

「そうか」

何の慰めにもならない面会だったはずだが……エアコンの風が頬を撫で始める。電話を耳に押し当てたまま、なんとか背広を脱ぎ、ソファに放り投げた。シャツのボタンを一つ余計に外すと、少しだけ気持ちに余裕が生じる。

「それで？　君は何の話をしたんだ？」

「他愛もない話」

「向こうはそれでよかったのか？」

「悪くはなかったと思うわ」愛がさらりと言った。「少しでも気が紛れれば、いいじゃない」

しかしそれでは、抜本的な解決にはならないのだ。不安の根源を取り除かない限り、綾子はいつまた不安定な状態に陥らないとも限らない。あるいは、石井が新たな攻撃に出てくる恐れもある。彼の性格が読めない以上、何とも言えないのだが、もしも陰湿な裏の顔があるとしたら、第二、第三の矢を放ってくるかもしれない。

「あのさ」私はソファに腰かけた。後頭部を、エアコンの冷風が撫でていく。

「何？」

「君、どうしてこの件にこんなに入れこむんだ？　普段は、そこまでしないじゃないか。そんな余裕もないだろうし」

「そうね」

「だったら、どうしてこの件だけは特別なんだ？」

「別に、いつもと同じだけど」愛の声は素っ気なかった。

「そうかな」

「そうよ。扱う案件はたくさんあるんだから、特にどれかに力を入れたら、バランスが崩れるわ」

「それは分かるけど」

「私はどの案件でも常に一生懸命よ？　相談時間外に相手と話すことも、珍しくないわ。支援課とはやり方が違うんだから」

少し早口。何だか言い訳めいても聞こえる。彼女は本音を話していないな、と思った。もっとも、愛が何かと一生懸命になりがちなのは間違いないのだが……彼女は、事故で下半身の自由を失った。しかし今も自分の会社を切り盛りし、その上支援センターで、犯罪被害に苦しむ人たちをサポートしている。それはある意味、自らのアイデンティティを保つためなのだろう。犯罪被害者と一緒に苦しむことで、自分が社会の役に立っているという実感を得ているのだ。

逆の立場だったら……もしも私が下半身不随になったら、おそらく自堕落な生活を送っていたに違いない。人づき合いを絶ってアルコールに溺れ、緩慢な自殺を選んでいたと思う。膝を手術しないのは、あの時の苦しみを忘れないためだ。私を助けてくれた愛に対する贖罪《しょくざい》だ——そんなことを話しても愛は鼻で笑うかもしれないが。怪我してからの彼女は、かなり皮肉っぽくなった。もっとも、白けた態度も辛辣《しんらつ》な言葉も、内輪の人間——私も内輪だとすればだが——にしか向けられない。会社で自分の部下にどう接しているかは分からないが、少なくとも支援センターでの仕事ぶりは「真摯《しんし》」の一言である。相談に訪れた人の話に真剣に耳を傾け、常に冷静で的確なアドバイスを与え、沈黙を守るべき時には守る。ある意味、理想の相談員だと思う。しかし今回は、その枠をはみ出しているようにしか見えない。あまりにも相手にのめりこむのは危険だ。感情移入は必要だとしても、それが行き過ぎると、相談を受ける側が壊れてしまう。

「平尾さん、今回の転職に賭けてたんだろうな」私は話題を変えた。

「それはそうよ。そのために、わざわざ大学院に行ったんだから」

「どうしても大学院に行かなくちゃいけなかったのかな」

「彼女、はっきり言わないけど、会社側からそういう条件を出されていたみたい。修士号も必須なんだけど、大学院の研究である程度の成果を出せば、入社してから有利になる……よく分からないけど、会社側も即戦力が欲しかったのかもしれないわね」

「理系はそんなものなのかな？」

「さあ」

「君だって……」と言いかけ、私は口をつぐんだ。愛はウエブ系の制作会社を経営しているが、大学は理系ではなかった。ＩＴ関係というと理系、というイメージがあるのだが、必ずしもそうではないらしい。彼女の会社も、七人の社員のうち、純粋理系のスタッフは一人だけだそうだ。

「私が何？」

「いや、何でもない」

「大袈裟《おおげさ》に言うと、彼女はアイデンティティの危機を迎えていると思うの」愛がさっと話を切り替える。「若い頃の目標……というか、上手くいけば一生の目標よね？　それが崩れてしまうかもしれない。しかも自分の落ち度じゃないのに」

「ああ」

「いろいろ話したんだけど……思い切って、会社に打ち明けるのも手かもしれないってアドバイスしたわ。でもね……」

「乗らなかった？」

「危ない橋を渡るつもりはないみたい。結構慎重な人なのよ。というか、きちんと目標設定して、それに向けてスケジュール通りに頑張る人。だから、イレギュラーなことがあると、フリーズして対応できなくなるのかもしれないわね。今の彼女は、判断停止の状態だわ」

「とはいえ、いつまでもそうしているわけにはいかないだろうな」

「そう」愛が相槌を打った。「ネットに流れた情報がいつ爆弾になるか、分からないから」

「君のアドバイスが一番正しいかな。会社に素直に打ち明けるのは悪くない手だと思う」それで会社側が「問題なし」と判断すれば、彼女の悩みの九割は解消するだろう。ただし、「問題あり」だと……彼女が築き上げてきたものは崩壊する。その後のフォローは、私たちには難しい。

「あの会社、昔何かトラブルがあったんですって？」

「ああ」私は、綾子から聞いた訴訟沙汰の件について説明した。

「そうか……」愛が一瞬黙りこむ。「そういうことに神経質な会社なのかもしれないわね」

「その訴訟と今回の件は、まったく性質が違うけど」

「スキャンダルでひとくくりにするかもしれないでしょう。それは間違っているけど、私たちが会社の方針に首を突っこむのも間違ってるわよね」

「ああ。支援の枠をはみ出している」あくまで被害者に寄り添うこと──そのためには、多少本来の業務からはみ出ることもあるが、会社に「何とかしろ」というのは、やはりやり過ぎである。せいぜい綾子にアドバイスするぐらいだが、それも彼女が乗ってこないならどうしようもない。

「綾子さん、石井を相当恨んでるわよ。何とかできないかって……」

「現段階では無理だ」

私は立ち上がり、キッチンへ歩いて行った。冷蔵庫を開けて中を見た瞬間、コンビニに寄ってくるべきだった、と後悔する。ビールもなし。ミネラルウォーターのボトルが二本冷えているだけだった。食事は済ませたが、寝るまでの時間を水だけを友に過ごすのはあまりにも侘しい。

一瞬、愛と過ごした日々を思い出した。彼女は用意周到というか、自分で決めた枠の中に必要な物がしっかり入っていないと苛立つタイプだった──たぶんそういうところも、綾子と似ている。それ故か、当時彼女が親元を離れて一人暮らしをしていたマンションの冷蔵庫には、ビールだけではなく、野菜ジュースやヨーグルト、簡単なツマミなどが常備されていた。そのうちの幾つかは、明らかに私のためのものだった。あの頃は、私の部屋の冷蔵庫も、こんな寂しい状況ではなかった——取り返せない日々。

立ち上がり、ソファに戻る。狭い部屋はとうに冷やされており、私はワイシャツを脱いだ。これもソファの上で、背広に重ねて置いてしまう。それほどだらしない方ではないと自認しているのだが、脱いだ服は明日の朝までそのままだろう。ずっと一人で暮らしていると、いろいろなことが面倒になってくるのだ。

「とにかく、しばらく様子を見るわ。たまに経過観察で会うようにするから」

「やり過ぎないように」私は釘を刺した。時折彼女は、「暴走」する。必要とは思えないことにまで手を出してしまうのだ。

「分かってるけど、彼女の立場も分かるだけにね……あなたにはピンとこないかもしれないけど、女が自分の好きな仕事を思う存分やれるような環境は、なかなかないのよ」

「ああ」

「助けたい……なんていう大袈裟なものじゃないけど、とにかくそういう気持ちはあるから」

「分かった」これ以上は何を言っても無駄だろう。彼女は、やると決めたらやる。他人の言葉で迷ったりはしない。もしも、少しでも人のアドバイスを受け入れる気があるなら、私とも別れていなかったはずだ。事故の後、彼女の方から別れ話を切り出してきたのだが、あの時は優里が相当しつこく説得していた。しかし、親友の粘りでさえ、彼女には通用しなかったのだ。後で優里は私に謝りつつ、「あんなに頑固な人間だとは思わなかった」と憤慨したものである。

「そっちはどうなの？」

「詳しいことは話せないけど……」

「ということは、実際に捜査に入っているわけね？」

愛の鋭さに、思わず苦笑してしまう。支援課は、基本的に「捜査」はしない。あくまで犯罪被害者のサポートが本業なのだが、流れで普通の刑事のように捜査をすることもある——私たちは「調査」と言っているが、時にそれを、他の課から疎まれることもある。

「とにかく、詳しい内容は話せない」

「問題は、あの写真を流出させたのが誰か、ということでしょう？」

　またも苦笑するしかなかった。愛には全て見抜かれている。彼女は元々、警察の仕事とは何の関係もない民間人だったのだが、私とつき合い、後には支援センターの仕事をすることで、警察の業務にも精通してきている。

「ハッキングされた可能性もあるからね」

「そうかもしれないけど、そんなこと、調べられるの？」

「本気で調べようと思ったら、サイバー犯罪対策課の協力が必要だけど、今のところはそこまでできるほど材料がない。俺たちにできるのは、石井が本当にあんなことをする人間かどうか、見極めるぐらいだな」

「すごく面倒臭そうな仕事じゃない？」

「まあ……その件については、詳しくは話せないんだけどね」

「分かってる。一応、綾子さんのことも心配してあげてね」

「もちろん。それが仕事だから」

　電話を切り、一つ溜息をついた。そういえば、愛とこれほど長く電話で話したのはいつ以来だろう。別れてからは、互いに相手を近づけないように気を遣ってきたのだが……あるいは彼女の方で「雪解け」を模索しているのかもしれない。

　そう考えて少しだけ心が乱される自分が、何となく嫌だった。未練はいつも、人を停滞させるものだから。

6

一週間近くかけて石井の身辺を調べて回ったが、決定的な情報は摑めなかった。やはり石井は、東京で一人暮らしをする若い男に特有の、人づき合いが少ない毎日を送っているようである。

研究所を出る時間はまちまちだが、それほど遅くなることはない。一度だけ、木曜日に午後十時になったが、その他の日は、遅くとも午後七時には研究所を出ていた。

土日は休みなので、朝から自宅に張り込むことにしたが、これも空振りに終わりそうだった。土曜日の外出は、昼前後だけ。この時は昼食を食べ——例の中華料理店だった——その後でクリーニング屋に寄り、スーパーで大量の買い物をした。土日の夜は自炊なのだろうか……日曜の夕方になって動きがあった。Tシャツにジャケット、ジーンズという軽装で部屋を出て来た石井は、そのまま電車を乗り継いで六本木まで行ったのだ。目的地はライブハウス。とは言っても、汗の臭いが充満するような狭い小屋ではなく、チケットも馬鹿高そうな高級な店である。私は、同行していた長住

――来るのを非常に嫌がった――と一緒に何とか潜りこんだのだが、長住の機嫌は悪くなる一方だった。

「飯ぐらい食いませんか？」開演は午後七時。さすがに腹が減ったのだろう。

「仕事中だよ」

「だってこれ、九時ぐらいまで終わりませんよ」

それは確かに……仕方なく、メニューを眺める。チケットだけでなく、料理も馬鹿高い。腹に溜まるものを食べようとすると、牛ホホ肉の赤ワイン煮が三千五百円、子羊のローストが三千三百円と、目の玉が飛び出そうな値段である。

「これ、領収書で落ちますかね」さすがに長住も心配になってきたようだった。

「無理だろうな」言って、私は何とか懐《ふところ》が痛まない値段の料理を探した。サンドウイッチが千百円……これだな。どう見てもジャズには縁のなさそうなむさ苦しいスーツ姿の男が二人、洒落たソファ席でサンドウィッチをつまむ姿は、周囲から浮くだろうが、それは仕方がない。

料理を頼んで、ようやく石井の様子をしっかり観察する余裕ができた。

私たちが案内された席は、ステージの右手の二階席だった。二階と言っても、そもそもステージ前のフロア自体が少し低い造りになっているので、案外ステージには近い。最前列の席など、身を乗り出して手を伸ばせば、演奏しているミュージシャンの肩にタッチできそうだ。

　石井は前から三番目の席に座っていた。二階席の両サイドは基本的に、テーブルとソファの席になっており、カップルで演奏を楽しむのに最適の造りだ。ステージをきちんと観られるように、ソファはやや斜めを向いている。石井はそこで一人……いや、すぐに一人の女性がやって来て、彼の横に腰を下ろした。体にぴったりした濃紺のワンピースに黒いパンプス、胸元にはシンプルなシルバーのネックレスが光っている。

「おやおや」長住が白けたように言った。「今の彼女ですかね」

「いや……どうかな」私はしばらく、二人の様子を観察し続けた。どうも、つき合っている気配ではない。石井はしきりに話しかけているが、女性の方は返事が遅れがちになっている。阿吽《あうん》の呼吸で会話が転がっている感じではない。それに、石井が少しでも近づこうと彼女の方に体を傾けているのに、女性はそれを避けるように体をよじっているのだ。ビールでの乾杯も、どこかぎこちない。

「アプローチ中、じゃないかな」

「だとしたら、上手くいってないですね」長住がほくそ笑んだ。「哀れだよなあ。ここ、チケットも料理も高いでしょう？　背伸びしても、金をドブに捨てることになると思いますよ」

「そうかもしれないな」

私は適当に調子を合わせた。支援課には皮肉屋が多い。神経を磨り減らす仕事をしているせいもあるのだが、長住も例外ではない。だがこの男の皮肉は、何故か私をイラつかせるのだ。何というか、皮肉の目が粗い。紙やすりだとすれば、仕上げ用ではなく、最初に粗く形を整えるためのものだ。

「しかし、ちょっと妙だな。新しい女にアプローチしている人間が、元カノに嫌がらせなんかしますかね」長住が首を捻る。

「それとこれとは別なんじゃないかな」

「だとしたら、相当ひねくれた野郎だな」

私は答えなかった。まだ、答えは出したくない。一週間近くも追い回しているのに、石井という人間については、何一つ分かっていないと言っていいのだから。

午後七時を五分過ぎて、ステージが始まった。海外のミュージシャンには疎いので知らなかったが、今回はピアノトリオのようである。ステージの真ん中にピアノが置かれていることから、あくまでピアニストが主役なのだと分かった。

一曲目が始まってすぐ、私は身を乗り出した。ジャズにはまったく詳しくないのだが、中には分かる曲もある。『ニューヨーク・ニューヨーク』。フランク・シナトラの持ち歌なので、ジャズというよりスタンダードナンバーなのだが、このトリオは、軽やかなリズムのアレンジで演奏している。ヤンキースタジアムで試合が終わった時に流される、ヤンキースにとっての一種のテーマ曲――私は思わず目を閉じた。私のささやかな夢は、現地で直接この曲を聴くことである。海外へ遊びに行くような時間はなかなか取れないのだが、できるだけ近いうちに実現するつもりだった。そのうち、ヤンキースが試合後に流す曲も変わってしまうかもしれないし。

つき合っていた頃、この話を愛にしたことがあったな、と思い出す。実際、二人で行こうと話していたのだ。

新婚旅行として――もう、絶対に叶わぬ夢。消えた夢。

「だるい曲ですね」

長住は早くも飽きてしまったようだった。それでも視線を石井に注いでいるのは、さすがにプロということか。捜査一課でもそれなりに評価されていて――それが支援課に回されたのだから、本人は「飛ばされた」といじけていてもおかしくはないが……そもそも支援課が寄せ集め部隊であるのには理由がある。「犯罪被害者」の範囲は多岐にわたるから、様々な事件を担当する部署から人が集められるのは当然なのだ。自分が精通した事件に関する被害者なら、対応の仕方にも慣れているだろう、という考えである。とはいえ、出身部別で多いのは交通部、そして生活安全部だ。犯罪被害者が多いのは圧倒的に交通事故、それに性犯罪だから、どうしてもそうなる。考えてみれば、今回のような一件に捜査一課出身の二人がかかわるのも、適材適所とは言い難い。

私は、一曲目だけは楽しんで聴いた。だがそのあとは、眠気と戦うので必死だった。これが大音量のパンクロックだったら、居眠りする暇もなかっただろうが、穏やかなピアノの音とうねるようなベースの低音は眠気を誘う。しかも、知らない曲ばかり。これでは集中できるはずもない——もちろん、私の目的は、このライブを楽しむことではないのだが。

石井は、遠慮がちに女にアプローチしているようだった。一曲終わる度に女に話しかけ、体を傾けて何とか接近しようとする。その都度女の方は、すっと身を引いてしまうのだった。それでも飽きずに、数分後には同じことを繰り返す。

「嫌われてるの、分からないんですかね」さすがに呆れたように長住が言った。

「鈍い奴はいるからな」

「だけど……女もよく我慢してますね。席を立ってもおかしくないのに」

「このトリオが好きなのかもしれない」

「あるいは、高い料理を奢《おご》ってもらってるから、二時間我慢するぐらいは礼儀だとか」

長住がにやりと笑う。釣られて私も思わず笑ってしまった。二人で笑みを交わし合うなど、極めて珍しい。

ライブは二時間かからなかった。八時半には一旦終了し、一度だけアンコールに応えてから――美しいバラードで、この曲に惹《ひ》かれたのは認めざるを得ない――トリオは引っこんでいった。

石井はまだ、席を立とうとしない。しかし女は、さっさと荷物をまとめてしまった。石井が縋《すが》るように何か言ったが、無視して立ち上がる。

「ありゃりゃ、これは結構悪質だな」長住が面白そうに言った。「金を使うだけ使わせてさよなら、ですか。性質《たち》が悪いな、あの女」

「石井の方を尾行してくれるか？」

「村野さんは女ですか？」長住が鼻を鳴らした。

「逆でもいいけど」

「どっちでもいいですよ」長住が、サンドウィッチの皿に残ったパセリを口に放りこんだ。「面倒臭いのは同じだし。後で連絡します」

うなずき、私は立ち上がった。外へ出ようとする客でごった返す中、何とか女の姿を視界に入れ続ける。クロークでコートを受け取るのに五分、狭いエレベーターを待たされてまた五分。女の顔に、次第にうんざりするような表情が浮かんでくる。

さて、どうするか……このビルは地下鉄の駅直通で、交通の便はいい。しかし女は地下へは向かわず、そのままビルの正面出入り口の方へ歩いて行った。つまらない時間の穴埋めにどこかへ呑みに行くのか、あるいはさっさと帰るためにタクシーを拾うのか。

取り敢えず、後をつける。果たしてこの女性に話を聴いて、何か分かるかどうか疑問だが……石井にすれば、何度もアタックして、ようやくデートに連れ出した女性なのかもしれない。しかし彼女の方では乗り気になれず、演奏が終わったらさっさと出て来てしまった——もしかしたら、会うのもまだ数回目かもしれない。そんな人に石井の人となりを聴いても無駄ではないだろうか。

しかし、やらないよりはやった方がましだ。意を決して、私はビルを出たところで女性に声をかけた。

「すみません――」

振り向いた女性が一瞬だけ立ち止まる。こちらを値踏みするようにちらりと見て、すぐにそっぽを向いてまた歩き出した。そんなに気を惹かないものかね、と苦笑しながら、私は少しだけ歩みを速めて彼女の脇に並んだ。

「警察です」

バッジを取り出す。女性は一瞬バッジを見ただけで、やはり立ち止まろうとしなかった。

「ちょっと話を聴かせていただけますか」できるだけ丁寧に声をかけたが、私の忍耐は早くもレッドゾーンに入ろうとしていた。この女性は何となく警察を――いや、世の中全体を馬鹿にしているような感じがする。

「何でしょうか」

ようやく女性が立ち止まった。歩道は幅広いのだが、さすがに通行人の邪魔になる。日曜の夜でも人通りは絶えない場所なのだ。私は目で合図して、少し建物の方へ引っこむよう、彼女を誘った。女性が渋々、後に続く。

「失礼ですが、お名前は」

「名前、言わなくちゃいけないんですか」

「念のためです――石井涼太さんのことについて話を聴かせて欲しいんです」

「石井さん、何かしたんですか」形のいい眉がくっと中央に寄る。間近で見ると化粧は入念だった。

「参考まで、です。何があったというわけではないんですが」

「私に聴いても無駄ですよ」女性は素っ気なかった。ハンドバッグから煙草を取り出してくわえようとしたが、この辺りは歩行喫煙禁止区域である。それに気づいたのだろう、嫌そうな顔で煙草をパッケージに戻した。

「どうして無駄なんですか？　さっきまで一緒にいたでしょう」

「でも、よく知らないし」

「どういうことですか」

「初デートだから……もう会わないと思いますけど」

女は淡々と事情を話した。目の前の外苑東通りを時折強い風が吹き抜けるので、乱れる髪を何度も手で押さえる。切れ長の目と長い髪が特徴的で、石井よりも何歳か年上ではないかと思えた。もっとも女性は、化粧の具合でがらりと雰囲気が変わるから、免許証でも見ない限り確定できないが。

女――野村朝美《のむらあさみ》は、石井の会社の同僚だった。しかも同期。本社勤務で普段は顔を合わせることはないが、三か月ぐらい前からしつこく誘いがくるようになったのだという。今年のゴールデンウィーク明け、同期だけで宴会をやった直後だった。その時に「ジャズ好きで」と言ったのを石井が聞きつけ、その後何度も「ライブへ行こう」と誘ってきたのだという。

「しつこいんですよ」むっつりした表情を浮かべる彼女の口調は、心底嫌そうだった。「普通、二回断ったら嫌われてるって分かりませんか？」

「まあ、そうかな」彼女の言い分には、私も苦笑するしかなかった。「でも、今日は誘いに乗ったんでしょう」

「一回ぐらいデートしておけば、納得するかもしれないって思ったんです。今日のトリオは、どうしても聴きたかったし。自分ではチケット、取れなかったんですよ。彼、何かコネでもあるのかもしれませんね」

どうせオークションか何かで落としたのだろう。まだ二十代の会社員に、人気のチケットを確保できるようなコネがあるとは思えない。

「じゃあ、今日は仕方なくというか……」

「そうです。仕方なく、です」硬い口調で朝美が断言した。「つまらないんですよね、話していても。そういう人、いるでしょう？　普段仕事ばかりで趣味もないのに、人に無理に合わせようとしてるんですよ。今日だっていろいろ喋ってましたけど、多分慌ててウィキペディアで勉強したんじゃないかな。でも、馬鹿馬鹿しくて……あのトリオの項目、私も相当編集してるんです」

「そうなんですか？」

「趣味ですから」朝美がうなずいた。「私が書いたのを、さも昔から知っているように話すんだから、笑っちゃいますよね」

彼女の言い方には、黒い悪意が感じられた。仲のいい女友だちに事情を打ち明け、陰で男を笑い物にするタイプかもしれない。

「でも、ちょっと気持ち悪かったですね」朝美が急に真顔に戻った。

「というと？」

「すぐ触ろうとするんです。手を握ろうとしたり、肩に触ろうとしたり」

それは私も散々見ていた。体ごと持って行くような接近の仕方だったが、あれなら不自然ではないと思ったのだろうか。だとしたら、石井というのは男女交際に関しては素人も同然である——同時に、相当強引だという印象も抱いた。

「上手く逃げました？」

「何とか……とにかく、気持ち悪いんですよ」

「見た目は、そんなに気持ち悪い感じではないですよね。いかにも今時の青年っぽくて」

「だけど、本当にしつこいんです。それが度を越しているというか。でも妙に用心深いところがあって、メールなんかは絶対に会社のメアドを使いませんからね。チェックされるとでも思ってるんじゃないですか」

「なるほど」ようやく、石井が犯行にかかわっているのでは、という疑いが出てきた。そういうしつこいタイプは、別れた女性に対しても未練を持ち続け、支配欲を発揮しようとするかもしれない。結果、ストーカー行為に至ったり、リベンジポルノのような形で陰湿な嫌がらせをする。

「とにかくいい迷惑なんですけど……あ、もしかしたら彼、何か女性問題でトラブルでも起こしたんですか？」

「それは何とも言えないんですが」

「言えないっていうことは、何かあったんですよね」朝美が突然食いついてきた。ゴシップ好きなのかもしれない……急に表情に幼さが現れた。

「その辺も含めて、申し上げられません」

「やだ、私、危ない人とデートしてたんですか？」

「別に危ないことはなかったでしょう？」

「気持ち悪かっただけですけど……」朝美がうなずく。「でもああいう人は、いつか何かやると思いますよ。早く逮捕しちゃった方がいいんじゃないですか」

「それは言い過ぎじゃないですか。仮にも同僚でしょう？」私は思わず非難した。

「社員が逮捕されたりしたら、あなたも居心地が悪くなるんじゃないですか」

「そうかもしれないけど……」不満そうに唇を嚙む。

「気持ち悪いと思ったら、もう会わなければいいだけじゃないですか。本社と研究所で勤務先も違うんだし、その気になったらずっと会わないでいられるでしょう。メールや電話は無視しておけばいいんだし」

「そうなんですけど、そういう人が存在しているって考えただけで、何だか気分が悪いじゃないですか」

とんでもない言われようだ。彼女が敏感過ぎるからだろうか……違うような気がする。女性の勘は馬鹿にしたものではないし、ライブハウスで二時間を過ごすうちに、言葉にできないような不快感を抱いたのかもしれない。もう少し情報を引き出したかったが、彼女が急にそわそわし始めたので、引き止めるのを諦めた。現段階では、これでよしとしなければ。

最後に、私は石井の同僚何人かの名前と連絡先を聞き出すのに成功した。一週間近く尾行して、社交的なイベントが今日のライブ観覧だけ――やはり石井は基本的に、会社と家の往復だけで生きている男なのだろう。となるとやはり、会社の人間に話を聴くしかない。それで噂は広まってしまうかもしれないが、仕方のないことだ。だいたい朝美が、噂を広げ始めるはずだ。「石井君、警察に調べられてるみたい」――噂に尾ひれがつき、石井が極悪非道の犯罪者の烙印《らくいん》を押される日が来てもおかしくない。

もしもそれが間違いだったら――私たちは、自分の手で「被害者」を作り出してしまうことになるかもしれない。

7

明けて月曜日。長住は私と目を合わせずに、昨夜の出来事を淡々と報告した。失敗したデートの腹いせか、石井は午前零時まで呑み歩き続けたという。酒も呑まずにそれにつき合ったのだから、長住の機嫌が悪くなるのも当然だ。

その日、私たちは別件の仕事に追われた。新宿中央署管内で殺人事件が発生し、その被害者対応の仕事が回ってきたのだ。殺されたのは、四十二歳の主婦。夜勤明けで帰って来た夫が、自宅マンションで妻が殺されているのを発見し、一一〇番通報したのだった。二人の息子は、いつも通り午前八時過ぎに小学校に登校しており、夫が帰って来るまでのわずか一時間ほどの間の犯行と見られた。夫にはまともに話を聴ける状況ではなく、学校へ行っていた息子二人もパニック状態に陥ってしまったので、所轄の初期支援員だけでは対応し切れず、支援課に応援要請がきた。

この仕事では、梓が役に立った。彼女自身がどこか子どもっぽいせいもあるだろうが、何故か子ども受けがいいのだ。きちんと話が聴けるまでには至らなかったが、少なくとも兄弟を落ち着かせることには成功したのである。昼飯も抜きで、午後二時まで——さすがに彼女も少しへばった様子で、溜息が多くなり始めた。

一休みさせようと、私は新宿中央署の近くにあるコーヒーショップに彼女を誘った。サンドウィッチとカフェラテの昼飯——本当は、もっとスタミナがつくように焼肉でも奢りたいところだったが、今日の仕事はまだ終わらない。ガーリックの匂いを撒き散らしながら子どもたちに相対するのは失礼だから、今はこれで我慢してもらわないと。終わったら、夜にしっかりしたものを食べさせよう。

「よくやっていると思うよ」私はまず、彼女を褒めた。

「しんどいです」彼女が正直に打ち明けた。「こういう仕事が、ずっと続くんですよね」

「ああ」認めざるを得ない。「でも、本当に大変なのはこれからだよ」

「どういうことですか？」

私は周囲を見回した。やたらと陽光が射しこむ、明るいカフェ。事件の話をするのに相応しい環境ではない。前屈みになり、思い切り声をひそめる。

「捜査はすぐに終わると思う」

「どうして――」

私は唇の前に人差し指を立て、彼女を黙らせた。手帳を取り出して、「夫」と書いてから彼女に見せる。

「まさか。だって――発見者じゃないですか」

「捜査の教科書の一ページ目に、第一発見者を疑えって書いてある」

「今回もそうなんですか？」

私は手帳を引き寄せ、「7時半↓9時」と書きつけた。

「どういう意味か分かるか？」

「七時半って、父親の夜勤が明ける時間ですよね」

「そう。仕事場から家までは、ドア・トゥ・ドアで三十分もかからない。普段は、八時には家に戻っているそうだ。それだと、子どもたちの登校にぎりぎり間に合うから。朝はやっぱり、顔を見たいんだろうな」

「でも今日は、一時間遅かった……」

「それが重要なポイントなんだ」私は手帳をスーツのポケットに落としこんだ。「逆に言えば、一時間の空白があったわけだ。今、特捜の方で夫の足取りを確認している。本人は、コンビニで時間を潰していたって言ってるみたいだけど、今日に限って時間を潰していた理由は、何なんだろうな」

「じゃあ……」

「事件の大半で、犯人は家族なんだ」私はカフェラテを一口啜《すす》った。神経を使った午前中の仕事が終わった後で、柔らかい味が胃に優しい。「ただし、もしもそうだったとすると、もっと面倒なことになるぞ」

「子どもたちだけ、取り残されたことになる……」梓の顔色が瞬時に蒼くなった。

「そのフォローまで、私たちがしなくちゃいけないんですか」

「状況によるけどね。最終的には児童相談所マターなんだろうけど、それまでにうちや支援センターでも、フォローできることはフォローしないと」

「きついですね……」

「それが仕事だから」私はカフェラテを飲み干し、ちらりと腕時計を見た。「いずれにせよ、今日の君はよくやっていると思う。上手く自分を抑えて、子どもたちに気配りができていた」

「まだまだだと思います」梓が溜息をつく。

「褒められてる時ぐらい、普通に感謝してくれよ」私は苦笑した。「百パーセントの仕事なんてできないんだから。ある程度は、自分のやったことに満足しないと」

「それは……難しいです」

「難しいって分かっていれば、それでいいんじゃないかな」私はトレーを持って立ち上がった。空いた右手を、首の辺りで水平に動かす。「ここまでしかできなかった……それを自覚することが大事だ。自分がどこまでリーチできたかすら分からない人間がいるから、困るんだよ」

その時、私の頭の中には当然長住の顔があった。いや……あの男の場合、「分かっていない」わけではないのだ。単にこの仕事をしたくないだけである。そもそもの前提が違うのだから、批判の対象にすらならない。

月曜日の夜も、石井に動きはなかった。今日は少し早めに——二日酔いかもしれない——引き上げ、家で食事を済ませているようだ。これで尾行は終わりにしよう、と私は決めた。明日以降は、朝美に教えてもらった会社の同僚に当たる——そのやり方の方が、間違いなく石井という人間の人となりを浮かび上がらせることができるだろう。

土日とも自主的に出勤したので、さすがに疲れている。土日は洗濯と掃除に費やすのが常なのだが、この週末はそれもできなかったので、私はせめてもと洗濯に集中することにした。洗濯機を二回回し、後は浴室の浴室乾燥機に任せることにする。明日の朝は十分だけ早起きして、洗濯物を片づけよう。

ささやかな休憩時間。私はテレビの前に陣取り、ワールドシリーズのＤＶＤの鑑賞を始めた。自分で録画したコレクションを、私は個人的に「ワールドシリーズ・クラシックス」と名づけている。今夜のセレクトは、二〇〇一年のダイヤモンドバックス対ヤンキースの第七戦。結果的にダイヤモンドバックスが初優勝を果たしたこの試合では、実はヤンキースがワールドシリーズ四連覇をほぼ手中にしていた。一点リードの九回裏、マウンド上には守護神のマリアノ・リベラという、完璧な必勝パターン——しかしダイヤモンドバックスはここから反撃に出て、逆転サヨナラ勝ちを収める。

　この試合には、ダイヤモンドバックス先発のカート・シリングから、前日も投げたランディ・ジョンソンへの継投という奇策、低めの変化球を綺麗にすくい上げたアルフォンソ・ソリアーノの勝ち越しホームラン、試合終了後に呆然とダグアウトに座りこむデレク・ジーターの姿と、見どころがたくさんある。そうそう……そもそも二〇〇一年のワールドシリーズ自体が、延長二試合、サヨナラゲーム三試合、一点差のゲームが四試合と、野球ファンの夢が詰まったものだった。あれから十年以上経つが、何度見直したことか。疲れた時、落ち込んだ時、力をくれるＤＶＤだ。

　カート・シリングの初球はストレート、ジーターがカットしてファール。さて、この後はビールでも呑みながら……と立ち上がったところで、携帯電話が鳴った。こんな時間に誰だよ、と舌打ちしながら、テーブルに置いた携帯電話を拾い上げる。見慣れぬ番号が浮かんでいた。用心して、名乗らずに電話に出る。

「もしもし？」

「村野警部補の携帯ですか？」

「そちらは？」

「北新宿署の真中《まなか》と言います」

にわかに緊張感が高まる。また誰かが犠牲になったのか……いや、おかしい。支援課に援助要請がくる場合は、大抵所轄の初期支援員からだ。そして北新宿署の初期支援員は、刑事課の佐木《さき》という巡査部長である。今年の春、一緒に仕事をしたから、まだよく覚えている。

「ええと……」私は一度間を置いた。記憶の底をひっくり返してみたが、真中という名前に心当たりがない。「失礼ですが、北新宿署の初期支援員は――」

「違います」真中が私の言葉を遮《さえぎ》った。「私は刑事課で……今日の当直です。あの、西原愛さんとはお知り合いですか？」

「ああ」嫌な予感が胸の中を駆ける。最初に思ったのは、呑んでいなくてよかった、ということだった。「知り合いだ」

「これから出てこられますか？　ちょっと怪我をされてるんです」

「怪我、だな？」私は知らぬ間に声を張り上げていた。「命に別条はない？」

「それは大丈夫です。自分、今病院なんですが」

「場所を教えてくれ」

真中が告げる病院の名前と住所を書き取り、私は取り敢えずジャケットを寝室から取ってきた。部屋着のトレーナーにジーンズという格好だが、ジャケットさえ着ていれば、現場でも何とか格好はつくだろう。もともと制服組でない警官は、必ずしもスーツにネクタイ着用と決まっているわけではないし。

「どういう状況なんだ？」ジャケットに腕を通しながら訊ねる。

「路上で襲われたようなんですが、詳細はまだ分からないんです。一緒にいた人が重傷で——意識がありません」

「その人は？」会社の部下だろうか、と想像した。仕事が終わった後、一緒に食事をしていてその帰りとか。あるいは支援センターでの懇親会でもあったのかもしれない。それとも——別の男。愛はあの事故の後、私と別れると宣言したが、一生恋愛しないと誓ったわけではない。確かに車椅子が手放せない生活だが、そんなことは恋愛の障害にはならないはずだ。だったら私はどうして、反論せずに身を引いたのか——今は余計なことを考える暇はないぞ、と自分に言い聞かせる。

「友人ではないかと……女性なんです」

電話を耳から離して、ゆっくりと深呼吸する。どうして変なことで——愛の男関係で心配してしまうのか。自分の狭量さに腹が立ってきた。いや、むしろ自分の心が自分でも分からないが故に腹が立つ。

電話を切って、今は何より冷静になることが大事だと自分に言い聞かせる。そのために必要なのは——助っ人だ。自分で全てを抱えこまないことだ。

こういう時に助けになるのは梓ではなく、やはり優里だ。二児の母でもある優里を、こんな時間に呼び出すのは気が進まなかったが、彼女にとっても、親友が襲われたという一大事である。思い切って呼び出すことにした。

電話をかけると、優里は呼び出し音が五回鳴った後で電話に出た。危ないところだった——彼女の携帯は、呼び出し音六回で留守番電話に切り替わることを私は知っている。

「珍しいわね、こんな遅い時間に」優里の声は落ち着いていた。

「ああ。ええと……」言葉を探す。頭に浮かんだのは間抜けな一言だった。「子どもさんたちは、寝たかな」

「もう寝たけど、何？」怪訝《けげん》そうに優里が言った。

「実は、ちょっと手伝って欲しいことがあるんだ」

「こんな遅い時間に？」さらに疑わしげに繰り返す。

「愛が襲われた」

「怪我は？」

「命に別条はない」

電話の向こうで、優里が息を呑む気配が感じられた。一瞬のことだったが、それで彼女はもう、冷静さを取り戻してしまったようである。さすがと言うべきか、彼女に電話した判断は正しかったと、私は自分を褒めた。病院の名前を告げると、「そこだったら、私の方が先に着くわね」と静かに言う。

「そうだな……君の家の方が近いと思う」

「それもあるけど、あなたは焦らないでいいから。むしろ、できるだけゆっくり来てね」

「どうして」

「私が先に、西原に会っておいた方がいいと思うから」

「意味が分からない」

「ワンクッション置いた方がいいでしょう。いきなり会うと、お互いにショックが大きいはずよ」

「そんなことは――」

「いいから、そうして」有無を言わさぬ口調で優里が言った。こうなったら、絶対に反論できない。一度壁を築いてしまうと、優里は攻撃を許さないのだ。「それより、どうして、家族じゃなくてあなたに連絡が入ったの?」

「さあ」考えてみれば、それも謎である。愛は現在は、都内の実家暮らしなのだ。いろいろと不自由していることを考えれば、それも当然である。

「なるほど」突然、優里が納得したように言った。少しだけ声が上ずり、嬉しそうなのが分かる。「なるほど、なるほど」

「何がなるほどなんだよ」自分だけで勝手な解釈を抱えこんでしまっているのが気に食わなかった。しかもこの態度——いつも論理的な彼女らしくない。

「だって、考えてみて」優里はほとんど笑い出しそうだった。「彼女、どうして最初にあなたに電話するように頼んだんだと思う?」

「それは——」答えに詰まる。

「非常時だったんでしょう?　たぶん、命の危険を感じるほどの。そういう切羽詰まった状態で、最初に連絡を取りたいと思う相手は誰かな」

「さあ」胸の中に暖かい物が流れ出したような感じがしたが、私はその正体を深く追求しないようにした。「悪いけど、今はそういうことで君とやりとりしている時間はないと思う」

「失礼」優里が咳払いした。「とにかく、すぐに行くから。ご両親には私から連絡しておくから、心配しないでね」

「分かった。申し訳ない」

「いいの。友だちのことだから」

さりげない彼女の一言が、私の胸にもう一本の暖かな流れを作った。


私が病院に着いた時には、優里は既に愛から簡単な事情聴取を終えていた。そして私を見るなり、「ご両親、海外へ旅行中だって」と告げた。

「なるほど」

「だから、取り敢えずあなたに電話した。そういうことだから……残念ながら」

要するに、他に連絡する相手がいなかったということか。微妙な感覚……とても優里には話せないな、と思った。

「別に残念じゃない。正しい判断だよ。我々なら早く動けるし……それで彼女、どうしてる？」

「怒ってる」

「怒ってる？」

「いろいろなことに対して」優里がうなずく。

私は、話の流れとは別にかすかな違和感を覚えていたが、それは彼女がいつものようにスーツ姿ではないからだと分かった。急に出てきたのだから、きちんと着替える余裕もなかったのだろうが、それにしても全面に猫が散ったトレーナーというのは……彼女の私服のセンスは残念だ。

「例えば」

「自分で何もできなかったことに対して」

「自分に怒るのは筋違いだろう」思わず声を荒らげてしまい、私は思わず周囲を見回した。深夜に近い病院……ロビーの灯りは落とされ、薄暗い。私たちの他には誰もいないのだが、やはり大声を出してしまったのが恥ずかしい。「——車椅子なんだぞ。何もできなくて当然じゃないか」

「そういうこと、西原には絶対に言わないように、ね?」優里が忠告した。「普段から、自由に動けないことをもどかしく思ってるんだから」

「……ああ」それは私も常々感じていた。すっかり車椅子に慣れたようでいて、まだ不便を感じているのは間違いない。東京は、とてもバリアフリーとは言えない街なのだ。

「額を少し切って縫ったのと、体の左側に打撲。幸い、骨折はないわ。入院する必要もないそうだから」

「そうか」私は安堵の息を吐いた。襲撃の状況は分からないが、受け身も満足に取れない状態なのだから、その程度の怪我で済んで助かったと言うべきだろう。

「会う？」

「会うよ。会いに来たんだから」

無言でうなずき、優里が歩き出した。いつもながらだが、長身のせいか歩くのが速い。私の二メートル前を歩きながら、一階にある処置室に先に入って行った。私は一瞬立ち止まって、呼吸を整えてから入った。

愛は、ベッドに腰かけていた。ひどく小さく、弱く見える。頭には包帯が巻かれ、ブラウスの左腕が割かれて、そちらも包帯で白くなっている。肩が少し覗いているのが痛々しかった。だが顔を見ると、そういう印象は吹っ飛んでしまう——怒っている。つき合っていた時にも滅多に見たことがない表情で、一瞬気圧《けお》されて足が止まってしまうほどだった。

「ごめんね、急に連絡して」私が言葉を失っている間に、愛が先に口を開いた。口調はひどくぶっきら棒である。優里の言う通り、怒りが滲《にじ》み出ていた。

「いや」気の利いた台詞《せりふ》も言えない自分に腹が立ってくる。「具合は？」

「大したことないわ」肩をすくめる。「ちょっと打撲と……擦《かす》り傷だけだから」

傍らに控えていた看護師がうなずく。それを見て、実際に大した怪我ではないと判断した。

「どういう状況だったんだ?」

「綾子さんと会ってたの。食事をして、例の問題についてはあまり話をしないことにして……ちょっとリラックスしてもらおうと思ったのよ」

「場所は?」

「支援センターの近く。『アランチョーネ』っていうお店、知ってるわよね? 一度あなたと一緒に行ったことがあると思うけど」

「覚えてる」イタリア料理の店だ。ランチは千円前後だが、夜になると一人最低五千円はかかる。

「そこで食事して……三時間ぐらいかかっちゃって。お店の辺り、暗いでしょう?」

「ああ」

「急に綾子さんが襲われて……並んで歩いてたんだけど、私はとばっちりを食ったのよ。襲って来た男が、私も突き飛ばして。歩道に段差があったから、こらえきれなくて転落して」

「車道に?」私は顔から血の気が引くのを感じた。自由が利かない身で車道に転落したら、大事故になっていた恐れもある。

「そう。おかげで車椅子は大破。あれ、いくらしたと思う？　二十五万円よ」

無言でうなずくしかなかった。彼女は金のことで文句を言っているのではない――傷つけられたのは車椅子ではなくプライドなのだ。そしてこの瞬間、彼女もまた「犯罪被害者」になったことを私は悟った。ただし、一番扱いやすいタイプの犯罪被害者である。ひたすら犯人を憎み、警察の尻を叩いて捜査を急がせる――それは警察として当然の仕事であり、むしろ気合いが入る。一番困るのは、自分の殻に閉じこもって、外部とのコミュニケーションを絶ってしまう人だ。事情聴取さえままならなくなる。

「犯人は必ず逮捕する」

「それはあなたの仕事じゃないでしょう」

「関連業務だよ……それで、犯人は？」

「男。大柄。服は黒っぽい……でも、ごめん。それ以上は分からないわ」愛がいきなり頭を下げた。「顔ははっきり見てないから」

「強盗じゃないのか」

「違うと思う。私も彼女も何も盗られていないから。ただ彼女を殴りつけて、私を突き倒して、そのまま逃げていったわ」

「徒歩?」

「徒歩というか、走って」

「何か言ってなかったか?」

「何も……そうね、何も言ってなかった」

「平尾さんはどんな様子だったか、覚えてるか? 襲って来た人間が知り合いだったかどうか……それは、反応で分かるだろう」

「たぶん彼女は、顔も見ていないと思う。後ろからいきなりだったのよ。私は、彼女の少し後ろにいたんだけど、男がいきなり後頭部に殴りかかって……あっという間だったから。ごめんね」

「ごめんね」という言葉を、「クソッタレ」のように強い口調で吐き捨てる。やはり彼女は、自分自身にも腹を立てているのだ。

「それで、平尾さんは……」

「ごめん、それは私も聞いてないの」愛の顔が暗くなる。「慌てて一一九番してから呼びかけたんだけど、返事がなくて。頭から出血していたからまずいと思ったんだけど……」

「容態はこっちで確認するよ」意識不明ということは言わずに置いた。いつかは彼女の耳に入ることだが、自分の口からは告げたくなかった――卑怯だとは意識していたが。

「綾子さんに謝っておいてくれる？」

「……分かった」綾子がすぐにそれを聞けるとは思えなかったが。

「西原、今夜はどうするの？」緊張感が高まってきたのを読み取ったのか、優里が割って入った。「入院はしないんでしょう？」

「そこまでの怪我じゃないから帰るけど……」

「じゃあ、私が送るわ。そのあとは、一人になるけど大丈夫？」

「家に入っちゃえば、さすがに平気でしょう」愛が苦笑した。「悪いけど、頼めるかな」

「分かった」

優里が私に目くばせした。あとは任せろ――の合図。うなずき返し、愛にかける言葉を探す。「お大事に」も違うし、「大変だったね」と慰めるとむしろ反発されそうだ。結局、愛にもうなずきかけることしかできなかった。

二人が出て行ったところで、次の仕事が始まる。私はまず、電話してくれた北新宿署の真中を探した。病院内には何人か、制服警官も入りこんでいて、静かな夜の空気をぶち壊していたが、彼らに聞くと、真中は集中治療室の前で待機中だという。足音を立てないように、すり足を意識しながらできるだけ急ぐ。

真中は背が低く小太りの男で、しかも背中が丸まっているのでさらに小柄に見える。私を見ると一瞬目を細めたが、何となく雰囲気で分かったのだろう、こちらに向かって素早く会釈する。私も会釈を返して、彼に近づいた。

「村野です」

「真中です。すみません、夜中に電話して」ハンカチを取り出して額を拭った。冷房は十分に効いているのだが、顔は汗で光っている。

「いや、助かった。彼女は——西原さんは今、帰したから。構わないだろう?」

「ええ。一通りの事情聴取は済んでますから。でも、明日以降、また話を聴かないといけないでしょうね。だいぶ混乱していたので、はっきりしない部分も多いんです」

「あんな目に遭って、混乱しない方がおかしいよ」私はつい、愛を庇う台詞を口にしてしまった。

「でも、大丈夫なんですか? あんな目に遭ったのに、普通に帰したんですか?」真中が疑わしげに言った。「病院に一泊してもらった方がよかったんじゃないですかね」

「病院の方で大丈夫だと判断したし、つき添いがいたから。うちの課の人間が、たまたま彼女の知り合いなんだ」

「村野さんも知り合いですよね？」真中が突っこんでくる。ころころした体型、それに童顔に似合わず、勘は鋭いようだ。

「ああ」

「だから西原さんは、村野さんをご指名だったんでしょう」

「そういうことだ」

この男は私たちの事情を知っているのでは、と私は疑った。二人揃って事故に巻きこまれ、結果私は捜査一課を離れて犯罪被害者支援課に異動した——何かと噂の種になりそうな話ではある。余計なことを突っこまれないようにと、私はすぐに話題を変えた。

「平尾さんの容体は？」

「まだ意識が戻らないんです。頭を強く殴られていて……危ない状態ですね」

「ご家族に連絡は？」支援課の人間としての仕事を考えてしまった。「実家は北海道なんだけど」

「それは分かっています。携帯に『実家』の番号が登録されていましたから、連絡が取れました。それより被害者のこと、ご存知なんですか？」真中が疑わしげな視線を向けてきた。

「実は、支援センターに相談に来ていた人なんだ。その関係で、俺も話した」

「別の事件の被害者なんですか？」

「それが、微妙なところでね」私はかいつまんで事情を説明した。話しているうちに、やはり彼女は「被害者」ではなくその「予備軍」に過ぎなかったという意識が強くなる。

「そうですか……今回の事件も、その関係じゃないんですか？」真中が人差し指で鼻の下を擦《こす》った。

「それは調べられると思う」日曜の夜、思い切って誘ったデートで返り討ちにあった石井の顔を思い浮かべる。その腹いせで、ついに直接的な暴力に出たのか？　いや……どうやら暗く、執念深そうな人間だということは分かってきたが、直接暴力を振るうイメージはない。いずれにせよ、今夜のアリバイは調べなければならないだろうが。

「うちがやることになりますから、詳細な情報を教えて下さい」

真中が手帳を広げる。私は、逸《はや》る彼の気持ちを抑えにかかった。

「ちょっと待ってくれ。今のところ、通り魔か何かのように思えるんだけど」

「その可能性もありますし、恨みによる犯行かもしれない。現段階ではあらゆる可能性を排除したくないんですよね」真中がボールペンで耳の上を掻いた。「声も出さずにいきなり襲ったっていうのは、何とも言えないでしょう？　どうとでも取れる。ただ、西原さんまで突き倒したのが意味不明ですけどね」

「目撃者だから、じゃないか」

「でもそれだったら……変な話ですけど、殺そうとしてもおかしくない」真中がぎゅっと唇を閉じる。

「追いかけられなければいいと思ったのかもしれない。車椅子で追いつけるはずもないんだけど、犯人は相当焦っていたんじゃないかな」

「そうかもしれませんね」

　真中がうなずき、言葉が途切れる。私は、集中治療室の広い窓に額を押し当てて中を見た。綾子は一番手前のベッドに寝かされている。点滴のチューブなどがつながり、実際、非常に危険な状態に見えた。今夜、無事に乗り切ってくれるのだろうか。医師に直接話を聴かなければ、と私は心にメモした。

「明日の朝から、正式に捜査に入ります」

私は結局、真中に詳細な情報を教えた。石井がやったと決めつけるのは危ないが、一つの手がかりにはなるかもしれない。

「そちらはどうするんですか？」手帳を閉じて、真中が言った。

「うちはうちで、こっちの仕事をしないと」私は自分に言い聞かせるように言った。「話が途中だったけど、北海道のご両親、どうしたかな」

「明日の朝一番の飛行機で、こっちへ向かうそうです。たぶん、九時過ぎには羽田に着きますよ」

「迎えに行かなくて大丈夫か？」

「分かるから平気だ、と言ってましたよ……父親は、仕事の関係でよく東京へ来ているそうです」

そうかもしれないが、その言葉を真に受けてはいけない……どんな悲劇に直面しても、他人に迷惑をかけてはいけないと頑なになる人も多いのだ。ショックを受けた両親が都内で右往左往する様を想像すると、私は暗澹《あんたん》たる気分になった。自分が迎えに行こうかとも思ったが、今は口出しすべきタイミングではないと自粛する。支援課にいるうちに、「受け身」になってしまったのかもしれない……そもそも依頼を受けて動くことがほとんどなので、こちらから打って出ることにはかすかな躊躇《ため》いがある。

「何かあったら、うちにも声をかけてくれないかな」

「そうですね……ご両親の件では相談するかもしれませんけど、やりにくいんじゃないですか？　都内の人ならともかく、北海道でしょう？　こういう場合、誰がフォローするんですかね」

「北海道にも民間の支援センターがあるけど、判断は難しいな。事件はこっちで起きてるし、捜査するのも警視庁なんだから」

「うちは、そういうことは……捜査に専念したいですからね」

「分かってる。取り敢えず、家族の面倒はうちで見るよ。困ったらいつでも言ってくれていい。それが支援課の仕事だから」

「どうも……」真中がひょいと頭を下げる。「もう少しここにいますけど――医師にきちんと話を聴きたいので。村野さん、どうしますか？」

躊躇った。綾子が意識を取り戻す気配はない。自分も医師に話を聴いてから引き上げようか、と思った。今ここでできることは何もないのだし、支援課が手伝うとしても、明日の朝、きちんと課内で相談してからだ。自分一人の判断で動き出すべきではない。

ついでに言えば、愛のことも気になる。優里に任せてしまったが、これでよかったのだろうか……優里には、面倒を見るべき家族がある。一人暮らしで余裕のある自分が、愛の面倒を見るべきではないのか。

いや、それは無理だ。愛の家に泊まりこんで、あれこれ世話を焼くことを想像すると、奇妙な緊張感に襲われる。互いに遠慮して、何をやっても上手くいかない気がした。

とにかく愛は無事なのだ。包帯が巻かれた姿は痛々しかったが、動くのにそれほど苦労している感じでもないし、日常生活には不自由しないだろう。それに両親も、すぐに海外旅行から帰って来るはずだ。公私混同かもしれないが、会社のスタッフも頼りになるだろうし。

様々な事柄が入り乱れ、最初に何をしていいか分からない。朝まで数時間……その間に自分を立て直そうと思った。どんな混乱も、時間がある程度は解決してくれる――支援課の仕事を通じて私は学んでいた。

もう一度、ベッドに横たわる綾子の姿を目に焼きつける。身動き一つせず、機械に生かされているようなその姿は、ひどく弱々しく、強気で向上心の強い本来の彼女がまったく想像できなかった。ふいに、後悔の念が強く襲ってくる。これは、私たちの失敗なのではないか？　綾子から相談があった後、もっと厳しく深く、周辺捜査をすべきだったのではないか。そうすれば、こんなことは起きなかったかもしれない……愛が巻きこまれることもなかっただろう。

一つ息を吐く。大きな窓にぶつかった息が、ガラスをかすかに白く染めた。視界の中で、一瞬綾子の顔が霞んで見える。そのせいか、彼女の存在が少しだけ現実から遠のくような感じさえする――向こうへ行っては駄目だ、と私は心の中で彼女に語りかけた。こっちにいてくれ。私たちに、ミスを挽回するチャンスをくれ。

私の睡眠は、二時間と続かなかった。またも鳴りだした電話で、浅く不快な眠りから引きずり出される。真中だった。今度は、申し訳なさそうな様子は消えている。「遅くにすみません」という第一声を聞いた瞬間にそれは分かった。続いた言葉で、彼が怒りを感じている理由は分かった。

「石井が家にいません」

一人の故郷

第一部

1

私はタクシーを拾い、石井の自宅へ直行した。マンションの近くに、覆面パトカーが二台、停まっている。まだ夜も明け初《そ》めず、さすがに少しだけ過ごしやすい気温だった。不機嫌にマンションを見上げる真中をすぐに見つけて、歩み寄る。彼の方でも私に気づき、軽く頭を下げた。

「お疲れ様です」

礼儀正しくそう言う彼の方が、よほど疲れて見えた。中途半端に眠っただけの私も疲れているが、彼はまったく寝ていないはずだ。

「いないって、どういうことなんだ」ノックして返事がないだけでは断定できないはずだ。

「ドアに鍵がかかってなかったんですよ。で、ちょっと中を見て」渋い表情で真中が打ち明けた。「鍵をかけないで家を出る人間もいないと思いますけどねえ」

「それは……怪しいな」

「でしょう？　今のところ、最有力の容疑者ですよ」真中がポケットから手を抜き、両手で顔を擦った。「とにかく、行方を捜してみます。どこか立ち寄り先はないんですか？　しばらく監視してたんでしょう？」

「基本的に、家と会社の往復だけなんだ。日曜の夜にはデートに出かけたけど、見事に振られた」

「へえ」真中が低く笑う。「もてない奴は、こういう陰湿な犯行に走るんですかね」

私は少し違う印象を抱いていた。もしも石井が今も綾子に未練を持ち、それ故リベンジポルノというやり方で嫌がらせをしたというなら、理屈は通る。しかし石井は、別の女性にアプローチしていたではないか。以前の恋人に執着している人間なら、そういうことはしないのではないだろうか……いや、彼の心の中はもっと複雑かもしれない。新しい恋を探しつつ、綾子に対する恨みは持ち続けているとか。犯罪に走る人間の心理状態は様々で、一概にはくくれないから困る。

「中の様子は？」私は訊ねた。

「少し蒸していましたけど、誰かが押し入ったかどうかは分かりません」

「襲われた可能性もあるか……」

「どうでしょう。今のところ、何とも言えません。しかし、どこに行ったんだろう」

真中が首を捻る。

「家にいなければ、会社に当たるしかないだろうな」

「デートの相手は？」

「基本的に相手にしていない感じだったから、関係ないとは思う」

「まさか、その相手も襲ったとは考えられないですよね」夜明けの薄明かりの中、真中の顔がさらに蒼白くなった。

「ないとは言い切れないけど……一晩で二件の犯行は、相当無理があるんじゃないかな」

「でも、念のために……」

真中はしつこかった——というより、慎重な性格なのだろう。私は手帳に控えておいた野村朝美の住所と電話番号を彼に教えた。角ばった字で手帳に情報を書きつけた真中が、携帯電話を取り出す。

「ちょっと待った」

「何ですか」胡散臭《うさんくさ》そうに真中が顔を上げる。

「何だったら、俺が電話しようか？　一応、顔見知りだし。無事なら事情を説明しなくちゃいけないし、それは面倒だろう？」

「まあ、そうですけど……いいですか？」一瞬不満そうな表情を見せたものの、真中は結局私に電話を譲った。面倒臭い仕事ではあるものの、こういうのはむしろ支援課の役目とわきまえている。

電話を取り出し、一つ吐息をついてから朝美の携帯電話の番号を打ちこむ。耳に押し当てながら、腕時計を確認した。午前五時……枕元に携帯電話を置いていない限り、気づかれないかもしれない。呼び出し音が一回、二回……駄目かもしれないと思い始めた六回目が鳴り終わった瞬間、電話の向こうで死にかけた人のような声が響いた。

「もしもし……」

「野村朝美さんですか？」

「ええ？　誰？」

声を聞いただけで、とりあえずほっとした。無事だったか……私は真中に向かって、ＯＫサインを出した。真中も一つうなずき、口を細めて息を吐き出す。

「村野です。警視庁総務部犯罪被害者支援課の村野秋生です」

「ええ？　誰？」人の話がまったく耳に入っていないようで、朝美は同じ質問を繰り返した。

「警視庁の村野です。日曜日の夜に、六本木でお会いしたでしょう」

「ああ……何ですか、いったい」文句を吐いてから、嫌そうに吐息を漏らす。「五時って……あり得ないし」

私は彼女の文句を無視して話を進めた。

「石井さんは、そこにいますか？」

「はあ？」一気に目が覚めたような口調だった。眉を吊り上げた、目に怒りを湛《たた》えた姿が簡単に想像できる。「何言ってるんですか。何であの人がうちにいるんですか？」

「そう怒らないで……確認しただけですから。行方不明なんですが、どこか行き先に心当たりはないですか？」

「あるわけないでしょう。私は彼女でも何でもないんだから」

「とはいえ、情報ぐらいは……」

「知りません。あの人のこと、ほとんど何も知らないんだから」相変わらずつっけんどんな口調だったが、次の瞬間にはがらりと雰囲気が変わった。「彼、何かやったんですか？」

「分かりません」

「分からないって……」ひどく不満そうだった。

「彼に話を聴きたいんですけど、自宅にいないんですよ。出張か何かですかね」

「研究所勤務なら、基本的に出張なんかないですよ。籠り切りなんで……あ、でも、海外かも……」

「海外出張中なんですか？」だとしたら、石井＝犯人説は一瞬で崩壊する。

「ああ、違う、違う……ごめんなさい、朝の五時に難しい話をされても、上手く説明できないし」

謝りながらも、まったく悪いとは思っていない様子だった。こんな時間に電話してくる方に責任がある、と言外に匂わせている。

「どういうことですか」私は彼女に詳しい説明を促した。

「でも、海外出張は、確か再来週ですよ。ドイツだったかな……『久々の出張なんで緊張する』って言ってましたから」

「その出張は、前から決まっていたことなんですか」

「そうだと思いますよ。学会へ出席するそうですから。そういう予定って、何か月も前に入るでしょう？」

「でしょうね……今週は、普通に勤務ですか」

「私にそんなこと聞かれても、分からないです」朝美がまたヘソを曲げた。「関係ありませんから」

「失礼……今週、他にどこかへ行くとか聞いてませんか」

「だから、私は関係ありませんから……何も聞いてません」朝美の声に苛立ちが滲んだ。「何なんですか？　彼、とうとう何かやったとか？」

「そうと決まったわけじゃありません」

「教えてくれてもいいじゃないですか」急に朝美が猫撫で声を出した。こんな時間にいきなり電話がかかって叩き起こされても、好奇心は抑えられないようだ。

どこまで話すか……情報を得た彼女が喋《しゃべ》れば、社内に噂が広がってしまうだろう。もしも石井が今回の事件と関係なければ、悪評だけが一人歩きして、会社にい辛い状況に陥るかもしれない。そうなったら、彼もある意味「被害者」だ。

「ある事件の関係で、彼に早急に話を聴きたいだけです。ただ、家にいないんですよ」

「この前の話の続き？」

「いや……その辺はちょっと言えないんですけどね。捜査の秘密もありますから」

「まさか、何かの犯人っていうことですか？」朝美の声は前のめりになっていた。

「それも含めて、言えません」私は官僚答弁に徹することにした。好奇心が強い人間がいるのは分かるが、しつこさに負けて情報を漏らすと、後で大変なことになる。最後に、余計なことかもしれないと思いつつ、釘を刺した。「この件は、会社では喋らないようにして下さい。普通に出勤してくるかもしれないし」

「でも、行方不明なら、会社の方でも探した方がいいんじゃないですか」

「それは警察がやりますので、ご心配なく」

朝美はまだ不満そうだったが、私は何とか電話を切った。既に気温が上がっている感じで、掌に汗をかいている。

「手がかりなし、ですか」真中が近づいて来た。

「少なくとも、女と一緒にはいないようだ」

「第二の犯行がなくてよかったじゃないですか」

「そう簡単には言い切れないと思うけどね」

「そうですけど……しかし、参ったな」

真中が煙草の箱を取り出して、一本振り出す。私に向けて勧めたが、首を振って断った。真中が火を点けると、香ばしい香りが流れ出す。まだ半分寝ぼけたような私の脳味噌を目覚めさせる、いい刺激になった。こういうことがあると、煙草も悪くないのでは、と思えてくる。

「ちょっと複雑な事件になりそうだね」

「何か、もう少し手がかりはないんですか」

「それは、何とも」私は肩をすくめた。「石井の追跡も、残念ながら中途半端だったし」

「恋愛というか、別れ話のもつれも原因じゃないかと思いますけどねえ。それが一番分かりやすいし」

「まだ、石井が犯人だと決まったわけじゃないだろう」

「そうじゃなかったら、話がもっと複雑になるじゃないですか。通り魔とか、困りますよね」

「現場の防犯カメラは？」

「チェックしましたけど、現場を直接写しているカメラはないみたいですね。まだまだ、街中には死角があるからな……」真中が、ほとんど吸っていない煙草を携帯灰皿に押しこんだ。頬を膨らませて息を吐いてから、真剣な眼差しを私に向ける。「だから、その石井っていう男が犯人であって欲しいと思いますよ。こういう事件は、さっさと片づけたいですから」

「分かるよ。うちとしても、できる限り協力する。それと、平尾さんのご両親の方なんだけど……そっちの刑事さんが話をする時に、俺たちも立ち会った方がいいかもしれないな」

「そうですか？」疑わしげに真中が言った。

「念のためだよ、念のため」私は慌てて言った。「最近は、被害者家族への事情聴取には、なるべく同席するようにしているんだ。研修用にデータも取りたいし、何かあった時には俺たちが引き受けられるから。君だって、パニックになった親御さんを慰めたくないだろう？」

「それは……嫌ですね。捜査の本筋じゃないし」渋々といった感じで真中が認めた。「うちの課長に話してみますよ。俺がいいって言っても、それで認められるわけじゃないですから……下っ端なんで」

「そうしてくれ」私はうなずいた。「面倒なことは、こっちで引き受けるから」

もちろん狙いは別だ。支援課にいても、私にはまだ捜査一課の刑事としての本能のようなものが残っている。好奇心を抑え切れないのだ。もちろん、万が一何かあった時のために側で待機という、支援課本来の仕事が一番なのだが。

複雑な事件……捜査一課にいた頃だったら、闘志をかき立てられ、ニヤついていたかもしれない。今はそんなわけにはいかないが、それでも好奇心は抑えられないのだった。

私は必ず朝食を食べる。

ただし、家で自分で用意することはまずない。必然的に朝から外食なのだが、東京では朝食に使える店が意外に少ないのが悩みのタネだ。結局、確実に開いているファストフード店で済ませてしまうことも少なくない。しばらく前に、家の近所にカフェが開店したのだが、残念なことに開店は午前八時である。のんびり朝食を摂っていては、登庁時間に間に合わない。今日は特に朝が早かったので、どうしようもなかった。永福町の駅前に戻っても、まだ開いている店はない。警視庁の近くには一軒マクドナルドがあるが――警察庁の入っている合同庁舎内だ――そこは馴染みの店で……要するに飽きている。ふと、乗り換えの途中で何か食べればいいのだと思いついた。永福町から下北沢で小田急線、さらに代々木上原で千代田線と、二回の乗り換え……確か、代々木上原の駅ビルにバーガーキングがあったはずだ。朝食をファストフードに頼りきりというのも情けないが、昼や夜はこういう店で食べないようにして、健康には気を使っているつもりだった。

私の失敗は、バーガーキングのメニューをきちんと把握していないことだった。一応、「モーニングメニュー」を冠してはいるものの、実態はハンバーガーだったりホットドッグだったりと、レギュラーメニューとほとんど同じである。せめて体に優しいものをと、BLT＆エッグバーガーを頼んだ。肉最小、野菜多め……まあ、味は悪くない。

がらんとした店内でゆっくりバーガーを咀嚼《そしゃく》し、コーヒーを啜る。幸いなことに、コーヒーも美味《うま》かった。これはこれで悪くないなと思い、朝食用の店のリストに加えようかと思ったが、いかんせん私の普段の行動範囲には、ほとんどバーガーキングがない。

食べ終え、コーヒーを飲んでいると、携帯が鳴った。「西原」――わざと名前ではなく苗字で登録している――の名前を確認して、思わず眉をひそめる。こんな早い時間から、何してるんだ？　昨日の今日なのだから、少しはゆっくりすればいいのに。しかし、愛の声は元気そのもので、怪我の影響をまったく感じさせなかった。

「ダウンしていると思ったけど」

店内で携帯電話で話すのは憚《はばか》られたが、私の他に客はいない。コーヒーを残したまま外へ出るのも勿体《もったい》ないので、口を手で覆いながら話し続けた。

「そんなことはない」

「何だか聞こえにくいわよ」愛が不審気に言った。

「今、朝飯を食べてた」

「またファストフード？」責めるような口調になる。

「ああ……まあ」どうして彼女から非難されなければならないのかと思いながら、私は認めた。「今朝も早かったんでね」

「何かあったの？」

「石井涼太が行方不明だ」

「それって……」愛の声が曇る。

「失礼。まだ行方不明とは決めつけられない。家にいないというだけで、もしかしたらオールで遊んでいるのかもしれない」

言いながら、それはないだろうと自分でも思った。今までの石井の行動パターンと違い過ぎるし、ドアは施錠されていなかった。

「とにかく、まだ何とも言えないから」

「しっかりしてよね。どう考えても、石井がやったとしか考えられないでしょう」

「今のところ、物証は何もないよ」

「だったら早く見つけて」

私は思わず首を傾げた。優里ほどではないが、愛も論理的な人間である。自分が襲われた――その恐怖や怒りで感情的になるのは分かるが、こういう風にまくしたてるのは納得できなかった。

「ちょっと待ってくれ――落ち着いて」

「落ち着いてるわよ」

「いや、落ち着いてない」

こういう言い合いは妙に懐かしかったが――私たちは口喧嘩の多いカップルだった――これでは話が進まない。私は一歩引いて、質問を変えた。

「体の方、大丈夫なのか？」

「お風呂に入る時に苦労したけど、それだけ」愛の口調は素っ気なかった。

「ゆっくり休んだ方がいいんじゃないか？　何も、こんな早くに電話してこなくても」

「そういうわけにはいかないのよ。これは私の責任なんだから」

「別に、君の責任じゃ――」

「私の責任」愛が強引に私の言葉を遮った。「もう少し、何とかする方法があったと思うの。でも、結局何もできなかったから……責任は感じてるわ」

「支援センターの仕事は、犯罪予防じゃない」

「それは警察の役目よね」愛の口調は辛辣だった。「それなのにあなたは、少しのんびりし過ぎてる」

「そんなことはない」反論したが、自分の声に力がないのは分かっていた。

「殺人事件じゃないから？　ワンランク落ちると思ってる？」

「違う。彼女はまだ、危険な状態じゃないか。予断を許さないだろう」せめて意識が戻ってくれれば……犯人につながる手がかりを喋ってくれるかもしれないし。

「私は、手を引かないから」

「やめてくれ」思わず口元から手を放し、大声を上げてしまった。店員の視線が痛く刺さってくる。慌ててまた声を潜《ひそ》めた。「君は警察官じゃないんだから。やれることには限りがある」

「だから、できる範囲で。私にも、コネも調査能力もあるのよ」

「それは分かるけど、君が無理しなくても……」

「私にも意地があります。大袈裟に言えば、アイデンティティの問題なの。自分が担当していた犯罪被害者が襲われたりしたら、けじめがつかないじゃない」

私は思わず言葉を呑んだ。愛は元々、それほど穏やかな性格ではない。言うべきことははっきり言うし、主張を簡単に引っこめることもない。議論がエスカレートして口論になってしまうこともしばしばだった。しかし今は、あまりにも感情的になり過ぎている感じがする。事故の後の愛は、努めて感情の爆発を抑えていたようなのだが……予期せぬ出来事に、タガが外れてしまったのだろうか。

「あなたはあなたで、できることをちゃんとやって」

「支援課でできることは限られている」

「ああ、もう……そういう官僚答弁はいいから。このまま綾子さんが亡くなったりしたら、どうするの」

「傷つくだろうな」これまでも私の心に刻まれてきた無数の傷が一つ増えるだけだ。他にたくさん傷があるからといって、耐えられるものでもないのだが。

「そうならないように、頑張って。私たち――私とあなたのためでもあるのよ」

愛がいきなり電話を切った。私はしばし呆然としたが、それは彼女の激烈な態度のためではなかった。

「私たち」――彼女がそんな言い方をしたのは、いつ以来だっただろう。

2

支援課に来た時には、既に一日分のエネルギーを使い果たしたような気分になっていた。短時間寝て叩き起こされるよりも、徹夜してしまった方がましだった。

唯一助かったのは、私が着く前に、優里が昨夜の事情を課長たちに説明してくれていたことだ。これで、同じ話を繰り返さずに済む。私が話すべきは、支援課としてこれからどうするか、だ。

「ご両親には会うつもりです」私は課長の本橋に向かって言った。彼の了解を取りつけられれば、誰かに文句を言われることもない。

「そうして下さい」本橋がうなずく。「通常通りの業務で」

「分かりました」その先のことは——話を聴いてみないと分からないだろう。だが、取り敢えずとっかかりの一歩にはなる。私は安堵の吐息をついて、自席についた。

八時四十五分。綾子の両親の羽田着が九時過ぎだったか……北新宿署へ入るのは、十時過ぎだろう。そのタイミングで北新宿署まで行って、両親に挨拶する。よし、まだ時間の余裕があるから、気持ちの整理もできそうだ。

本番の仕事にかかる前に、確認しておくことがあった。隣に座る優里に話しかける。

「昨夜、西原の様子はどうだった？」

「興奮状態」パソコンの画面を見つめたまま優里が言った。一瞬こちらを見ると、欠伸《あくび》を嚙み殺す。「午前三時過ぎまでつき合ったわ」

「そんな遅くまで？」私は思わず目を剝いた。

「喋り止まらなかったから。寝かせようとしたんだけど、寝ようとしないのよ。とにかく、言いたいことを全部吐き出さないと納得できなかったみたいで」

「彼女にしては珍しいな、そういうの」

「珍しいわね」

私はつい、愛から別れを告げられた日のことを思い出していた。私はこんな体になってしまったから、あなたとは一緒にいられない——一生の方針を決めてしまう決意の言葉だったが、それでも彼女は淡々としていた。涙もなし。もちろんそれまでには十分過ぎるほどの葛藤があったはずなのに、それをまったく感じさせない態度だった。わざと気持ちを抑えつけていたのか、あるいは完全に納得してしまったのか。

あれから考えると、昨夜、そして今朝の愛の態度はやはり異常である。

「二度も死にかけたら……」言いかけ、私は言葉を呑んだ。事実は事実なのだが、口にするのは憚られる。

「それはそれとして、やっぱり自分が許せなかったみたいね」優里が淡々とした口調で言った。

「許せないって……」

「平尾さんを守れなかったことが」

「それは、物理的に無理だよ」私は指摘した。「車椅子なんだから、どうしようもないじゃないか」

「こういう状態になって初めて、車椅子に乗っているもどかしさに気づいたのかもしれないわね」

「……ああ」日常生活で不便していないと言っても、それはあくまで、限られた範囲の日常である。下半身の自由を失って以来、愛は多くの物をなくしたはずだ。「車椅子じゃなければ、物理的にも守れたかもしれない……」

「自分ではどうしようもないことは分かっているけど、どうにかすべきだったと思っているのよ。答えが出ない問題よね」

「ああ」

「彼女は、自分がスーパーマンじゃないと納得できないの。だからこそ、今回の件はショックだったんでしょうね。自分にもできないことがあるって、嫌でも思い知らされたんだから」

「今朝、彼女から電話がかかってきたんだ」

「そうなの？」優里が眉をひそめる。「珍しいわね」

「ああ、あんな時間に電話がかかってきたのは、初めてかもしれない」

「そうなんだ」真剣な表情で優里がうなずいた。

「やっぱり興奮してたよ。興奮冷めやらぬっていう感じだったけど……さっさと犯人を逮捕しろって、ケツを蹴飛ばされた」

「西原が自由に動き回れたら、自分で犯人探しをしているかもしれないわね」

「それは……避けないと」嫌な予感に襲われる。彼女のことだ、自由に動けなくても犯人探しを始めるかもしれない。彼女の手足になって動く人間は何人もいるのだから。

「そうね。私も目を配っておくけど、基本的にはあなたの役目よ」

「そこまでは……余裕がないな」

「なくても頑張って。西原は結局、あなたの言うことしか聞かないから」

「俺の言うことだって聞かないよ」

「そんなこともないと思うけど。やり方の問題じゃないかな」

「まあ……努力するよ」私は立ち上がった。優里に相談するつもりだったのが、いつの間にか説教を受けている。これではたまらない。少し早めに北新宿署へ行って待機するつもりだった。

相棒は当然、梓。既に事情を聞いて、不安気な表情を浮かべていたが、これは最高のオン・ザ・ジョブ・トレーニングだ。強引にでも現場に引っ張っていかなくてはならない。

「ご両親、どうするんでしょうね」

行きの地下鉄の中で、梓が唐突に切り出した。

「どうするって、何を？」

「平尾さんは、しばらく入院ですよね？　意識が戻らないし」

「そうなるだろうな」

「その間、ずっと東京で待っているんでしょうか」

そこには気づかなかった。梓の細かい発想に、今更ながら驚く。支援課の人間としてというより、人間としての思いやりかもしれないが……私たちはしばしば、社会常識の範囲内での優しさを忘れ、警察的に処理しようとしてしまう。それではいけないのは分かっているが、時間に追われてしまう時も多い。

「どこかに宿を用意しておかないとな」

「私たちが、ですか？」

「いや、この場合は北新宿署がやるのが筋だ。向こうの初期支援員に話してみる。いいことを思い出させてくれたよ」

「いえ」遠慮がちに梓が目を伏せる。こういう時は、もっと堂々としていていいのに――ある意味、私を出し抜いたのだから。

被害者二人――しかし死者が出ていないということで、北新宿署はそれほどざわついてはいなかった。このレベルの事件では、本部の捜査一課の応援も入らない。死人が出ない限りは所轄で処理しろ――それが本部の基本方針である。もちろん被害者が多数いるとか、犯人が特殊な人間である場合はその限りではないが、今回の一件については、あくまで所轄マターになるようだ。

私たちはまず、刑事課に顔を出した。課長に挨拶し、被害者家族への事情聴取の席に立ち会う、と報告する。

「ちょっと大袈裟過ぎないか？」報告は受けていたはずだが、課長は懐疑的だった。

「この程度の事件で、そこまで気を遣う必要があるとは思えないけど」

「被害者は、うちが以前から相談を受けていた人なんです。責任があるんですよ」

「ああ、まあ……そういうことならしょうがないな。しかし、もうちょっと早く対応できなかったのかね」静かな口調だが、言葉は厳しい。「男の方を早めに制御できていれば、こうはならなかったんじゃないか」

「実際にその男がやったかどうかは分かっていませんよ」私は指摘した。「石井涼太、まだ見つかっていないんですか？」

「まだだ」課長がデスクの上の書類をめくった。「家には戻っていないし、出社もしていない」

視線が壁の時計を捉える。午前九時四十五分。私もそれを確認して、課長とまた相対した。

「始業時刻が九時半だったはずですが。単なる遅刻の可能性も……」鍵をかけずに家を出たのだから、遅刻とは思えないが。

「じゃあ、断定しないでおこう」課長の態度は柔軟だった。「あと一時間……三十分後も出社していなければ、本格的に姿を消したと考えていいだろうな。少なくともそれで、容疑者として考えていいだろう」

「まだ容疑者とは言えないと思いますが」

「あんたら、その線で追ってたんじゃないのか」課長の声が急に鋭くなった。「状況的にはこの男が犯人としか思えないが……証拠はまだ掴んでいないのか？」

「残念ながら」まさに「残念ながら」だ。「そもそもリベンジポルノから始まった事件ですが、この男が写真を流出させたかどうかも分かっていません」

「自宅を調べるしかないだろうな」課長が溜息をついた。「パソコンを解析して、ネット上にアップした証拠を探す……そういうのは面倒臭いんだよ」

「分かります」

「あんたらが、もう少し深く突っこんでくれていたら、な」

私は素早く頭を下げて、刑事課から退出した。腹の中は怒りで煮えくり返っている。勝手なことばかり言いやがって……普段私たちは邪魔者扱いされることが多い。被害者救済は大事な仕事だから、誰も面と向かって文句は言わないが、支援課の仕事を鬱陶《うっとう》しく思っている捜査員は少なくないのだ。実際、被害者や被害者遺族の保護を優先して、事情聴取を遅らせることすらある……現場の捜査員にすれば、「邪魔」以外の何物でもない。彼らは、一刻も早い犯人逮捕こそが被害者救済の最善の道と思っているわけで、被害者の保護を最優先に考える私たちとは、正反対の立場と言ってもいい。

どちらも間違いではないのだが。

廊下に出て、一つ深呼吸した。怒りがすっと鎮まっていく。支援課に来てから、私は自分をコントロールする手段を身につけた。自分のためではなく、被害者のため――そう考えると、大抵のことは我慢できる。

「ムカつきますね」梓がぽつりと言った。

「君もか」私は思わず笑いそうになった。

「村野さん、怒ってるんですか？」

「当たり前だよ。都合のいい時だけ、こっちにも捜査をやれっていうんだから……指揮命令系統が全然違うのに」支援課は、捜査とはまったく関係ない総務部の下にぶら下がっているのだ。

「怒ってるようには見えませんけど」

「怒っているように見せないコツがあるから」

「どんな風にするんですか？」

梓が真顔で訊ねる。それで私は答えに窮してしまった。何とも説明しにくいやり方だから……結局「後で話すよ」と逃げを打った。いずれは彼女も、自分で折り合いをつけられるようになるはずだが。

刑事課から離れて、私は真中の携帯電話を呼び出した。一応「明け」になるので帰ってしまったか、それとも……「それとも」の方だった。

「村野です」

「あ、どうも」いかにも欠伸を嚙み殺しているような声だった。

「署に来たんだけど、今どこにいる？」

「一瞬寝てました」

宿直室か……起こしてしまったことを申し訳なく思う。朝方からのほんの短い睡眠を奪う権利は自分にはないと思う。

「今何時ですか……うわ、やばい、もう九時四十五分じゃないですか」

目覚まし代わりになったのだと思い、少しだけほっとする。電話の向こうで、真中がもぞもぞと動いている様子が窺えた。

「平尾さんのご両親への事情聴取に同席するんだけど……課長にも仁義は切った」

「了解です。そろそろ来ますよね？　自分が話を聞くことになってるので……何とかセーフでした」

「冷たい水で顔を洗ってくれ。コーヒーを用意しておくから」

「すみません——事情聴取には、三階の二番の会議室を使う予定です。そこで落ち合いませんか？」

「了解」

電話を切って、コーヒーを三人分仕入れるよう梓に指示し、千円札を渡す。

「コンビニのコーヒーでもいいですか？　この辺、気の利いたカフェなんかないですよ」

「ああ、そうだな」北新宿署は、やや「陸の孤島」のような場所にある。都電荒川線の面影橋《おもかげばし》駅、学習院下駅、地下鉄の高田馬場駅や西早稲田駅に囲まれたような場所で、基本的に周りは住宅街なのだ。もちろん、最近はコンビニのコーヒーも馬鹿にできないし、眠気覚ましには十分だろう。私はすでに、エネルギーが切れかけているのを感じていた……朝食に食べたＢＬＴ＆エッグバーガーは、バーガーキングらしからぬ小さな物だったのだ。ただ、何か腹に入れているような余裕まではないだろう。

梓を使いにやった後、私は階段を一階分上がり、二番の会議室に向かった。十人ほどしか入れない小さな会議室だが、今回のような事情聴取には適したサイズである。小さ過ぎず、大き過ぎず。取調室では嫌な思いをするだろうし、もっと大きな会議室では空間があり過ぎて集中できないはずだ。どこへ座ってもらえば一番リラックスできるだろうと、頭の中に設計図を描き始める。

真中が飛びこんで来た。顔を洗ったばかりなのか前髪が濡れ、青いワイシャツの襟《えり》も黒くなっている。ネクタイを首に巻きつけながらの登場が、慌《あわただ》しさに拍車をかけた。

「助かりました。完全に寝過ごしましたよ」

「遅かった……早かったんだろう？」

「ここへ戻ったのが七時でしたからね。寝なければよかったですよ。やることもあったのに……」ぼやきながらネクタイを締め終え、椅子を引いて腰を落とす。左腕を突き出して時計を確認した。「ご両親、もうすぐですよね」

「ああ。君、ご両親とは直接話したのか？」

「いや、まだなんですよ」真中の表情が曇る。「電話で話をした奴に聞いたら、落ちついていたとは言いますけど、実際には分からないですよね。だけど、先に病院へ行かなくていいんですか？」

「ワンクッション置いた方がいい。ここで簡単に容態を説明して、心の準備をしてもらうんだ。どうせ病院までは、車で五分だし」

「それ、俺がやるんでしょうね」自信なさげに真中が言った。

「俺がやってもいいけど。慣れてるから」

「マジですか」真中の顔が急に輝いた。「最初だけ、何とかしてもらえれば……被害者の家族と話すの、苦手なんですよ」

「そんなのが得意な人間は、いないよ」

「村野さんでも？」

「人よりちょっと慣れてるだけだ」私は肩をすくめた。機会が多いだけで、本当は慣れているとは言い難かったが。

「参考までに……どうやって被害者家族に対応するんですか？　パニックになっている人も少なくないでしょう」

私は、優里がまとめたマニュアルを思い浮かべた。大変な労作なのだが、あれはあくまで「指針」である。毎回違う反応に出くわし、その都度アドリブで乗り切ることになる。

「喋らせることだな。自由に」

「でも、訳が分からなくて、変なことを言い出す時もあるでしょう」

「そういう時でも、相手の気が済むまで喋らせる。何も話を合わせる必要はないんだ。相槌を打つぐらいで、どんどん話を先へ進めさせる。支離滅裂でも何でもいい」

「それじゃ、疲れますよ」

「それで給料を貰ってるんだから。とにかく全部吐き出させて、少しでも気を楽にしてもらおう」私はまた肩をすくめた。こういうのは、本当に説明しにくい。マニュアルが通用しない世界なのだ。

「気が重いなあ……」

「ま、こっちのやり方を見ててくれ。何か参考になるかもしれないし」

「遅れました」ドアが開き、梓が大荷物を抱えて帰って来た。

「何なんだ、その買い出しの山は」

「コーヒー五つ」梓が慎重にカップをテーブルに下ろした。「それと、水も五本買ってきました」

「ああ……」両親の分を指示するのを忘れていた。この辺、彼女は自然に気配りができる人間である。

「コーヒーよりも水の方がいいかもしれませんよね」テーブルにペットボトルが林立する。

「そうだな。緊張して喉が渇くかもしれないし。それより、足りなかっただろう」

「大丈夫です」

「独身の警察官は、使える金に余裕があるからね」警察官の給料は、同年代の他の公務員に比べれば多い。仕事に追われていれば使う暇もないのは当然だ。私の場合、人よりエンゲル係数は高いかもしれないが、たかが知れている。「とにかく、待とう。もう少しだから」

予想通りに、十時二十分に電話が入った。一階の警務課からだろう……受話器を取った真中の顔が、にわかに強張った。

「はい、そうです……ええ、三階の二番会議室。ちゃんとここまで案内して下さい。迷ったら申し訳ないので」

受話器を置くと、ふっと息を吐き、「こんな感じでよかったですか？」と私に訊ねた。

「万全だよ。警察官は全員味方だと思ってもらわないと」

「そうですね」真中が肩をゆっくりと上下させる。なかなか緊張は解けないようだ。

一分後、綾子の両親が部屋に入って来た。一礼して椅子に座らせた後、私は手帳に視線を落とした。父親、平尾和幸《かずゆき》、六十一歳。長身痩軀で、ジャケットの肩が合わずに少し落ちている。脂っ気のない髪は灰色で、顎には剃《そ》り残した髭《ひげ》が目立った。母親、平尾幸子《ゆきこ》、五十九歳。夫よりもずいぶん背が低く、後ろに立ったら完全に隠れてしまうだろう。絞るような勢いでハンカチを握り締めている。

「綾子には会えないんですか」父親がいきなり切り出した。

「最初に状況を説明させてもらってよろしいですか」私はやんわりと切り出した。シヨックアブソーバー。父親がうなずいたのを見て、話を始める……むしろ母親が心配になった。座ったきり、まったく動かない。まるで魂が抜けてしまったように見える。この場では父親を相手にすることになるだろうが、本当に大変なのは母親への対応だ。

私は抑揚をつけず、淡々と状況を説明した。昨夜の襲撃の様子、怪我の程度、現在の治療状況。最新の容態については、先ほど連絡を受けていた。残念ながら、まだ意識は戻らない——。

そこまで話すと、父親が大きく息を吐いた。目が潤み、テーブルに置いた手がかすかに震える。梓が立ち上がり、両親の前にコーヒーのカップを置いた。父親は蓋を取ると、大きく一口飲んで、「ああ」と吐息を漏らした。一度体をぶるりと大きく震わせ、コーヒーにまた蓋をする。

「大丈夫なんですね？」

「病院を信じましょう」

「会えますか？」

「これからお連れします」

会話を合わせながら、私は母親の様子を見守った。ずっとテーブルを見つめたまま、顔を上げようとしない。声をかけるべきかどうか……話し続けたい人の話を聞くのは簡単だ。しかし、口を開かない人の扱いは難しい。何とか喋らせるべきか、この沈黙を守るべきか——しばらくこのままにしておくことにした。恐らく病院では、修羅場が待っている。エネルギーは、その時のために取っておきたい。

母親の向かいに座っていた梓がすっと立ち上がり、水のボトルを手にしてキャップを開ける。母親の横に立つと、そっとテーブルにボトルを置いた。その際、母親の背中に掌でかすかに触れる。突然母親が電気に打たれたように顔を上げた。後ろに立つ梓に気づいて振り返り、素早く一礼する。梓も礼を返すと、そのまま何も言わずに自席に戻った。

よし。

ガッツポーズしたい気持ちだった。こういう柔らかい気遣いができるからこそ、私は梓を支援課に引っ張ったのだ。経験で得たものではなく、生まれついての素養。梓には、人を安心させる何かがあるのだ。

母親が口を開いた。最初は息をするためではないかと思ったが、か細い声が漏れてきたので、私は慌てて意識を集中した。

「あの……」

「はい」

「娘はどうして、こんな目に遭ったんでしょうか」

「その件については今、調べています。病院から戻って来たら、また話を聴かせていただけますか？　お話は必ず参考になると思います」

「わかる範囲で……」母親が遠慮がちに言った。

私はうなずきかけ、椅子を背中で押して立ち上がった。釣られてまず父親、そして母親が立ち上がる。第一関門突破……最悪の事態は避けられたのでほっとする。一番困るのが、関係者が全員泣き叫んで、話にもならないことだ。そうなったら、とにかく時間をおいて、少しでも気持ちが落ち着くのを待つしかない。

今は、少しずつだが話は進んでいる。当面は、これでよしとしなければならない。

3

まだ集中治療室に入っている綾子との直接の面会は許可されず、ガラス越しの対面になった。それを聞かされた時点で母親は、とうとう泣きだした——支えたのは梓である。何も言わず傍らに寄り添い、背中に手を当てる。父親の方は茫然として、ガラスに両手と額をくっつけ、傷ついた娘を凝視するだけだった。そのまま五分……医師が説明にやって来て、ようやく二人は集中治療室から離れた。

医師は二人を診察室に入れた。狭い部屋なので、私は梓だけをつき添わせ、真中と二人、廊下で待つことにした。真中がワイシャツの胸ポケットから煙草を取り出し、弄《もてあそ》び始める。

「どこかで吸って来てもいいよ。この辺にいるから」少し同情しながら告げる。彼にとっては長い一日だろう。

「病院の敷地内では、吸えるところなんかありませんよ。その辺をうろついているうちに話が終わるでしょう……待ちますよ」

「そうか」

私は廊下の壁に背中を預けた。疲労感が全身を覆い、目を閉じれば、そのまま眠りに落ちてしまいそうだった。近くにベンチがあるが、そこに座ったら負けだ、と妙なことを考える。ここは弱い自分と我慢比べだ。

十分ほど経って、三人が出て来た。両親の顔色を見ただけで、あまり芳《かんば》しい状況ではないと分かる。私は真中に目くばせして両親と一緒に先を歩かせ、後から梓と並んで歩き始めた。

「どうだった？」体を横に倒すようにして顔を近づけ、小声で訊ねる。

「思わしくないですね」短く答えて、梓が歩くスピードをさらに落とした。両親の耳には入れたくないらしい。「頭蓋骨骨折、軽い脳挫傷《のうざしょう》……一歩間違えれば……」

死んでいた。その言葉を口にしなかった彼女の良識に、私は感謝した。両親の背中は三メートル先。こちらの言葉が聞こえてしまう可能性もある。

「相当強烈な衝撃だったんだな」

「打ちどころも悪かったんだと思います。後ろからいきなり襲われてバランスを崩して、額からアスファルトに直撃、だったようですね」

「簡単に受け身は取れないからな」

「そうですね」梓の声は暗く、低かった。他人の痛みを、自分のものとして認識してしまうタイプである。「これからどうするんですか？」

「二人には、まず食事をしてもらいたいんだ」

「あの様子だと、無理じゃないですかね。診察室の中でも、今にも爆発しそうでした。相当我慢してるんだと思います」

「そうか……声はかけてみるけど」

「あまり無理強いしない方がいいと思います」

梓からアドバイスされるとは。現場に出て、彼女は急激に、自分に自信を持ち始めているのかもしれない。

「でも、何かつまめるものを準備しておきます。おにぎりとか、サンドウィッチとか……食べる気になったら食べてもらえばいいんじゃないですか」

「分かった。一応、食べられるかどうか聞いてみるから、そっちの準備もしておいてくれ」

梓が無言でうなずく。非常に緊張しているが、同時に自分の仕事に没頭している様子でもある。私は首を左右に倒し、肩の凝《こ》りを解《ほぐ》してから、少し歩調を速めて前を行く綾子の両親に追いついた。会話はない。かすかな消毒薬の臭いが漂う中、二人の足取りはどこか覚束《おぼつか》なく、このまま宙に消えてしまいそうだった。真中の両肩が盛り上がり、真中も異常に緊張しているのが分かる。ちらりと振り向いて私を確認すると、急に肩が落ちた。一人にしないで下さいよ、とでも思っていたのかもしれない。

病院を出ると熱波に包まれ、私は思わず額に手をかざした。北海道在住の綾子の両親は、この暑さに慣れていないはずなのに、平然としている――いや、暑さに文句を言っている余裕もないに違いない。私は父親の横に並んで、静かに語りかけた。

「これから署に戻りますが、食事でもどうですか？　用意しますが」

「いや、今はちょっと……」力なく首を横に振る。

「分かりました」私はすぐに引いた。「食べられると思ったら、いつでも言って下さい。食べないと体に悪いですから」

「お手数おかけします」

父親が頭を下げる。二人とも、参ってしまわないといいのだが……東京に親戚でもいれば、力を借りる手もあるが、親類縁者は皆北海道に住んでいるという。

とにかく署に戻るか……一歩を踏み出した瞬間、私はこの光景の中にあったらおかしい異変に気づいた。同時に梓が、「愛さん……」とつぶやく。

最初は「まさか」と思った。いくら何でも昨日の今日である。ろくに寝ていないだろうし、自宅療養するのではないかと思ったのだが……愛はちょうど、タクシーから降りてくるところだった。運転手が、トランクから車椅子を取り出してセットする。愛は車のドアを摑み、さらに運転手の手助けを受けて立ち上がり、何とか車椅子に腰を落ち着けた。運転手に向かって頭を下げると、こちらに移動して来る。車椅子は、いつも使っているものではなくスペア――彼女いわく「ナンバーツー」――だと気づいた。長袖のブラウスを着ているので、腕の怪我などは隠れているが、頭の包帯が痛々しい。

私はどう反応していいのか分からなかった。駆け寄って止めるべきなのか、黙って待ち受けるべきなのか。もしかしたら彼女も、治療を受けに来ただけかもしれない――その想像は一瞬で吹き飛んだ。愛は真っ直ぐ、私たちの方へ向かって来たのだ。まさか……しかし止めるわけにもいかず、私はその場に立ち尽くして彼女を待つしかなかった。綾子の両親もどうしていいか分からない様子で、その場で固まっている。車椅子の女性が、自分たちに何か用事があるとは悟ったようだが……。

「おい……」

愛が、私の目の前で車椅子を止めた。

私の戸惑いを無視して、愛が冷静な声で訊ねる。

「平尾さんのご両親ですか？」

「はい……」父親が小声で答える。

「東京被害者支援センターの西原愛と申します」両親を見上げる格好でも、周囲を圧倒するような雰囲気を発している。が、彼女の口から出たのは謝罪だった。「この度は、本当に申し訳ありませんでした」

「ああ、あの……」父親ががくがくとうなずく。

それを見て、愛が私に鋭い視線を向けた。

「昨夜の状況は説明してくれたの？」

「簡単に」

「私のことは？」

「いや……」そこまで詳しい事情は話していない。昨夜の複雑な状況を把握できるまで、両親は冷静になってはいないだろう。私は少し前に出て、全員の顔が見えるようにした。

「私が昨夜、娘さんと一緒でした」

「ああ、あなたが……」父親の顔が蒼褪《あおざ》める。「怪我した人がいたと聞きましたが……すみません、そんな大怪我だったんですか？」

「いいえ」愛が車椅子のホイールを撫でた。「これは元々です。気にしないで下さい」

「でも、車椅子で……」

「突き飛ばされて倒れましたけど、それだけです」頭にそっと手を伸ばし、包帯に触れた。「大した怪我じゃありません……それよりこちらこそ、申し訳ありませんでした。一緒にいたのに、何の役にも立たなくて」

「いや、それはむしろ、娘がご迷惑をおかけして」

「守れなかったのは私の責任です」

「娘の方が……」

奇妙な譲り合いになってしまったので、私は割りこんだ。

「ちょっと、それぐらいで……」

「それじゃ気が済まないの」愛は強情だった。「私の責任なんだから」

私は彼女の背後に回りこんで、車椅子に手をかけた。そのまま強引に向きを変え、両親から引き離す。

「ちょっと――」振り向いて、愛が抗議する。

「いいから」愛を黙らせ、私は十メートルほど移動した。小声で話せば、両親には聞こえないほどの距離である。私は彼女の前に回りこみ、跪《ひざまず》いた。上から見下ろす格好では話したくない。顔が近い――こんな風に話さなくなってから、ずいぶん時間が経つのだな、と気づいた。

「君とは、後でちゃんと話し合う必要がある」

「何を？」愛は不機嫌だった。頭の怪我のせいで化粧をしていないためか、今日は血色が悪く見える。

「どうしてここへ来たんだ」

「ご両親にお詫びしなくちゃいけないから。私の責任なのよ」

「考え過ぎだ。君は彼女の護衛じゃないんだから」

「一緒にいて何もできなかったんだから、せめて謝らないと」

感情的になり過ぎている。本当に、普段の彼女らしくない。これはまずい事態を抱えこんだ……彼女は、今回の状況の中で、不安定要素になってしまいかねない。

「気持ちは分かるけど、今は我々に——俺に任せてくれないか。これは事件なんだ。一義的に、警察が担当しなければいけないことなんだから」

愛が唇を引き結ぶ。私の言ったことは正論であり、彼女は正論に弱いのだ。

「でも、私もできるだけのことはさせてもらうから。そうじゃないと、気が済まないの」

「タイミングを間違わないようにしてくれ。ここは、普通の手順でいかないと駄目じゃないかな」私は念押しした。「事件絡みだから、普通の被害者支援と一緒だ」

「ご両親に話は聴いた？」

「まだ簡単にしか聴いていない」

「事情聴取、私も同席させてもらっていい？」

「駄目だ」私は即座に断った。「事件に関する事情聴取は、警察の仕事だ。君たちの仕事は、その後のフォローじゃないか——いったいどうしたんだよ？　普段の君らしくない」

「これは特別だから」

「それも分かるけど……」

やはり入れこみ過ぎている。冷静さを失ったら、この仕事はやっていけないのに……被害者支援の基本は、被害者や被害者家族と一緒に泣くことではない。ただ寄り添うことだ。情に流されて涙を流すのは簡単だが、それでは事態は一向に解決しないのだ。

「連絡を絶やさないようにして。私が出て行く場面が絶対あるはずだから」愛の口調は、「お願い」ではなく「命令」だった。

「まさか、今日も支援センターに行くんじゃないだろうな」

「そのつもりだけど」

「よせよ」私は思わず忠告した。「もっと体を大事にしないと」

「体のことで、あなたにとやかく言われたくないわ」

その瞬間、ずっと微妙な均衡を保っていた私たちの関係に細い亀裂が入った。体のことは——二人で一緒に巻きこまれた事故で、彼女は下半身の自由を失い、私は左膝に今も消えない痛みを抱えこんだ。だが、互いに自分の怪我のことで文句は言わなかった。言ってもどうにもならないことは分かっていたから。大事な問題から弱気に逃げ回っていただけとも言えるが、私たちにはそういう解決策しかなかった。その結果の必然の別れである。そしてその後の、奇妙な平衡状態。

しかし今、彼女は突然一線を越えた。まるであの事故、そして自分の怪我が私にはまったく関係ないとでもいうような物言い。自分たちの過去の関係——悪いものではなかったと私は思っている——を全否定するようなものではないか。これならば、私に事故の責任を全て押しつけ、罵倒する方がよほどましだ。それだったら私は、甘んじて受け入れる。いつまでも頭を下げ続けていられる。

何とか怒りを押し殺した——いや、頭を占めているのは怒りではなく不安だったかもしれない。これから二人の関係がどうなっていくのか……今までは、タイトロープを渡るように危ない関係を何とか続けてきたのだが、それもここまでかもしれない。基本的に今の私たちは、仕事だけでつながっている。彼女は民間の立場で被害者支援に精通し、私もその道ではプロだと自任している。こと仕事に関しては、互いに頼れる存在だと言っていいだろう。その協力関係が崩れたら……私たちには何もなくなる。

そしてそれが、ひどく寂しい状態だと私は気づいた。寂しい……？　何故？　とっくに切れた恋人同士、今さらどうなるものでもない。そんなことは分かり切っているのに、心を覆い尽くすこの暗い雲は何なのだ？

北新宿署に戻り、真中が両親から事情聴取を始める。梓は二人に、新しい水を用意していた。父親が迷わず手を伸ばす。いい傾向だ、と私はほっとした。たとえ水であっても、胃に入れた方がいい。あまりにも空腹だと、そのうちまともに話もできなくなる。あとはチョコレートでも食べて、少し血糖値を上げた方がいいのだが、固形物はまだ受けつけられないだろう。

私は真中と並んで座り、梓は少し距離を置いて母親の横に陣取った。何かあればすぐに手助けできる位置。教えたわけではないが、梓は既に、被害者家族との「距離感」を会得しつつあるようだ。

今は、真中の方がよほど緊張している様子だった。組み合わせた両手に力を入れているせいで、手の甲に血管が浮き上がっている。何度も深く息をして、その都度肩を上下させるだけで、なかなか話に入っていかない。世間話をするわけでもなかった。

だが、助け舟を出そうかと思った瞬間、ようやく口を開く。

「石井涼太さんという人をご存知ですか」

おっと……いきなり内角高めに投げこんできたか。しかしボールの威力はなかったようで、両親は二人ともきょとんとした表情を浮かべるだけだった。これで何らかの反応があったら、そこから話を転がしていこうと思っていたのだろう。真中が慌てて説明をつけ加える。

「綾子さんと、札幌の高校時代に同級生だったんですが……本人も大学進学で上京してきて、一時つき合っていました」

「初耳です」父親がかすれた声で言った。

「間違いないですか？」真中が疑わしげに言った。

間違うはずもないだろうが、父親が助けを求めるように母親を見やる。母親は一瞬父親の顔を見てから、素早く首を横に振った。それを見て私は、両親とも本当に石井を知らないのだと確信した。恋人の存在——娘だったら、父親には言わないが母親には話している確率が高い。話さなかったのは何故だろう……まだ話すべき段階ではないと思っていたのか、それとも存在を隠しておきたい事情でもあったのか。

「二人が交際していたことは、綾子さんから直接確認しています」

それだけ言って、真中が私の顔を見た。助けを求めるような情けない目つきになっていたが、ここからは私が話すのが筋だ。

「娘さんは、大学院に行く時に、この石井という男と別れました。ところが最近、二人がつき合っていた時に撮影した写真が、ネットに流出したんです」

「それは、どういう——」父親の顔が蒼褪める。

「いわゆる猥褻な写真とは言えないものです」私はすぐに否定したが、実際に親が見たらどう思うだろう……その気になれば、検索してすぐに写真に辿りつけるはずだ。

だが、隠してはおけない。「しかし、綾子さんはそういう写真が流出したことにショックを受けて、支援センターに相談に行きました……担当していたのは、先ほどの車椅子の女性です」愛の名前を出すのが何となく嫌で、私は曖昧な言い方をした。

「そういう写真を流出させるのは、問題にならないんですか」

「微妙な線でした。我々も検討したんですが、事件として立件するのは難しい、という結論に至りました。石井涼太という人物がやったという証拠もありません。ただし、石井を監視はしていました。それでも、娘さんと接触している証拠は得られませんでしたが……」

「その石井涼太さんが、行方不明なんです」真中が話を引き取った。「もしかしたら、今回の事件に関係しているかもしれません」

「その人が娘を——娘を襲ったんですか」父親が目を剝いた。テーブルに置いた両手が震え始める。

「それはまだ分かりません」真中が言った。「ただ、娘さんが襲われた直後に自宅に行ってみたら、彼はいなかったんです。玄関の鍵もかかっていませんでした。東京では、これは大変珍しいことです」

「だったらやっぱり、その男が……」

「現在、行方を追っていますが、まだ手がかりはありません」

真中は断言を避けている。それはいい傾向だ、と私は思った。この段階では、明言して相手に固定観念を与えてはいけない。真中は支援員には向いていないかもしれないが、刑事としてはそれなりのスキルを身につけているようだ。

「それで、過去にどんな関係だったかが分かれば、教えていただきたいんですが

「……」

「だけど、そういう人は名前も知りません」

「そうですか」真中が溜息をついた。「だったら、当時の同級生のお名前や連絡先、教えていただけませんか？　そういう人たちに聞いてみます」

「それは、今は分かりません」父親の表情が強張った。「自宅へ戻れば何かあるかもしれませんが、今はちょっと……」

「分かりました。お戻りになった時で結構ですので、ちょっと調べていただけますか」

「でも、娘は入院中ですから……」

それはもっともだ。今朝東京へ着いたばかりなのにトンボ返りしろ、ではあまりにも非情である。まだ綾子の容態は危険なままなのだし。

「例えば、家の中で探し物をしてくれる人は誰かいませんか？　ご親戚とか」田舎なら可能性がある、と私は踏んでいた。

「ああ」父親の顔にわずかに赤みがさした。「弟が近くに住んでいるので……家の鍵も持っていますから、調べさせられると思います」

「では、そうしていただけますか？　東京での交友関係だけでなく、札幌時代のことも調べてみたいんです」

「分かりました」

父親が携帯電話を取り出したので、真中が慌てて止める。

「今すぐでなくてもいいです。お手すきの際に……」

父親が軽く会釈して、ジャケットのポケットに携帯電話を落としこんだ。何となく、言葉も動きもぎくしゃくしている。話は転がっているのだが、意思の疎通はできていない感じだ。

しかし、それから先の事情聴取はスムーズに進んだ。少なくとも会話の流れという意味においては。ただし、両親は東京へ出て行った娘とあまり連絡を取り合っていなかったようで、普段こちらでどんな生活を送っているか、どんな人間とつき合いがあったかは、まったく把握していなかった。

「いろいろ大変だったと思いますが……」私は話に割りこんだ。「一度就職した会社を辞めて大学院に行ったり、また就職したり」

「やりたいことがあるなら、やるべきです。まだ二十代なんだから」父親が答える。

「少しぐらい回り道しても、後で悔やむよりはいいでしょう」

「ずいぶん寛容なんですね」

「甘いかもしれませんが……一人娘なので」

「そうですか……だいぶ援助もされていたんじゃないですか」

「それは仕方ないです。東京で暮らすには、何かと金がかかりますから」

「失礼ですが……」私は手帳を開いた。肝心な情報が抜けていることに気づき、心の中で舌打ちをする。「お仕事は？」

「行政書士です」

それなら仕事は安定しているのではないだろうか——年収はそれほど高くないかもしれないが。

「仕送りも大変だったんじゃないですか」

「いや、それはそんなに大変ではなくて……」父親が口籠った。これまでの会話から、自分が知らないことが話題に上ると、口が重くなるのは分かっている。適当に話を合わせることができないタイプのようだ。

「綾子さん、バイトでもしていたんですか」そう言えばそういう情報はなかったな、と思い出す。愛は聞き出していたのだろうか……いや、今は彼女に確認するわけにはいかない。私たちの間では、冷戦が勃発中なのだ。

「そうだと思います。仕送りの件で話をした時も、『ちゃんと仕事はあるから』と言っていましたから」

理系の大学院で、アルバイトをするような余裕があるのだろうか。学部生でも実験に追われ、家に帰れないような日々が続く、と聞いたことがある。

「何のバイトだったんでしょうか」

「いや……それは聞いていないです」

助けを求めるように、横に座る妻に視線を向けた。しかし彼女も首を横に振るだけだった。私はまだ、彼女の声をほとんど聞いていない……ふいに、綾子のバイトは風俗ではないか、と想像した。それなら、短い時間でそれなりに金を稼げるはずだ。今時、キャバクラでのバイトなど、汚点にもならないだろうし――しかし以前、入社を巡ってトラブルになった女性がいたことを思い出す。

想像だけで話をするわけにもいかず、私はこの話題を打ち切った。真中が話をまとめにかかる。

「では、札幌時代の友だちを紹介して下さい。急ぎませんので、お暇な時に……これからどうしますか？」

「病院へ行きます。行ってもいいですよね？」母親がやっと声を上げた。「側にいてあげたいんです」

「そうですね……こちらへしばらくお泊りになりますか？」

「そのつもりです」母親がうなずく。声は意外に力強かった。

「では、宿を紹介しますので……また夕方、お会いしましょう」

立ち上がろうとした瞬間、真中の携帯が鳴った。慌ててひっつかみ、両親に背を向けて話し出す。彼自身はほとんど言葉を発しなかったので、会話の内容は分からないのだが、少なくとも相槌を打つ声を聞いた限り、悪い話ではないようだった。実際、電話を終えると、明るい表情で告げる。

「娘さんが、一般病室に移ったそうです。まだ意識は戻りませんが、生命の危機は完全に脱しました」

母親がわっと泣き出した。

4

私たちが綾子の両親と話している間に、捜査はじりじりと進んでいた。

まず、午前中に石井の部屋の家宅捜索が行われた。傷害、あるいは殺人未遂容疑を適用するわけにもいかず、何とリベンジポルノ防止法違反容疑での捜索である。これまでの相談状況に鑑み……ということだが、よく上層部がＯＫを出したものだ。

ただし、石井が綾子を襲った証拠は発見されず、パソコンを押収しただけに終わった。ログインにはパスワードが必要で、中身を解析するには少し時間がかかりそうだ。

同時に、二人の交友関係を調べる聞き込み班が結成され、会社関係者などへの事情聴取が始まった。しかしそこでも、捜査は壁に突き当たる。綾子も石井も、同僚には交際のことをほとんど話していなかった。二人とも、何か隠しておかねばならない事情でもあったのか、と勘繰ってしまう。

気になったのは、「犯人が狙った本命は愛」説を打ち出す刑事がいたことである。本当に狙われていたのは愛で、綾子は巻き添えを食っただけ——簡単に却下するわけにはいかない可能性だった。支援センターの人間は、多くの人と接触する。中には相談内容に不満を持ち、愛たちに恨みを持つ人間がいてもおかしくない。そういう逆恨みで襲われた可能性は、確かにゼロとは言えないだろう。

北新宿署の刑事たちを支援センターに突っこませるのは気が進まず、私は代表として梓を派遣した。事情を話し、最近センターとトラブルになっていた人間がいないかどうか、調べてもらう。戻って来た梓は「ひどくやりにくかった」と愚痴を零した。

愛がいたので、事情を知られないように幹部と話をするのが大変だったのだ、と。しかし、苦労に見合う結果はなかった。愛は支援センターの仕事では、特にトラブルを抱えていない。私はなおも、梓に面倒な指令を与えた。では、会社の方は？　しかしこの指令には、その後本橋からストップがかかった。あまりにもそちらに気を向け過ぎると、本筋の捜査が疎《おろそ》かになる。

これで手がかりゼロ——残念ながら、現段階ではそう結論づけるしかない。夕方、私は疲れ切った体に鞭《むち》を打って、本部に戻った。今日やれることは、もうない。綾子の両親の宿は決まり、気が済むまで病院にいた後は、そちらへ移動するはずである。その面倒は北新宿署の初期支援員がみる、ということで話がまとまっていた。

既に定時は過ぎていたが、支援課には多くのスタッフが居残っていた。「盟友」である愛が襲われたこともあり、自分たちでも何かできることはないかと、自発的に待機していてくれたようである。ありがたい話だったが、愛と冷戦状態にあることを考えると、素直に礼が言えない。

「それで、うちとして次の一手はどうするんだ」

芦田が遠慮がちに訊ねる。私の方が支援課での仕事が長いので、相談されることもしばしばなのだ。もっと自信を持って、指示してくれてもいいのに……今は、私にもいい考えがない。襲撃事件の捜査は上手く回っており、綾子の両親も落ち着いている。支援課が手を貸すような状況ではないのだ。

とはいえ、この一件全体が気にかかる。何かできることはないか、私は腕組みをして頭を捻った。

「こちらから、北新宿署にサポートを申し出ましょうか」課長の本橋が切り出した。

「いいんですか？　特に要請も受けてませんよ」芦田が反論する。

「幸い、今は忙しくないですからね」本橋がうなずく。「いい機会です。安藤君の実地練習にもなるでしょう」

緊張した面持ちで梓がうなずく。それを見て、私は口を出した。

「一番重要なのは、一連の事件に石井がかかわっていたかどうかです」

「そうですね」本橋が同意する。

「捜索に関しては、失踪課も手を貸しているそうですから、我々が出る幕はないでしょう。ただ、周辺捜査をして、石井の本質に迫ることは大事だと思います。本当にリベンジポルノに走るような人間なのか、それでは飽き足らずにかつての恋人を襲撃するタイプなのか……できるだけたくさんの知り合いに話を聴くのがいいですね」

「その辺りで、北新宿署に手を貸しますか」本橋が顎を撫でる。「追跡調査をするにも、所轄だけだと人が足りないでしょう」

「北海道に行く必要があるかもしれませんね。石井と平尾さんは昔からつき合っていたわけだし、当時のことをよく知る人も、まだ地元にいるでしょう」

「北海道ですか？」疑わしげに疑問を口にしたのは長住だった。「それ、単なる旅行ですよね。羨《うらや》ましい話だ」

「北海道旅行なら、梅雨時が一番だよ。今は、向こうもただ暑いだけのはずだぜ。行っても楽しくはないだろうな」

反論したが、長住が納得する気配はなかった。だったら行かせてみるか……指名されたらされたで、また文句を言うだろうが。実に扱いにくい男だ。


綾子の両親に話を聴いてから三日後、私と梓は札幌に飛んだ。羽田からの飛行機がアプローチしていくのは、苫小牧《とまこまい》市だろうか……市街地の周囲には緑が広がっており、そのスケール感は、やはり本州では見られないものだった。もう少しで新千歳空港に着陸――次第に緊張感が高まってくる。

現地が近くなっても、やはり落ち着かない。本橋の強いプッシュがあってこの出張が実現したのだが、陰であれこれ言われているのを――主に言っているのは長住だ

——私は知っている。北海道といえば、のんびりした風土で食べ物も美味い。捜査はほどほどで、涼しい札幌で観光でもして帰って来るつもりだろう、と陰口を叩かれているのだ。

新千歳空港の地下から、快速エアポートで札幌駅へ直行。車窓から見る光景はぎらぎらして、東京の夏と同等の暑さを予感させた。札幌駅に着いて外へ出た瞬間、強い日差しに頭がくらくらする。空気は乾いて気温はそれほど高くないはずだが、東京よりも直射日光が強い感じがした。

この日を選んで札幌まで飛んで来たのは、綾子の父親が今朝一番の飛行機で東京から帰る予定になっていたからである。綾子は依然として意識を取り戻さないものの容態は安定しており、当面の心配はいらない、というのが病院側の判断だった。母親は娘の面倒を見るために東京に残ったが、父親はいつまでも仕事を放り出しておけない、と帰宅を決めたのだった。一人で事務所をやっているので、休めばそれだけ仕事に穴が開いてしまう……悔しそうな父親の表情が、私の頭に焼きついていた。

しかし、こちらにとってはもっけの幸いだった。結局、親戚に探してもらっても、綾子の高校時代の友人たちの名前は分からなかったのだ。父親が自分で探せば何とかなるかもしれないということで、私と梓はまず、綾子の実家を訪ねることにしていた。

午後も半ば。陽射しが一番強い時間帯だが、さすがは北国、東京のようにうだるような暑さは感じられない。それだけでも大助かりだと思いながら、私は地下鉄の路線図を見た。父親は、「自宅へは東西線の円山《まるやま》公園駅が一番近い」と言っていたので、地下鉄を使うことにする。札幌から一駅の大通駅で乗り換えか……さして時間もかからないだろう。できるだけ早く、当たるべき人間のリストを作り、今夜から事情聴取をしたかった。私たちに許された時間は今日、明日の二日間だけで、遅くとも明日の最終便には乗らなければならない。実質的に使えるのは一日だけだ。

円山公園駅で降りて地上に出たところで、初めて北海道の生の空気に本格的に触れた。暑いが、やはり空気は乾いている。札幌駅前は高層ビルが立ち並ぶオフィス街だが、この辺りは普通の住宅地のようだ。小綺麗なマンションも目立つ。

地図を頼りに歩き出すと、すぐに汗が吹き出てきた。からっとしているといっても、まだまだ暑い。梓は特に何とも思っていない様子だ……むき出しの白く細い腕は、直射日光に弱そうだったが。

五分ほど歩いて、一軒の民家にたどり着いた。間違いない――玄関の「平尾」の表札の横に「平尾行政書士事務所」の小さな看板がかかっている。インタフォンを押そうとした瞬間、中で電話が鳴り出す音がして、私は右手を宙に浮かしたまま止めた。仕事の電話だとしたら、父親はこちらに反応できない可能性がある。電話の呼び出し音はすぐに鳴り止み、父親が電話に出たのが分かった——かすかに話し声が聞こえてくる。

少しだけ待つことにして、私は首を巡らせて周囲を見た。一軒家よりもマンションが目立つ。雪が降る地方では、マンションの方が何かと住みやすいのだろう、と考えた。少なくとも屋根の雪下ろしをする必要はないし。

折り重なるように建つマンションの向こうに、こんもりと盛り上がる緑の山が見えた。あれが円山公園だろうか……相当規模が大きい感じで、東京で暮らしている人間の感覚からすると、公園というより巨大な森だ。大都会の札幌だが、自然は意外に近いところまで迫っているのだろう。「札幌は暮らしやすい」と言う人は多いが、その理由の一つがこういう環境の良さかもしれない。

一分ほど待ってから、私はインタフォンを鳴らした。すぐに父親の声で反応がある。

「警視庁の村野です」

「ああ、すみません……開いてます」

鍵をかけないのが普通なのだろうかと思いながら、私はドアを開けた。すぐに、父親が姿を現す。手にはボールペンを持っていた。

「ちょっと電話があって。申し訳ないですね」

「いえ、大丈夫です」

「取り敢えず、お上がり下さい」

「失礼します」靴を脱ぎながら、父親はずいぶん元気になったな、と訝《いぶか》った。いや……必ずしも不思議ではない。ショックから立ち直る一番いい方法が、日常生活に戻ることなのだ。これは多くのケースで証明されている。仕事をしている人なら、普段通り——普段よりきつくても構わない——仕事をこなしていくうちに、ショックを癒すことができる。父親は、自分でも知らぬうちに、この方法を採択したのかもしれない。ずっと娘につきっきりの母親の方が、よほど心配だ。世話を焼くにしても、物言わぬ娘が相手では、心労が募るばかりだろう。

父親は私たちを、仕事場に通してくれた。六畳ほどの部屋はきちんと整理されており、几帳面な性格を窺うことができる。デスクとファイルキャビネット、本棚でかなりの部分が占められていたが、それでも小さな二人がけのソファとテーブルを置くだけのスペースはある。彼は私たちをソファに座らせ、自分は仕事用の椅子に腰かけた。

「遠くまですみません」

「いえ、大丈夫です。近いものですよ」

「ばたばたで……本当はもう少し向こうにいたかったんですけど、仕事を放り出したままにしてはおけないですから」

「それはそうですよね」私は調子を合わせた。父親の精神状態は急速に上向いているようだ。余計なことを言って心配させない限り、話はうまく進むだろう。

「ちょうどいいタイミングで、綾子の昔の手帳が見つかりまして」

父親が体をひねり、一冊の手帳を手にした。ぼろぼろというほどではないがかなり古びて、端の方には皺が寄っている。薄いピンク色は少し汚れて、ところどころが黒くなっていた。相当酷使していたようで、ページは波打っている。

手帳を受け取り、ぱらぱらと開いてみた。スケジュール帳に、住所録とメモ帳が追加してある。色こそピンクだが、高校生ではなく普通のサラリーマンが持つような代物だった。

「綾子さん、手帳派だったんですね。彼女ぐらいの年齢だと、携帯一台で全部済ませる感じかと思っていました」

「昔から手帳は好きでしたよ。今はどうか分かりませんが……」娘の「現在」を知らないのがいかにも悔しそうだった。

うなずき、私は住所録を開いた。何ともマメというか、慎重な性格というか……びっしり埋まった名簿には、各人の自宅の電話番号、携帯電話番号、メールアドレスが書いてある。それこそ携帯電話のメモリに落としこんでおけばいいはずなのに、何故か手書きにこだわっていたようだ。

「あの……最初に買い与えた携帯を、なくしたんですよ」

「そうなんですか？」突然始まった思い出話に、私は戸惑いながら顔を上げた。

「それで、携帯に入れておいた友だちのデータも全部なくなってしまって、大変だったんです。そのあとは、いつも手帳にもデータを残しておくようにしたんですね」

「几帳面ですね」

「そういう子なんです」

私はまた、住所録をめくり始めた。こちらは「アイウエオ」順ではないが、目当ての名前を探し出すのにさほど時間はかからなかった。石井涼太――今とは携帯電話の番号もメールアドレスも違う。大学進学、就職と大きなハードルを二つも乗り越えてきたのだから、この辺りの個人データが変わるのも当然だろう。いずれにせよ、この手帳は宝の山になる可能性がある。

「大変助かります」手帳を手に、私は頭を下げた。「これで、昔の友だちにも連絡が取れます……それともう一つ、お願いがあるんですが」

「何ですか」父親の顔が少しだけ強張った。

「娘さんの部屋、見せていただけませんか？　何と言うか、イメージを掴みたいんです」

「……引っ掻き回さなければ」

私の本音をあっさり読んだように、父親が忠告した。

「妻が、そのように言っていまして……娘がいつ帰って来てもいいように、ずっと綺麗にしていたんです。そこを引っ掻き回されるようなことだけは勘弁して欲しいと……」

「分かりました」かすかな失望が顔に出ないように努めながら、私は立ち上がった。もしかしたら日記の類《たぐい》が見つかるのでは、と思っていたのだ。日記は、誰かが読むことを意識して書くものと、完全に個人のためのものとふた通りあるが、いずれにせよ、見つかれば大きな手がかりになるはずだった。

「では、手はつけないように気をつけて、見るだけにします」

「お願いします」

父親が頭を下げる。ここは観察力の勝負だぞ、と私は自分に言い聞かせた。

二階にある綾子の部屋には、梓を先に入らせた。窓は開いておらず、エアコンもかかっていないが、空気にそれほど熱はない。ただ、さすがに埃《ほこり》っぽい臭いが鼻をついた。いくら掃除しているといっても、限界はあるだろう。窓を開けたいという欲望と戦いながら、私は部屋の中をざっと見回した。

西向きの窓の方に頭を向ける格好で、壁際にベッドが置かれている。かけ布団は、北海道らしいというべきか、淡いラベンダー色だった。枕の脇には、薄い茶色のテディベア。それを見て私は、かすかな違和感を覚えた。今の綾子は、テディベアなどには見向きもしそうにない大人の女性である。実際彼女の東京の部屋は、デスクを除いては無機質とも言えるほど片づいていた。

ベッドの反対側の壁にはデスク。その横に小型の液晶テレビ、さらにMP3プレーヤー用のドック兼スピーカーが置かれていた。音楽は全てこれで、だったのだろう。取りこむためのパソコンが見あたらないが、東京へ出て行く時に一緒に持っていったのかもしれない。ドアに近い方には本棚……この辺も几帳面というか整頓好きな性格を反映しているようで、本は綺麗にジャンル別に並んでいる。遺伝子工学関係、医療関係の専門書が多いのだが、高校生の頃からこんな難しい本を読んでいたのだろうか。

「クローゼット、開けてみていいですか」

私は遠慮がちに切り出した。父親は少し引いた様子で、顎に手を当てたまま考えている。やがて「見るだけなら」と言ってうなずいた。私は礼を言って、クローゼットの引き戸を引いた。隙間がないほど、服が一杯にかかっている。実家に帰って来た時には、これらを着ていたのだろう。

「よく帰省してたんですか？」振り向いて私は訊ねた。

「どうでしょう……どれぐらいが『よく』なのか分かりませんけど、大学を卒業してからは、盆と正月だけ、という感じでしたよ。飛行機代が高いし混むので、本当の盆と正月は外してましたけどね」

「帰省する時の知恵ですね」相槌を打ち、私は意識をクローゼットに戻した。何か変わった様子は……特にない。手を突っこんで服を一枚ずつ調べれば何か出てくるかもしれないが、それは父親も望まないだろう。この時点で、親を刺激するわけにはいかない。

結局何一つ見つけられぬまま、私たちは家を辞去した。手がかりは一冊の手帳だけ。これがヒントを与えてくれることを祈りつつ、私たちは札幌での捜査拠点を探した。

出張に出る時には、いつも「場所」で苦労する。捜査員二人で仕事をすると、何かと内密の話も多い。都内なら、交番をちょっと借りて……となるのだが、東京を出てしまうと、さすがにそんな図々しいことはできない。車があれば、臨時の会議室にすることもできるのだが、今回はレンタカーも用意していなかった。仕方なく、喫茶店を臨時の根城にすることにした。比較的古い造りの喫茶店で、人工の観葉植物があしらわれた壁に隠れるように座れば、他の客や店の人に話を聞かれる心配はなさそうだった。

私たちはまず、手帳に記載されていた名前と、綾子の携帯電話に登録されていた名前との突き合わせを始めた。綾子はニックネームで人の名前を登録するような習慣はないようで、携帯電話に入っている名前は全て実名と考えていいだろう。

ダブりが少ない。

それで、綾子は東京へ出て来てから、故郷に残った昔の友人たちとは縁が遠くなっていたのだと分かった。手帳と携帯の両方に載っている人物は、東京へ出て来てからもなおつき合いのあった地元の旧友、だろうか。

ダブりは五人。携帯電話に登録されていた人については、北新宿署の刑事たちが既に当たっている。今気にすべきは、手帳にしか載っていない名前だ。合計、三十二人。これが多いのか少ないのかは、にわかには判断できない。今はフェイスブックなどで、「繋《つな》がっている」友人が三桁《けた》を超える人も少なくないはずだが、綾子がこの手帳を使っていた頃に、フェイスブックがあったかどうか。

「よし、これを辿っていくしかないな」

「三十二人は大変ですよ」梓が溜息をつく。

「この手の仕事には、君も慣れてるだろう。まず、電話を突っこむ。会える人には会う。方針は簡単だ」

「どこで電話するんですか？」

梓の質問に、私は一瞬絶句してしまった。確かに……街中で、歩道にしゃがみこんで膝の上に書類を広げ、必死に電話している営業マンを時に見かけるが、私たちがこれからやろうとしているのはそれと同じである。静かで人目につかない部屋、固定電話、それに作業用のデスクも必要だ。そういう設備が整っているのは警察署なのだが、残念ながら今回は、地元の警察に話を通していない。本橋に助けを求めれば、何とかしてくれるかもしれないが、そこまで頼るのも情けない感じがする。どうしたものか……取り敢えず、札幌駅前に取ってあるホテルに戻ってそこを前線本部にするしかないだろう。そう考えていると、梓がいきなり「あ」と声を上げた。

「どうした」

「道警に知り合いがいます」

何というファインプレーだ。私は、二〇〇一年のアメリカンリーグのプレーオフを思い出していた。ヤンキースのデレク・ジーターが、悪送球になったバックホームのボールをあり得ない位置で摑み、バックトスでホームに中継してランナーを刺す――「どうしてそこにいるんだ！」というアナウンサーの絶叫は、私の中では野球に関する名台詞のベストスリーに入る。

こんな話を梓にしても、何にもならない。短いつき合いだが、彼女が野球音痴だということだけは分かっている。

5

その「知り合い」について、梓は詳しく話そうとはしなかったが、道警の中では相当上位の人間ではないか、と私は想像した。彼女が電話を切ってから十五分後、綾子の実家から二キロほど離れた警察署に、極めてスムーズに入れたのだ。特徴的な半円形のファサードの前で警戒していた制服警官に、梓が一言話しただけ。その後は、事前に打ち合わせしてあったかのように、二階にある会議室に通された。

案内してくれたのは警務課の係長だったが、部屋にあるものは何でも自由に使っていい、と愛想よく言ってくれた。となると固定電話も使えるわけで、ありがたいのだが……丁寧に礼を言ったが、やはり釈然とせず、梓に訊ねざるを得なかった。

「何なんだ、この手厚い待遇は？　道警本部長が親戚とか？」

「違います」梓が苦笑した。

「ずいぶんスムーズにいったけど……」

「女性同士のネットワークというのもあるんですよ」

梓のように、警察官になって数年の若手でも、そんなネットワークを持っているのか？　何だか怪しい感じがしたが、取り敢えず作業場所を確保できたのだからと、深く突っこむのはやめにした。今は、電話作戦を展開するのが先である。事情を聴くなら、今夜いくらでも時間はあるだろう。

さっそく電話作戦に取りかかった。綾子が残した住所録の頭の方から私が、後ろの方から梓が電話をかけ始める。所在確認、綾子と現在も連絡を取り合っているかどうか、面会に応じるか——事務的に話を進めたつもりなのに、途中で何度も引っかかった。綾子が襲われた一件の情報は既に古い友人たちの間に広がっており、詳しく状況を聞きたがる人が多かったからだ。

すっかり日が落ち、いつの間にか部屋は暗くなっていた。私はドア脇にある電灯のスウィッチを入れてから、先ほどまで座っていた席に戻った。腕を突き上げ、凝り固まった背中の筋肉を伸ばしてやると、肩がばきばきと嫌な音を立てる。

立ったまま、手帳に視線を落とす。私は十五人に電話をかけ、そのうち十人と直接話した。今日明日に「会える」と言ってくれたのは三人。電話を終えた梓に視線を向けると、「あと一人です」と言った。彼女の方が、効率よく作業を進めたようである。

「状況は？」

「十二人と話せました。皆、事件のことは知ってましたね」

「口コミネットワークだな。あの程度の事件なら、地方ではニュースで流れないはずだし……何か情報は？」

「そこまで詳しく突っこんでいません。五人とは会えそうです」

「まだ連絡が取れていないのは十人か……取り敢えず、後回しにするか。今夜中に会える人を優先しよう」

「そうですね。後は、夜、ホテルから電話すればいいんじゃないですか」梓が受話器を手にした。「残り一人に電話します」

「頼む」

梓はすぐに電話を終えた。空振り——電話に出なかったようだ。折り返し電話が欲しい、というメッセージを残して、梓が受話器を置く。

「どうしますか？」

私は腕時計を見た。既に午後六時半。急いで動けば、これから二人ぐらいには会える。夕飯は……空き時間で適当に済ませるしかないだろう。思わず長住の顔を思い浮かべた。結局、札幌に来ているからと言って、食事を楽しめるわけではないのだ。だったら、梓ではなく長住を連れてくるのも手だったな、と皮肉に考える。目の前に美味い食事がぶら下がっているのに手が出せない状況——文句の多いあの男が、さらに愚痴を零す場面を見てみたい気もする。

「ここは引き上げよう」私は自分の携帯を背広のポケットに落としこんだ。立ち上がる梓に、やはり質問せざるを得なくなる。「いったいどういうコネで、ここを使わせてもらえたんだ？　女性のネットワークって？」

「道警に、女性被害者支援の専門家がいるんです」

「支援担当の部署で？」

「違います」梓が首を横に振った。柔らかそうな髪がふわりと揺れる。「所属は捜査一課なんですけど、そういう事件があると駆り出されてくる人で……特殊な事情があって、エキスパートなんですよ」

「特殊な事情？」

「それは、村野さんなら分かると思います……けど」

梓が言い淀《よど》んだが、私にはすぐにぴんときた。

「もしかしたら、本人も犯罪被害者？」

梓が無言でうなずいた。それなら事情も分かる。被害者の感情や背景は一人一人違うが、少なくとも警察官本人が犯罪被害に遭ったことがあるなら、基本的には気持ちを共有できるのだ。しかし、そういう警察官が道警にいるとは聞いたことがない……いや、支援課のようなセクションにいなければ当然か。同じような部署の情報や噂だと、何かと耳に飛びこんでくるのだが。

「そういう人と、どうやって知り合ったんだ？」北海道と東京、まったく縁がないはずだが……。

「その人、東京出身なんです。元々、松木さんの知り合いで」

「そうなのか？」優里もそんなことは一言も言っていなかった。

「あくまで個人的な知り合いだそうです。紹介してもらって、一度会いました」

「俺が知らない間に、いろいろあるんだな」

私は少しだけ拗《す》ねて、下唇を突き出して見せた。梓が申し訳なさそうに、ひょこりと頭を下げる。

「女性だけの方が話しやすいこともありますから」

「三巨頭会談か」

「……愛さんもいました」

参ったな……苦笑せざるを得なかった。愛と優里――私が頭が上がらない二人の女性。梓もそこに仲間入りしようとしているのだろうか。

「よし、面談を始めよう」気を取り直して気合いを入れた。「上手くいったら、味噌ラーメンぐらい奢る」

「ごちそうさまです」

梓がにやりと笑った。仕事中に、こんな風に緊張しない彼女の顔を見たのは初めてかもしれない。だったら、出張した甲斐もあるというものだ。

地下鉄をフル活用して、私たちは札幌の町中を縦横に動いた。しかし最初に会った高校の同級生は微妙に頼りない女性で、当時の記憶がはっきりしなかった。綾子と石井がつき合っていたことは何となく知っていたが、あまり噂話に深入りするタイプではないようで、詳細な話は聞けなかった。いきなり手がかりにぶち当たることはない――分かってはいても、最初がこれだとがっくりくる。この程度なら、電話でも十分話が聴けた……と思ったが、彼女に連絡したのは自分である。これを失敗というなら、まさに自分を責めなければならない。

気を取り直して二人目。今度は自宅ではなく仕事場を訪ねることになった。午後八時で仕事中……もっともこの女性の場合、これからが仕事の本番なのである。

正木《まさき》祥子《しょうこ》。手帳と携帯電話の両方に名前があった人物だ。高校時代に吹奏楽部で綾子と一緒だったというこの女性は、創成川《そうせいがわ》通り添いにあるビルの一階に入ったバーに勤めていた――というより、実質的に経営していることがすぐに分かった。父親が市内で何軒かの飲食店を所有しており、その中の一軒を任されているのだという。ただし「店長」とはいえ、他の店員と同じように料理も運べば、店の掃除もする。

「要するに、修行中なんです」髪を短くカットし、白いブラウスに黒いベストという格好の快活な感じの女性で、忙しい時間帯を邪魔されたにもかかわらず、愛想もよかった。

「家業を継ぐわけですか？」

「そうなりますかね」

「いくつものお店を切り盛りしていくのは大変でしょう」

「でも、やりがいはありますよ。私の代になったら、好きなように変えようと思っています。父は今時、まだ炉端焼きの店なんかやってるんですから」

話好きなのもプラスポイントだ——ただし、声を張り上げなければならないのが困る。イギリスのパブをモデルにしたような店内は、基本的に立ち呑みの客で混み合っているのだ。午後八時、喉元までビールが入っているような状態だと、声量は普段の三割増しで大きくなる。

私たちは、数少ないテーブル席についていた。奥の方に引っこんだボックス席で、多少は店内の騒音から遠ざかれるが、それでも相手の声を正確に聞き取ろうとしたら、身を乗り出さなければならない。店内が全面禁煙で、煙たくないだけでも感謝しないと……と私は自分に言い聞かせた。

「綾子さんの件、いつ聞きましたか？」

「それはもう、事件があった翌日に。東京にいる友だちがニュースで気づいて、教えてくれたんです。たぶん、高校の友だちは、もう皆知ってますよ」

「心配でしょう」

「心配です。まだ意識が戻らないんですよね？」

「ええ」

「大丈夫なんですか？」

「病院できちんと治療を受けているから、心配はいらないと思います。まだ意識が戻らないのが気がかりですけどね」

「頭を殴られたんですよね」祥子が顔をしかめる。

「ええ、後ろからいきなりでした」

「お見舞いに行きたいんだけど……急に店は休めないし」

「店長権限で休んだらいいじゃないですか」

「そうもいかないんです。ここ、私の他は全員バイトだし。お金の勘定も任せておけませんから」

祥子が声を低くした。過去に金の関係でトラブルでもあったのだろうか、と私は訝った……気を取り直し、綾子と石井の関係について訊ねる。

「あれは、石井君が猛アタックしたんですよ……猛アタックなんて、言い方が古いか」自分で言っておいて、祥子が笑った。「石井君って、元々そんなに積極的な子じゃないんです。高校の時も帰宅部で、友だちもあまりいなかったし。でも、綾子のことに関してだけは、一生懸命でしたね。あんな必死な彼を見たのは、後にも先にもあの時だけですよ」

「じゃあ、最初は平尾さんは乗り気じゃなかった？」

「そもそも綾子のタイプじゃなかったんですよ。彼女は本来、もっとマッチョで明るい感じの子が好きだったし」

石井は、確かにそれとは正反対だ。高校を卒業して七年も経つのに、まだひょろりとしたか弱い感じが抜けていない。背の高さが、必ずしも利点になっていないのだ。

「だったら、どうしてつき合うようになったんでしょうね」

「それはやっぱり……あれだけ強く押されたら、簡単には断れないでしょう。石井君、ルックスはそこそこいいし」

「つき合い始めたのは……」

「高校三年の夏休みの前です」祥子がはっきりと言い切った。

「よく覚えてますね」

「綾子からは、逐一報告を受けてたんですよ」祥子が苦笑いした。「高校生だと、そういう感じ、あるでしょう？」

「ああ……」

「分かります」梓が割って入った。「秘密を隠しておけないんですよね」

「そうそう」祥子が嬉しそうに言った。「そういうの、普通だと思いますよ……だから私は、綾子の気持ちが段々彼に傾いていくのも分かってたし」

「受験で忙しい時に、大変だったんじゃないですか」

「だから最初の頃——夏休みの時のデートは、ほとんど図書館か予備校で会うぐらいだったみたいです。現役向けの夏期講座があるでしょう？　二人でそれに通って、毎日一緒にお昼を食べてたそうです。でも正直言って、長続きはしないと思ってたんですよね」祥子が頰を撫でた。

「どうしてですか？」

「性格が合わないですから。綾子は強気だけど、石井君は暗いところがあるし、変にしつこい——粘っこいんですよね。そういうの、何もない時はいいけど、ちょっとしたトラブルで大きな問題になることもあるんじゃないですか」

「具体的に、何かあったんですか？」

「うーん……」祥子が、目の前のグラスを取り上げた。中身は発泡性の水で、細かな泡が躍っている。一口飲んで続けた。「十月だったかな……綾子の帰りが遅くなった時があったんです。別に変な話じゃなくて、小樽《おたる》に住んでいる叔父さんが急に亡くなって、お通夜に行っただけなんですけどね。急だから石井君も知らされていなくて、お通夜だから当然、携帯も切ってますよね。それで『連絡が取れない』って大騒ぎして、私のところにも電話がかかってきたんです。綾子の家に行ったらしいんですよ……でも、当たり前だけど誰もいなかったし。結局、その一時間後ぐらいに連絡が取れて、お通夜に行ってることが分かったんですけど、あの時、ちょっと怖かったです」

「怖い？」私は身を乗り出した。石井の凶悪な面を表す話なのだろうか……。

「怒ってたんです。疑ってたというか……綾子が他の男と会ってるんじゃないかとか、本気で言ってました。そんなことないって私はすぐに否定したんですけど、それでもまだ疑ってましたからね。そのうち、私もグルになってるんじゃないかって言い出して、びっくりしました。それまでは、ただ大人しいだけの子かと思ってたんですけど、結構執念深いっていうか、相当しつこいところがあるんだなって分かって」

「なるほど……その後、綾子さんは何と言ってましたか」

「確かにしつこい感じはするって笑ってましたよ。その後は、しばらくぎすぎすしてたみたいですけど……石井君は、どんな時でも連絡が取れるように——居場所が分かるようにして欲しいって綾子に頼んだらしいんですけど、そんなの面倒じゃないですか。つき合っていても、プライバシーはあるんだし。綾子は上手くかわしてたみたいだけど、ちょっとうんざりしてましたね」

「でも、つき合い続けた」

「それは、まあ……二人とも東京に出たからじゃないですか。知らない街で一人暮らしを始めたら、色々あるでしょう？　いくらしつこい人でも、恋人の存在は支えになるじゃないですか」

地方出身者が大都会で身を寄せ合って、という感じか。もっとも私には、札幌も十分大都会に見えるが。

「その後も交際は続いて……」

「そうですね。帰省して来ると、のろけ話を聞かされましたよ」祥子が肩をすくめる。「大学時代が一番、仲が良かったんじゃないかな」

「別れた話はいつ聞いたんですか？」

「後から……ちょっと経ってからだと思います。綾子が大学院に行った事情は……？」

「聞いていますよ」

「女性でも、恋人より仕事というか……野望を選ぶというか、そういうタイミングってあるじゃないですか」

祥子の言葉に、梓が勢いよくうなずく。彼女にもそういう経験があったのか、と思わせるような激しさだった。

「平尾さんにとって、大学院進学がそういうタイミングだった？」

「だと思います」祥子がうなずく。「大学時代の後半ぐらいだったかなあ。石井君のことは全然話さなくなって、話題は将来のことばかりになったんです。話が難しくて、私には全然分からなかったんですけどね。何しろ、地元の私立文系だったもので」

自虐的な彼女の言葉は、私にも十分理解できるものだった。理系の人間が専門的なことを話し出すと、言葉の意味を捉えるだけで苦労して、話がまったく進まないことがままある。

「綾子さんは、大学での専攻から、仕事への情熱を燃やし始めた……」

「そういうことです。勉強しているうちにスウィッチが入った感じですかね。だから、最初の職場では満足できないで、どうしても自分のやりたいことをやるために大学院に入ったわけですよ」

「それは綾子さんにとっては大事なことだったんですよね」私は相槌を打った。

「本当に、ペースが違うと大変で……」

祥子が突然打ち明け話を始めた。自分にも、学生時代からつき合っている恋人がいる。先日プロポーズされたのだが、結婚するかどうか、踏ん切りがつかない。向こうは普通の会社員、こちらは夜の仕事が中心なわけで、生活時間がほぼ半日ずれている。せっかく結婚しても、毎日顔を合わせる時間がほとんどなかったら、一緒に暮らす意味がないのではないか——。

「まあ……そうですね、よく考えた方がいいでしょうね」このまま身の上相談になってしまったら時間の無駄だと思いながら、私はお茶を濁した。「まだ若いんだから、考える時間はいくらでもあるでしょう」

「でも、時間はあっという間に過ぎるんですよね……」祥子が溜息をついた。

「石井さんとは、最近話しましたか」私は咳払いして、話題を変えた。ペースが狂って、肝心の話が出ないまま終わってしまう事情聴取もある。

「去年……そうですね、去年の夏に、札幌で会いました。高校の時の友だちが集まったんです」

「同窓会ですか？」

「そういうかしこまったものじゃなかったですけどね。彼が来るかどうか分からなかったけど……来たんですよ。綾子が来ないことが分かったからじゃないかな。彼女と顔を合わせると、さすがに気まずいと思ったんじゃないですかね」

「どんな様子でした？」

「相変わらず落ち着いていたというか、暗かったというか」祥子が苦笑する。「誰かが綾子のことを聞いたら、顔が引き攣《つ》ってましたけどね。だから、まだ吹っ切れてないんだと思いました」

「男は引きずりますからねえ」

「やっぱりそうなんですか？」祥子が、探るように私の目を覗きこんだ。

「いや、一般論ですよ」ここで突っこまれても、と私は話を逸らした。「石井さんは、平尾さんに対する恨みつらみを零していませんでしたか？」

「それは、聞いたことがないです。彼、落ちこむと自分の殻の中に閉じこもるタイプなので。そういう人、いるでしょう？」

「ええ」

そして本音を他人に知られぬまま、暴走してしまう――そういうシナリオを描くのは簡単だが、まだ穴が多過ぎる。

「他に、石井さんのことをよく知っている人はいませんか？　できれば男性の友だちの方がいいんですが」

「何人かいますよ。こっちにいて、今も連絡を取り合っている人ですよね……」

私は、手帳から抜き出した何人かの名前を挙げた。そのうちの一人に、祥子が反応する。

「浅木大地《あさぎだいち》君は、仲が良かったです。たぶん、今も」

連絡が取れていた一人だ。明日会うことも決まっている。少しずつ風向きが良くなってきたかもしれない、と私は安堵した。

こういう時に油断すると、ろくなことがないのだが。

6

遅い夕食は、予告通りに味噌ラーメンになった。祥子に教えてもらった店は、さすがに美味かった。観光客向けの、いかにも形だけの味噌ラーメンもあるようだが、この店は違う。札幌ラーメンというと、野菜がたっぷり載った「味噌タンメン」のようなイメージだが、この店のそれは、普通のラーメンのスープが味噌味に変わったものだった。スープの出汁はしっかり取れており、コクがある。満足感のある味わいと量で、餃子や白飯を頼まなくてよかったとほっとした。ただし値段も、東京で食べるのとほとんど変わらなかったが。

結局その日は、そのままホテルに戻ることにした。祥子との話が長引き、人を訪ねるには遅くなり過ぎたのだ。とはいえ、これで一日を終えるには早過ぎる。手分けして残り十人に電話を入れたが、当たりはなし……反省会が必要だ。札幌にはすすきのという大繁華街があるが、そこまで出て行く元気はなく、私はホテルの最上階のバーで少しだけ喉を潤すことにした。無理に誘うつもりはなかったが、「軽く呑む」と言うと、梓はすぐに乗ってきた。

「ちょっと……緊張しましたから」

「少し緩《ゆる》めないとな」

とはいえ、私はバーに入った途端に失敗を悟った。ホテル自体がまだ新しいせいもあり、いかにも高級そうな雰囲気……店内は、スーツ姿の地元のサラリーマンや出張族で埋め尽くされていた。私と梓が案内された窓際の席の隣のテーブルでは、カップルが何やら難しそうな話をしている。私は、石井が必死に綾子を口説き落としたという話を思い出していた。まあ、だいたいこの手のゲームでは男の方が立場が弱いからな……とにかく必死になって誠意を見せるしかなかったのだろう。昔の話をあまり気にしてもしょうがない、と私は窓の外に目をやった。札幌の夜景が一望できるので、確かにデートにも使えそうだ。

メニューを見た瞬間に、不安は消え失せた。グラスワインが七百五十円から、カクテルが千百円からというのは、ホテルのバーとしては決して高くない。とことん呑むつもりはなく、あくまで寝酒だから、懐も痛まないだろう。せっかく北海道に来たのだからと、私はニッカのウイスキーをオンザロックで頼んだ。梓はビール――そう決めた後もなおメニューを眺めていたが、すぐに嬉しそうな表情を浮かべる。

「あの、ポテトフライ、頼んでいいですか？　北海道だし……きたあかりのポテトフライがありますよ」

「ああ、もちろん」自分より数歳若い梓は、まだ食欲旺盛なのだと苦笑した。それに、出張に出たら地元の物を食べたいという気持ちも分かる。

氷がいいのか、バーテンの手際がいいのか、オンザロックはすっきりとした味わいで美味かった。たまにはホテルのバーも試してみるものだと思いながら、私はうっすらと酔いが回っていく快感に身を任せた。明日はまた、朝からきつい仕事が待っている。ほんの数時間だけでもリラックスしたかった。

　梓は、嬉々としてポテトフライをつまんでいる。あまりにも美味そうなので、一本貰って食べてみると、確かに絶妙のほくほく感だ。素材そのものの美味さなのか、調理している人の腕なのか……さすが北海道、の思いを強くする。

「なかなか話が前に進みませんね」梓が愚痴を零したが、ビールの泡が唇の上で髭になっているので、あまり悲愴感はない。

「そうだな。でも、こういうものだから」

「もっと、ぱっと行きそうな感じもするんですけど」

「そんな都合よくは行かないよ」

「平尾さん、かなり無理してたような感じがします」

「無理って？」

「生き方が」

「ああ……追い越し車線の人生かな」

「どういう意味ですか？」梓が首を傾げる。

「自分のやりたいことを信じて、そのために他のことをかなぐり捨てて、一直線」私は右手をすっと前に突き出した。「当然アクセルはベタ踏みで、走行車線を走る他の人をどんどん追い越していく」

「恋人も、走行車線に残すわけですね」

「そうだろうな」私はうなずいた。「最近は女性の方が元気だから、取り残される男も多いんじゃないかな」

「そうですかね……そうかもしれませんね」小さくうなずき、梓がビールを啜った。泡の位置はほとんど下がっていない。「でも……もしも石井さんがあんなことをやったとしたら、ちょっと情けないです」

「確かにな……男の方が過去を引きずるのは間違いないと思うけど、それを仕返しのような方向へ捻じ曲げてしまうのは、やっぱり間違っている」

「村野さんも引きずっているんですか」

私は、口元まで持って行ったグラスを止めた。何とまあ、いきなり大胆な質問を口にするものだ。こういうのは、もっと親しい間柄にならないと、言えないものだが。ましてや彼女は後輩である。

「引きずるって、何を」私はとぼけた。酔いが回り始めた頭では答えたくない。何を言い出すか、自分でも分からないのだ。

「愛さんのことに決まってるじゃないですか」

「西原が何か言ったのか？」

「愛さんじゃなくて、松木さんですけど」言い訳するような小声で梓が言った。

「あいつはねえ……男と女の機微がまったく分かってないんだ」私は苦笑した。「本人の結婚だって、打算だからな」

「そんなこと、ないでしょう」梓がむきになって反論した。「お子さんが二人いて、幸せな家庭じゃないですか」

「結婚する時に、俺は別の話を聞いたけどな……あいつの旦那、都の職員だぞ」

「知ってますよ」

「仕事は文化財保護――忙しい職場じゃない。だいたい定時に家に帰れる。松木としては、お手伝いさんが欲しかったんだよ」

「そんな」梓が口を尖《とが》らせる。「それじゃ、ご主人に申し訳ないじゃないですか。本当にそんなこと、言ってたんですか？」

「松木の旦那はずいぶん年上で、穏やかな人なんだ。俺は結婚式で会ったきりだから、詳しくは知らないけど、まあ……聖人君子っていうのは、ああいう人のことを言うのかもしれないな。いつも静かに笑っていて、酒も呑まない。生まれてこのかた、怒ったことなんか一度もないんじゃないかな。松木はどうだ？　仕事に一生懸命だろう」

「そうですね」

「仕事もきっちりやりたい。子どもも欲しい。子育てには協力して欲しい——そういう条件を全部呑んだのが今の旦那なんだ」

「そうだったんですか」

「今の東京で、働きながら子育てをするのは大変だ。親が近くに住んでいるならともかく、夫婦二人きりだとね……松木は結構貪欲なんだぜ？　自分がやりたいことを全部実現するために、条件を厳しくしたんだから」

「松木さん、魅力的ですもんね……ハードルを上げても、全然問題なかったんでしょうね」梓が溜息をついた。「それに引き換え、私は……」

私は言葉に詰まった。ここで恋愛相談に乗るべきかどうか、分からない。あくまで仕事中だし、下手な発言はセクハラと取られる恐れがある。この会話を転がしていくべきかどうか迷っていると、それを断ち切るように梓の携帯が鳴った。取り上げて確認すると、顔をしかめて「芦田係長です」と告げる。

「何かあったかな……」

「ちょっと話してきます」

「ああ」

立ち上がった彼女はバーの出入り口へ向かったが、外へたどり着くまでに留守電に切り替わってしまうだろうと私は読んだ。それほど広い店なのだ。

こんな時間の電話は、ろくな話じゃないはずだ……綾子の件で動きがあったか、別の事件が起きたか。慌てて自分の携帯電話を取り出したが、着信もメールもない。ほっと安心してオンザロックに口をつけようとした瞬間、電話が鳴った。ここで話すのはまずい……だが、梓が小さなハンドバッグを残したままなので、席を離れるわけにもいかない。仕方なく電話に出た——相手が愛なので、長引くのも覚悟した。話がさくれ立つのも。

「今、札幌ですって？」

「ああ」

「何か手がかりは摑めたの？」

「それは言えない。捜査上の秘密だから」

「私は被害者なんだけど」愛が伝家の宝刀を抜いた。「被害者には、捜査状況を詳しく知る権利があると思うけど……それが被害者支援の基本じゃないの？　捜査の進捗状況が分からなくて、苛々する被害者がどれだけ多いか――」

「ああ、分かった、分かった」私は彼女の話を途中で断ち切った。「今のところ、はっきりした話は何もない。曖昧な印象だけだ」

「石井がクズ野郎っていう印象？」

「そこまで強くない」あまりにもはっきりした愛の怒りに驚きながら、私は否定した。彼女はまだ、らしからぬ怒りに突き動かされているようである。

「もう、何でそんなに動きが遅いかな」

「それはしょうがないだろう」思わず反論した。「こういう仕事は、いつでも一歩ずつなんだから」

「そんなこと言っても……」

愛の強烈な言葉に耐えているうちに、ふと視界の片隅に違和感を覚えた。梓。血相を変えて、こちらにダッシュしてくる。酒を運んでいるウェイターとぶつかりそうになり、慌てて身を翻《ひるがえ》す。ただ事ではないと思い、私は電話を切りにかかった。

「何か起きたみたいだ」

「何かって？」

「後で電話するよ」

電話を終えて私が立ち上がったのと、梓がテーブルに到着したのが同時だった。息を弾ませながら、梓が報告する。

「石井さんが亡くなりました」

7

翌朝一番で、私たちは東京へトンボ返りした。負けた、という意識が強い。石井は自殺したと見られているのだが、これで綾子の事件も追跡が難しくなるだろう。梓とは飛行機で隣り合わせの席だったのだが、私がむっつりと黙りこんでいたので、彼女も一言も喋らなかった。空気を読み過ぎるのが、この若い捜査員の弱点だな、と思う。こういう時は、何でもいいから話してくれればいいのだ。話を先へ進める推進力になるかもしれない。

羽田空港に降り立って携帯の電源を入れた瞬間、何件もメッセージが入っているのが分かった。多くの人が朝から——昨日の夜から動き回っていたのだと、改めて意識する。出張中だったとはいえ、何もできなかった自分に腹が立った。

「どうしますか？」

都心部に戻るために地下一階へ向かう途中、梓がようやく口を開く。それで私も再起動した。

「どこへ行くべきかは……俺たちじゃなくて別の人間が判断してくれるよ」携帯電話を取り出す。その瞬間に呼び出し音が鳴って、私は電話を取り落としそうになった。優里だった。

「着いた？」

「ああ」

「石井さんが亡くなった現場は、まだ検証中よ」

「分かった。取り敢えず、そこへ行ってみる」私は周囲を見回した。忙しく行き来する人たちは、立ち止まって電話している三十五歳の男になど注目しないだろうが、大きな声は出さないようにしないと。「小金井だったよな」

「正確に言えば、最寄り駅は東小金井。取り敢えずそこまで移動して。詳しい住所は、後でメールしておくから」

「分かった」時間の無駄だ、と思わず心の中で舌打ちする。京急で品川駅まで出て山手線に乗り換え、新宿から中央線――頭の中で路線図を展開する。一時間ぐらいはかかるだろうか。どうやら今日も、ゆっくり昼飯を食べている時間はなさそうだ。

「それで……」私はさらに声を潜めた。「自殺なのか？」

「所轄はそう見てるわ。北新宿署も同様の見解」

「だったら……」

「うちの課長だけが反対してるんだけど」

「どういうことだ？」

「現場を見てから判断して。私もこれから向かうわ……まだ見てないから」

大事ではないか。所轄と支援課で意見の対立があり、支援課から何人も現場に入るとなると、所轄は当然神経質になるだろう。だが、本橋が「自殺でない」と言うからには、それなりに根拠があるはずだ。捜査一課が長かったベテランの捜査員でもある本橋が、「読み」を外すとは考えられない。

電話を切り、梓に状況を確認する。

「昨夜の段階ではどういう話だったんだ？」

「芦田係長は『飛び降り自殺だ』って言ってましたよ」

「捜査一課と捜査三課の見解の違いかもしれないな」

「課長と係長で見方が違うんですか？」梓が目を見開く。

「よくある話だ」私たちは、京急の改札に入った。何とか快特電車に間に合いそうなので、かなりの時間の節約になるだろう。ただし、昼食は抜きだ。

何をしていても腹は減る。殺しの現場で凄惨な遺体を見た後も、被害者遺族の涙に無言でつき合っている時にも。どんな状態でも日常は流れていくのだが、それが正しいことかどうか、私には未だに分からなかった。

支援課からは、計四人が現場に出た。課長の本橋まで……普段、現場に出ることはほとんどないのだが、今回は、よほど所轄の方針に納得できていないのだろう。私は思わず、「大丈夫ですか」と声をかけてしまった。

「何がですか」本橋が不機嫌そうに答える。これも珍しいことだった。精神状態のフラットさに関しては、優里と同等だと思っていたのだが。

「いや……所轄と揉《も》めてるんじゃないですか」

「この程度のことで揉めてると言うなら、警視庁の中は永遠の内戦状態ですね」本橋が鼻を鳴らした。

どういうことなのか……私は助けを求めて優里を見たが、彼女は首を横に振るだけだった。トラブルの臭いを素早く嗅ぎつけ、そこから距離を置こうとしているのかもしれない。

「現場を見れば、あなたも分かるでしょう。私は、昨夜のうちに見て確信しました」

言い残して、本橋がさっさと歩き出した。梓は慌てて後を追ったが、私は一呼吸おいて本橋と距離を置き、優里と並んだ。前を行く二人の背中が少し遠ざかったのを見て、小声で訊ねる。

「どうしたんだ、課長？」

「それは私に聞かれても」優里が肩をすくめる。「現場の様子を見て、所轄の見解に反対してるんだけど……あなたみたいな捜査一課出の人が見れば、課長が何を考えているか、分かるんじゃない？」

優里は、本部で支援課以外の部署を経験していないので、現場における「刑事の目」はないのだ。それは自分でも分かっていて、変に見栄を張ることもない。

東小金井というのは、中央線の中でも地味な駅で、「これは」という特徴がない。敢えて言えば、東京農工大の最寄り駅、というぐらいか。ただし、駅前の繁華街もささやかなもので、学生たちの胃袋を支えるような店もほとんどない。少し歩くと店舗は消え、住宅街が姿を現す。

本橋が案内してくれた「現場」は、八階建て——正確に言えば九階建てのマンションだった。八階までは普通のマンションで、九階だけがルーフテラスのある「別宅」

のようになっている。そこがオーナーの家ではないか、と私は想像した。一階が新聞販売店、その横には小さな駐車場があって、車が四台停められるようになっている。新聞販売店の上には大きく屋根が張り出しており、その上に何人か、鑑識課員がいた。

ということは——私は上空を見上げた。石井は上階から飛び降り、新聞販売店の上の屋根に落下して死亡したのだろう。死ぬのに十分な高さがある。

本橋は、何を疑っているのだろう。

古いマンションで、オートロックなどの防犯設備はない。ざっと見た限りでは、防犯カメラもなかった。それを確認してから、エレベーターに乗りこむ。ボタンは九階まであるが、そこを押しても反応しない。見ると、ボタンが並んだ下に、小さな鍵穴があった。

「最上階に住んでいるのはオーナーですか？」

「そうです」本橋が認める。

「鍵がないと、直接そこまでは上がれない？」

「そういうことです。もちろん、呼べば九階まで上げてはもらえます。向こうでエレベーターをコントロールできますからね。でも、問題は階段の方です」

そのため一度、八階で降りる。非常階段の扉が重い……無理やり押し開けると外階段になっており、強い熱風が吹きつけてくる。踊り場は狭く、四人が同時に立つのは無理だ。先頭に立って外に出た私は、その場で立ち止まって周囲の様子を観察した。上へ続く階段の前には鉄柵……南京錠がかかっているが、鉄柵そのものの高さは、一メートル五十センチほどしかない。地上数十メートルの高さで踊るような感じになるが、成人男性なら乗り越えるのは難しくないだろう。

ああ、そういうことか……私は、本橋が何故「自殺説」を否定しているのか、瞬時に理解した。鉄柵の幅は一メートルほど――そのまま階段の幅と一緒だ。近づいてよく見ると、別種の靴跡がいくつか残っている。複数の人間が鉄柵を乗り越えた証拠だ。

踊り場に煙草の吸い殻や空き缶があるのでは、とも想像した。若い連中がこういうところに勝手に入りこんで時間潰しをすることもよくある。が、床は綺麗だった。にもかかわらず、鉄柵を乗り越えて行った人間がいる。

振り返り、踊り場から身を乗り出して下を見下ろした。数十メートル下で作業している鑑識課員たちの様子が目に入る。上から見下ろされているのに気づいたのか、一人がこちらを見上げて怪訝そうな表情を浮かべる。私は高所恐怖症の気があるので頭がくらくらしたが、注目すべきはそこではない。踊り場の鉄柵も高さが一・五メートルほどある。手をかけなければ乗り越えられないが、何の痕跡もなく、埃は積もったままだった。明らかに、飛び降りた現場はこの上……。

「行きましょうか」本橋が声をかけた。

「行けるんですか？」

「これを」本橋が、ズボンのポケットから鍵を取り出した。いつの間に借り出していたのだろう。鉄柵の鍵を外すと、今度は自分が先頭に立って階段を上がり始めた。一度折り返して、最上階へ……外を見ないように気をつけながら、私は本橋の背中を追った。

上がり切るとまた鉄柵があり、鍵がかかっている。入念なことで……本橋はまた鍵を外して、ルーフテラスに出た。ウッドデッキになっており、鉢植えなどが面積の大部分を埋めている。ペントハウスの住人は、ここをガーデニングの場として使っているようだ。そちらに面した家の窓が開き、七十歳ぐらいの男性が不安そうな視線を向けてくる。私は素早く頭を下げた。話を聴く前に、現場の状況をもう少し把握しておきたい。

本橋が、転落現場と見られる場所を案内してくれた。鉄柵は腹の辺りまで。全体に綺麗になっているので、見ただけでは手をついた跡があるかどうか分からない。振り返ると、家までの距離は五メートル程度……ここで私は、「自殺説」に少しだけ傾いた。近過ぎる。もしも複数の人間がここにいて騒いでいたら、家の人には聞こえてしまいそうだ。時間もそれほど遅くなかったし。

「目撃者はいないんですか」私は本橋に訊ねた。

「昨夜は、家族で外食だったそうです」家の方を振り返りながら、本橋が答える。

「帰宅は午後九時頃」

「その前に……」私は無意識のうちに腕時計を見た。梓に連絡が入ったのは、午後十時過ぎだったただろう。当然、飛び降りたのはその前で、この辺りは無人だった可能性が高い。「正確には何時だったんですか」

「九時十五分。我々に連絡が入ったのは、十時前でした」

「第一発見者は、新聞販売店の人ですか？」

「いや、通行人です」本橋の顔が歪む。「その時間だと、新聞販売店は無人ですからね。たまたま歩いていた人が、上から人が落ちてくるのを目撃してしまったんです。女子大生ですが、後が大変だったようですね」

私は無言でうなずいた。実はこういう問題も、大きな課題になっている。直接の被害者でなくても、事件に接触してしまう人は少なくないのだ。遺体を発見したり、乱闘現場に遭遇したり……そういう人が、精神的ダメージを長く引きずることは珍しくないが、警察のフォローはまだ万全ではない。実のところ、対応する部署もないのが現状である。支援課では手が回らない。

「いずれにせよ、ここは無人だったわけですね」私は自分の足元を指さした。

「そういうことです。そして、当然あなたも気づいた理由により、私はその時、ここに複数の人間がいたと確信している。二人……三人だったかもしれませんね。一対一だったら、相手を制圧するのは難しい。二対一なら、確実にコントロールできます」

私は梓に向き直り、「どういうことか分かるか？」と訊ねた。梓が自信なさげに首を横に振ったので、私は鉄柵に残っていた手足の跡について説明した。

「捜査一課出身の血が騒ぐ？」優里が真顔で茶々を入れてきた。

「そういうわけじゃないけど、ちょっと不思議だ……所轄は、自殺にしたがっているんですよね？」私は本橋に訊ねた。

「ええ」顔を歪めて本橋がうなずく。

「複数の人間が鉄柵に触った跡があるのは、見ただけで明らかじゃないですか。何でそこをチェックしないんですか」

「彼らの言い分は、『いつついた跡か分からない』です」

私は顎を引くようにしてうなずいた。それは確かに……鉄柵の埃が落ちた跡が昨日ついたものか、一週間前だったのか、確定するのは難しいだろう。しかし、そう頻繁にあそこを乗り越える人間がいるとは思えない。

私たちは、ペントハウスのオーナーに話を聴いた。既に所轄から何度も話を聴かれていて、明らかに面倒臭そうだったが、そこは強引に押し切る。このマンションそのもののオーナーで、一階の新聞販売店も経営しているという。新聞販売店は、マンションが一棟建つほど儲《もう》かるのかと思ったが、元々この土地は親から引き継いだもので、その有効活用がマンション建設だったそうだ。

昨夜は、離れて住む息子家族、それに販売店の若いアルバイトを連れて中華料理店に行っていたそうで、異変にはまったく気づかなかったという。そして、非常階段の鉄柵を乗り越えて入ってくる人間などいない、と言明した。気づいていないだけではないかと私は思ったが、そこは互いに証明できるものでもない。

結局何も分からないまま、私たちは現場から引き上げた。ここを管轄する署は武蔵小金井の近くにあるので、そのまま中央線で移動する。警察署は必ずしも駅の近くにあるものではなく――むしろ遠いことが多い――武蔵小金井の駅からは十分以上歩くことになった。今日も気温はぐんぐん上がっており、歩いているだけで汗が噴き出してくる。私はワイシャツの胸元を引っ張り、着ていた背広を脱いで肩に引っかけた。出張用に大きなバッグを持っていたので、それでさらに荷物が増えてしまい、ワイシャツ一枚になった意味がなくなる。ハンカチを出して額を拭うのも億劫になり、だらだらと汗を流したまま歩き続けた。先を行く本橋に追いつき、思い切って訊ねる。

「自殺も他殺も、まだ根拠は薄いですよ」

「分かっています。問題は、所轄の連中が自殺と決めつけていることなんだ」本橋の口調はまだ強硬だった。「明確な証拠がない限り、この段階では断定すべきではないんです」

「でも、課長は他殺説じゃないですか」

「説はあくまで説です」本橋が強調した。「私も断定しているわけではない」

この一件で、私は本橋という男の強い芯を改めて思い知った。普段は部下にも丁寧に接し、物腰も柔らかいのだが、長年捜査一課で揉まれただけのことはある。下手なことを言って怒らせないようにしないと——私は自分に言い聞かせた。

こぢんまりとした庁舎は、前面が緩く湾曲した、モダンな造りの建物である。四人揃って署内に突入すると、私はすぐに真中に出くわした。

「あれ、札幌だったんじゃないんですか」真中が目を見開く。

「昨夜この話を聞いて、今朝トンボ返りしてきたんだ。君は？」

「昨夜からばたばたですよ」またろくに寝ていないのか、目が赤い。「でも、これで解決するかもしれないし……」

「決めつけるのは早い」

本橋が珍しく強い口調で、ぴしりと言った。緩んでいた真中の表情がいきなり強張る。

「仮に自殺で話をまとめたら、多くのことが分からないまま残りますよ。君はそれでいいんですか」

「いや、そういうわけじゃ……」

「何だったら、君も支援課に来て、少し修行しますか」

「それは……」真中が後ずさる。「そういうことは、自分一人では決められないので。失礼します」体が折れ曲がる勢いで頭を下げ、真中が外へ飛び出して行った。

「課長……」私は頭を抱えた。「お気持ちは分かりますが、少し抑えていただいた方が」

「そういうわけにもいかない時があります」

さっさと歩き出した本橋の肩は、怒りで盛り上がっていた。これ以上宥《なだ》めても無駄だろう。もしも本格的なトラブルになりそうなら、体を張って止めるしかない。そう考えると、やけに膝が痛み始めた。この痛みは、物理的な後遺症ではなく、精神的なものだろう。

本橋が、二階にある刑事課に乗りこんだ。途端に、刑事課長が面倒臭そうな表情を浮かべる。刑事課長は警視、支援課課長は警視正、それに所轄と本部の違いもある……普通なら所轄の刑事課長は、ひたすら低姿勢に徹しつつ、何とか自分の意見を曲げないように頑張るだろうが、この刑事課長は最初から対決姿勢を露わにしていた。

「自殺の結論を出すのは早過ぎますよ」

本橋が先制パンチを放った。立ち上がった刑事課長が、うんざりしたように眉間に皺を寄せる。

「すみませんが、これはあくまでうちの案件ですから。それに今のところ、事件性を裏づけるような証拠もない。目撃証言すらないんですよ」

「逆に言えば、自殺だという証拠もないでしょう」

「支援課は、あの男の行方を追っていたんでしょう？　どう考えても、追い詰められて自殺したとしか考えられないじゃないですか」

「それこそ証明しようがない」本橋は一歩も引かなかった。

「自殺を示唆するようなものがあっても？」

本橋が口を閉ざす。自分が知らないことを相手が知っているかもしれない、と警戒しているのだろう。

刑事課長が、証拠品袋に入った携帯を取り出した。本橋がデスクに近づき、私もすぐ後に続く。証拠品袋はビニール製で透明だが、液晶画面はやや見にくくなっている。刑事課長が、袋の上から携帯を操作し、メールの画面を呼び出した。私と本橋は、画面を覗きこんだ。

「To：中井翔太

Subject：無題

これで終わりにする。迷惑かけた。

送信日時は昨日の午後七時五十二分になっていた。

「この、中井《なかい》翔太《しょうた》という人間には確認を取りました。間違いなくこのメールを受け取っています」

「何者ですか」私は本橋を差し置いて刑事課長に訊ねた。不利な状況に陥った本橋は、暴走する危険があるから、発言させないようにしないと。

「会社の友人。同期で、仲が良かったらしいね」

「石井が失踪中にも、連絡を取っていたんですか？」

「いや、それはない。これが初めてだ」課長が言った。「中井は何度も電話やメールで連絡を取ろうとしたが、一度もつながらなかった。いきなり石井からメールが来て、慌てて電話し直したが、電源は入っていなかった、ということだ」

「石井が書いたメールとは証明できないでしょう」本橋が低い声で反論した。

「いや、それは屁理屈じゃないですか」刑事課長がさらに反論する。「石井が、第三者と一緒にいたと証明できなければ……」

「卵が先か鶏が先か、のような話でしょう、それは」

「とにかく」刑事課長が声を張り上げた。「これはうちの案件ですから。北新宿署とも連絡を取り合って捜査しています。だいたい、総務部傘下の支援課が、こういう捜査に口を出すのはおかしいでしょう。予算の無駄遣いだ」

そこまで言うか……本橋を差し置き、頭に血が昇った私は、刑事課長に詰め寄った。デスクが間になければ、摑みかかっていただろう。その時、デスクの電話が鳴り、一触即発の雰囲気は薄れた。

「はい……ああ、解剖結果ね」

刑事課長が受話器を耳に当てたまま、腰を下ろした。そのままメモ帳を引き寄せ、ボールペンの芯を出す。報告を受けながら、ひどく汚い字で殴り書きを始めた。私は、書面を反対側から読むのは得意なのだが、それもできないような汚い字である。

「分かった。詳しい報告を後で頼む」

受話器を置いた刑事課長の眉間には、さらに深い皺が刻まれていた。解剖結果で何か状況が変わった……本橋がすぐに口を開く。

「何が分かったんですか」

「いや、それは……支援課に言うことじゃないでしょう」刑事課長が抵抗したが、勢いはない。

「知られるとまずいことでもあるんですか」本橋がさらに突っこむ。

「権限の問題なので」

「正規ルートを通して、解剖結果を手に入れることもできますよ。でもそうすると、お互いに面倒臭いことになるんじゃないですか」

刑事課長が唾を呑んだ。一つ溜息をつき、自分が書いたメモに視線を落とす。短い文面の内容ぐらい覚えているはずで、時間稼ぎをしているようにしか見えなかった。

しばらくして顔を上げると、「睡眠薬」とぽつりと言った。

「石井の遺体から、睡眠薬が検出されたんですか？」私は質問をぶつけた。

「解剖結果では」刑事課長が渋々認める。

「それは、第三者が介入した何よりの証拠じゃないんですか？　誰かが石井さんに睡眠薬を吞ませて、マンションの屋上から突き落とした——そうとしか考えられませんね」

「自分で吞んだかもしれない。恐怖を乗り越えるために」

「どれぐらいの量なんですか」訊ねる本橋の声は、いつの間にか冷静になっていた。

「分析中です。もちろん、睡眠薬で死ねるわけもないけど」

多くの人が誤解していることだが、睡眠薬の「致死量」は非常に多く、とても一気に吞めるような量ではない。普通に入手できるような睡眠薬では、せいぜい数十錠を吞むのが限界で、その程度で死ぬことはない。ただし、意識は失うわけで、飛び降りの恐怖を乗り越えるために、睡眠薬を服用するのはあり得ない。その場で眠りこんでしまうかもしれないし、朦朧《もうろう》とした状態では体の自由も利かなくなる。

本橋も同じように考えたらしく、私の考えの一歩先を話し始める。

「現場はマンションのルーフテラスです。たまたま昨夜は人がいませんでしたが、そんなところに潜りこんで、わざわざ睡眠薬を呑んでから飛び降りるというのは、考えられませんね。だいたい、現場で睡眠薬は見つかっているんですか？」

「――いや」低い声で刑事課長が否定する。

「では、『現場付近』では？　マンションの敷地内やその近くで、睡眠薬のパッケージの類は見つかっているんですか？　あるいは、そこまでは捜索していない？」

刑事課長が黙りこんだ。腕組みし、本橋の顔を凝視する。一気に本橋が優位に立ったようだった。が、やはり本橋は、喧嘩のための喧嘩をするような男ではない。ここで一気に刑事課長を叩き潰すつもりはないようだった。

「かなり疑わしい状況なのは間違いないと思います。もう一度、周辺も含めて捜索をした方がいいですね。今ならまだ、捜査の方向性も完全には固まっていないでしょう」

「……検討します」苦しそうに言って、刑事課長が唇を噛んだ。

「必要なら、我々もまたお手伝いします」

「いや、支援課の助けを受けるようなことはない」

「そうもいきませんよ」本橋の表情が緩む。何となく、勝ち誇っているように見えた。「誰かが殺された――これはつまり、被害者遺族が生じたという意味です。これに対応するのは、我々の仕事ですよ」

8

いったん所轄を出ると、本橋は「作戦会議」を提案した――会議という名目での昼食。私はすぐに飛びついた。今朝もばたついてほとんどまともに食事を摂っておらず、胃の中は完全に空っぽである。既に二時近くで昼食時は外れているが、食べられる時に食べておくのは、警察官の基本中の基本である。

「安藤君、この近くでファミリーレストランはありませんか？　そういう場所の方が話がしやすい」本橋が訊ねる。

「調べます」梓が自分のスマートフォンを取り出し、検索を始めた。すぐに「連雀通《れんじゃく》り沿いにあります。少し歩きますけど」と告げた。

「結構、結構」本橋が上機嫌でうなずく。「少し歩けば、食事も美味しくなるでしょう」

タフな人だ、と考えながら、私はうんざりしてきた。冷房の効いた署内から外へ出た瞬間、早くも汗が流れ始めている。クソ暑い中をまた歩くのかと考えただけで、体中の水分が抜け落ちてしまいそうだった。だらだらと歩いて十分近く……想像していたよりも体力の消耗を意識した。席について水が出て来た瞬間、コップを即座に空にしてしまい、思わず吐息が零れ落ちる。

「だいぶお疲れですね、村野警部補」

「課長の喧嘩を見ているだけで疲れました」

本橋が声を上げて笑った。既に、普段の調子を取り戻している。それを見て私は、さらに疲れを感じたが。こういう場合は、係長の芦田辺りが間に入って何とかすべきなのに……ここにはいないのだからしかたがない。本橋が「ハンバーグと白身魚フライ」のランチを頼むと、全員が同じものにした。私は取り敢えず、冷たいコーヒーを先に持ってきてもらうように頼んだ。水のお代りも。

また一気に水を飲み干し、アイスコーヒーにも口をつけると、ようやく少し、体と気持ちが落ち着いた。

「とにかく、食べてしまいましょう」

料理が揃うと、本橋がすかさず言った。そういえば、こんな風に課員が四人も揃って昼食を摂るのは珍しい。普段は一人で、あるいはコンビで動くことが多いのだ。本部で司令塔役を務める本橋など、九割方警視庁の食堂で済ませているのではないだろうか。

何となく気まずい雰囲気で食事が進む。話してはいけない空気が流れているので、必然的に食べるスピードが上がり、あっという間に皿が空になってしまった。味つけはずいぶん濃かったが、汗をかいた分はこれでカバーできるだろう、と自分を納得させる。

「それで」ナイフとフォークを置いた本橋が私たちの顔を見回した。「皆さんはどう思いますか？」

「結論を出すのは早いですよ」私は釘を刺した。私自身も「他殺説」に傾いていたが、何の議論もなしにいきなり全員が同じ方向に走ってしまうと、間違ったと分かった時に引き返せなくなる。捜査においても、意見の多様性は絶対に必要なのだ。

「では、両面狙いで話をしましょう……何か、自殺説を裏づけるものがありますか？」

いきなりそうきたか。本橋の強引さに今更ながら驚く。捜査一課時代の彼と直接一緒に仕事をしたことはないのだが、穏やかで丁寧な仮面の下には、こういう強い本音が隠れていたわけか……こちらが本当の顔で、支援課では必要ないから出していないかったけかもしれない。

私は言葉に詰まった。「他殺説」に傾いていただけに、「自殺説」を裏づけるような仮説は考えていなかったのだ。

「それより、うちとして対応すべきことがあると思いますが」

優里の言葉に、私と本橋は思わず顔を見合わせた。確かに……石井の家族には当然連絡が行っているはずで、これから上京、遺体の引き取りと厄介な仕事が待っている。私たちは、それにつき添わなければならないのだ。この件に関しては、絶対に所轄には任せておけない。刑事課長の強引な態度で、石井の遺族がどんなに嫌な思いをするか。それこそ事情聴取の席には私たちが同席して、遺族を守らなければならない。

「失礼……」本橋が咳払いして、携帯電話を取り出した。「ちょっと確認しましょう」

「いや、それは私が」優里が立ち上がる。本橋は所轄に連絡しようとしていたはずだが、先ほどの様子を見て、任せておけないと判断したのだろう。確かに優里は所轄で一言も発していないから、喧嘩になる恐れも少ないはずだ。

優里が店の外へ出て行くと、本橋がふっと溜息をついた。私は何も言わずにいたが、本橋は照れたように「若気の至りですね」と言い訳した。

五十歳になる人間が「若気」もないものだが、私は黙ってうなずいた。血気盛んな気持ちをまだ残しているのは間違いないわけだし。それでも、これ以上のトラブルは何とか避けたいと強く願った。支援課はあくまで「裏方」でいい。矢面に立って捜査している刑事たちとは、良好な関係を保つべきなのだ。「お前が言うな」とも言われそうだが……時々トラブルを起こしている私は、確かに忠告できるような立場にない。

「ただ、警察の都合で話が捻じ曲げられるのは許せないんですよ」

「分かります」

「そういうことで、どれだけミスを重ねてきたか……散々批判を受けているのに、自分が同じような立場に置かれたら、楽な方へ流れてしまう。これではいけないんです」

「それは……仰《おつしや》る通りですね」

「仕事を増やしたくないのは、働く人間なら誰でも同じだと思いますよ。同じ給料を貰っているなら、できるだけ楽に処理したい……殺人よりも自殺の方が、捜査の手間ははるかに楽ですから。自殺にしたい気持ちは分かりますね、安藤君」

「ええ……はい」梓が背筋を伸ばした。

「でも、我々に必要なのは真実を探ることです。ほんの少しでも疑いがあったら、最初からやり直してみることも大事です。今回、所轄の連中は足を踏み外しそうになった。本部にいる我々としては、そういうところに気づいたら絶対に止めないといけないんです。だいたい――」

「間もなくこちらに到着だそうです」

大演説になりそうだった本橋の話は、席に戻って来た優里の報告で打ち切られた。いいタイミングだ……と私は胸を撫で下ろし、伝票に手を伸ばした。

「うちが同席することに関しては？」優里に訊ねる。

「もちろん、了承させたけど、あなたはやめてね」

「どうして」

「あなた、所轄の印象が悪いから。私と安藤で担当します」

何か言い返そうかと思ったが、上手い台詞が浮かばない。仕方なくうなずくだけにして、話題を変えた。

「こっちへ来ているのは誰だ？」

「ご両親とも」

「様子は分かるか？」

「そこまでは聞いてないけど、たぶん最悪の状態でしょうね」

「分かった……上手く話を聴き出せたら、すぐに教えてくれ」

「所轄優先だから」優里が、自分が座っていた席に置いてあったトートバッグを取り上げた。「それより、課長？」

「何ですか」本橋が顔を上げる。

「こういうケースに関するマニュアルの整備が遅れていますね」

「ああ……確かに。一段落したら検討してもらえますか？　安藤君も手伝って」

「こういうケースというのは……」梓が不安そうに言った。

「家族が東京の外に住んでいる人は多いでしょう」優里が説明した。「特に東京で一人暮らししている、あなたや村野みたいな人。そういう人が犯罪被害者になったら、家族は慌てて東京へ出て来るけど、その後のフォローは、私たちには難しい。地元の警察に任せるか、あるいは私たちの方で何らかの方法でフォローするか、その辺には明確な指針がないのよ」

確かに難しい問題だ。極めて初期の段階では、所轄の初期支援員でもフォローはできる。しかし、例えば殺人事件で、遺体を引き取って故郷へ帰った家族は、その後どうすればいいのか。警察の捜査状況を確かめる方法、心の傷を癒す方法、全てに基準がない。現実的な方法としては、私たちから地元の警察への報告を密にし、現地で窓口になってもらうことだろう。しかし、そういうネットワークはしっかりとは構築されていない。そもそも、単なる「東京都警察」である警視庁が単独で決められることでもなく、本来は警察庁が明確な指針を示すべきだ……しかし本橋は、常々言っている。「この仕事では、本庁は頼れませんよ」。確かに……上からの押しつけではなく、現場で状況を良く知っている我々が、何らかの方向性を決めるべきなのだ。

「その辺については、一段落したら、きちんと話し合いましょう」本橋が話を締めにかかった。「今は、やるべきことがありますから」

「分かってます」優里が冷静に言った。どんな状況でも、彼女を揺さぶるのは難しい。

店を出てすぐ、私たちは二手に分かれた。優里と梓は所轄へ、私と本橋は駅へ。しかし歩き始めた瞬間、私の携帯が鳴り、出鼻を挫《くじ》かれた格好になった。相手が誰か確認もせずに電話に出たが、愛だと分かって一瞬立ち止まる。本橋が振り返ったので、「長くなりそうですから、先に行って下さい」と声をかけた。本橋がうなずき、さっさと歩き出す。私は覚悟を決め、周囲を見回した。強烈な午後の陽ざしがもろに降り注ぐ歩道で、話はしたくない。通り過ぎた道の途中に酒屋があったのを思い出す。店の前にビニール製の庇《ひさし》がしつらえられており、その下に飲み物や煙草の自動販売機が置いてあった。あそこなら、少なくとも直射日光は避けられる。

「もしもし？」不機嫌な愛の声が耳に飛びこんでくる。

「ああ、悪い……歩いてたから」陰に入ると、日差しの直撃こそ避けられたものの、滞留した熱気でまた汗が噴き出てきた。

「石井さんが亡くなった件だけど」

「今、所轄の近くにいるよ」

「札幌からトンボ返りしたのね？」

「ああ……ご両親は、間もなく所轄に到着する」

「誰かつき添っているの？」

「松木と安藤が」

「それならいいけど……こっちにも状況を報告してね」

「いや、それは……」

「報告して」愛は冷徹で強引だった。「私には知る権利があると思うけど——被害者なんだから。被害者が望めば、できるだけ情報は開示する、が第一原則でしょう」

「なあ、そこまでむきにならなくても……」

「なるわよ」愛の声が一段と冷たくなった。「これじゃ、何も解決しないじゃない。被害者家族が二組に増えただけでしょう」

「それはそうなんだが……」

「石井さん、殺されたのよね？」

「飛び降りる前に、睡眠薬を服用していたようだ」

「だったら、間違いなく殺しね」愛が断言する。「家族のフォローもしないと……事態は流動的だし、こっちでも全部の流れを掴んでおきたいわ」

「ちょっと待ってくれ」焦って言いながら、私は自動販売機に目をやった。先ほどアイスコーヒーを飲んだばかりだが、冷たい飲み物に気を引かれる。「なあ、どうして今回の件ではこんなにむきになるんだ？　君の仕事の本分をはみ出しているだろう」

「私の仕事の本分って何？　この仕事に関しては、まだ手探りの部分も多いでしょう」

「それはそうだけど、深入りし過ぎだよ」

「あなたもよく、深入りしてるじゃない」

言い返す言葉もない。その都度、それがベストの選択だと考えて行動しているのだが、後でしばしば問題になってしまう。だからといって、「次」で躊躇うことはないのだが。良かれと思えばやってみる——そういう私から見ても、今回の愛は前のめり過ぎる。今は、怪我の治療に専念して欲しいのに、自分のことも忘れて、人の心配ばかりしている。もしも車椅子でなければ、あちこち飛び回って首を突っこんでいるだろう。

「報告はするから」宥めるためだけに私は言った。「それは当然として……あなたはどうするつもりなの？　どうしたいの？」

愛は時々、答えようがない質問をぶつけてくる。それは、嫁つき合っていた頃とまったく変わっていなかった。

別人

第三部

1

石井の両親は、大変なショックを受けていたという。ある意味、綾子の両親よりも……綾子の両親は、多少取り乱したものの、ある程度は話もできたし、何より綾子は既に死の危険を脱した。特に父親は、札幌の家に戻ってからはほぼ冷静になっていたと言っていい。

しかし、石井の母親は、遺体と対面した直後に倒れてしまい、それを見た父親も動揺して、とても話を聴ける状態ではなくなってしまった──その報告を、私は警視庁に戻った直後に優里から電話で受けた。

「しばらくは事情聴取できないわね。母親は病院に担ぎこまれたから」さすがに優里の声も暗い。

「となると、今日は無理か……」既に午後も遅い。病院側も、無理な事情聴取は許さないだろう。「父親は？」

「病院へつき添っているから、こっちも無理ね。強引にしないように、所轄には釘を刺しておいたわ……それより、捜査一課が入ってくるみたいだけど」

「殺しなんだな？」結局、本橋は喧嘩に勝ったわけだ。しかし何故か、勝ち誇る気分にはならない。

「まだ断定はしていないけど、やっぱり睡眠薬の件を重視しているみたい。殺しの疑いが強いということね」

「分かった……しばらくそっちにいるか？」

「万が一、ご両親に話を聴けるようになったら、所轄だけに任せておけないから」

「そっちの初期支援員は？」

「初期支援員は所轄の人間でしょう？」優里が皮肉っぽく言った。誰の顔色を窺って動くかと言えば、やはり直接の上司——所轄の課長だ。

「任せて大丈夫か？」

「何とか。事態が変化したら連絡する」

「分かった。ところで……」私は一瞬息を呑んだ。「西原は大丈夫なのか？」

「何が？」

「怪我も治ってないのに、張り切り過ぎじゃないか。さっきも電話がかかってきた」

「電話できないほどの怪我じゃないでしょう」優里がさらりと言った。「電話でも何でも、あなたとちゃんと話すのはいいことよね」

「そういうことじゃないんだけど……」もはや苦笑もできない。これまで知らなかった愛の姿を見て、戸惑いが広がる一方だった。「何か聞いてないのか？　本人は、平尾さんと自分が似ているからって言うんだけど、そういう理由で入れこむのはおかしいと思う」

「村野……」電話の向こうで優里が溜息をついた。「あなた、案外人の気持ちが分からないのね。支援課で何年も仕事しているのに、どうしてかな」

「どうしてって言われても」

「よく話して、相手の目を見て観察すれば、大抵のことは分かるわよ」

それがなかなかできないから困っているのだ。今回の件で愛は頻繁に電話してくるが、だいたい言いたいことだけ言って、最後は怒って電話を切ってしまう。こんな状態では、私の方から電話をかける気にはならない――もともと、できるだけ電話しないように気をつけてきたのだ。話すのは仕事のことだけ。それにしても今は、ほとんど話せることもないし……ぱらぱらと謎がふりまかれ、ようやくそれを拾い集め始めた段階なのだ。それに、こちらから電話して、愛の怒りに火を点けるような度胸はない。

「ちゃんと話してないでしょう」優里がずばりと指摘する。「あなたも西原も」

「そんなことはない。西原は喋りまくってるよ。こっちが閉口するぐらいだ」

「でも、肝心なことを話してる？　お互いに避けてるんじゃないの？」

「肝心なことって、何だよ」

「それは、第三者の私が言うことじゃないと思うけど――自分たちで考えて。でも、お互いにあまり意地を張り合ってると、私も本気で介入するわよ」

「介入って……」いったい何なんだ。そう聞こうとしたが、優里は「じゃあ、また」と言ってさっさと電話を切ってしまった。

何というか……私の周りには、どうして気の強い女性ばかりが集まるのだろう。それに翻弄されている自分が情けなくもあるが……もしかしたらこの「情けなさ」こそが自分本来の姿であり、彼女たちが容赦なくそこを突いているだけかもしれない。唯一そういうことをしないのは梓だが、それは単に、まだ支援課に慣れていないからではないだろうか。遠慮がなくなったらどうなるか。

私は、牽制球を食らった走者のような気分になっていた。ボールが行きかう中、逃げ場をなくし、いずれはタッチアウト――大きくジャンプしてタッチを逃れる様を想像したが、そんなことができる選手は大リーグにもいない。ましてや私は、膝の痛みもあって、身のこなしが軽い方でもないのだ。

身のこなしというか、正確には「精神的な身のこなし」が。

私は、電話作戦を再開した。札幌で、綾子の父親から手に入れた手帳——住所録に載っていた何人かには、本当は今日会うことになっていたのだ。約束を違《たが》えたお詫びを兼ねて電話を入れ、綾子ではなく石井について話を聴くことにする。より熱い事件を優先させるつもりだった。

最初に電話したのは、札幌市役所に勤務する浅木大地だった。ひどく慌てた様子で、「ちょっと待って下さい」と言うと、急にがさがさと雑音が耳に入りこむ。どうやら移動したようだ——浅木の勤務先は、スポーツ部企画事業課。ウィンタースポーツの本場らしく、イベント関係などを一手に取り仕切る部署があるのがさすがという感じである。

「どうもすみません」息を切らして、浅木が電話に戻ってきた。

「お忙しいところ、恐縮なんですが……今、電話していて大丈夫ですか？」

「はい、あの、石井が死んだって本当なんですか？」

既に噂は広がっているわけか……よく響く浅木のバリトンの声は、少し震えているようだった。

「残念ですが、本当です」

「ああ……」

浅木の声が力なく消える。直接対面していれば、彼が話す気を取り戻すために待つところだが、私は敢えて先へ進めた。今はそこまで気を遣う余裕はない。

「最近、石井さんとは話しましたか？」

「メールはしてました」

「どんな様子でした？　何か悩んでいたとか？」

「自殺なんですか？」浅木が鋭く反応して聞き返す。

「まだ断定はできません」私はあくまで慎重にいくことにした。

「だけど……自殺じゃないかな」遠慮がちに浅木が言った。

「どうしてそう思うんですか」

「ずいぶん悩んでいたんですよ」

「女性関係ですか？」私はずばり切りこんだ。「平尾綾子さんとの関係とか」

「ああ、そうです。引きずってました」浅木があっさり認めた。「もちろん、彼女は自分のキャリアが大事だったんだろうけど、ちょっと一方的過ぎますよね。別に、つき合っていても大学院には行けるだろうし、就職に不利になるわけでもないでしょう……でも、目の前に何かあると、それを必死に追いかけちゃうタイプだから、石井よりも自分のキャリアを優先したんでしょうね」

「その辺の話、平尾さんから直接聞いたことはあるんですか」

「いや……」一瞬躊躇った後、浅木が「ないです。石井から聞いただけで」と認めた。

恋愛については、男女双方で見方が違う。Aという事実が、男の方からはAに見えても、女からはBに見えることもままある。要するに、片方だけの言い分を聞いていても、実態は見えてこないのだ。

「石井は、なかなか諦め切れなかったんですよ。もともと粘っこい方だし、女性に対してはそんなに強気に出られないで、一人でうじうじするだけで」

「その割に、最初は積極的に平尾さんにアプローチしていたようですね」

「一世一代だったんです。だからこそ、一度手に入れたら、もう放したくなかったのかも……それに、恋愛のプロセスをもう一度最初からやり直すのが面倒だったんじゃないかな」

「最近、他の女性を誘っていましたよ」

「ああ、それ、私が勧めたんです」浅木がさらりと言った。「いつまでも愚図愚図言ってないで、他の女にも声をかけてみろよって。デートに誘いたい相手はいるって言ってましたけど、声はかけないと思ってました」

「そうですか」その誘いは失敗したわけだ……私は朝美の顔を思い出していた。何だかうんざりしたような彼女の表情を見ただけで、石井が女性の扱いに慣れていないのが分かったものだ。「じゃあ、平尾さんに対する未練は、一応吹っ切った感じだったんですかね」

「いや」一瞬、浅木が言い淀んだ。「そういうわけでもなくて……やっぱり、引きずるタイプですから」

「何かあったんですか？」

「今年の正月にあいつが帰省して来た時に会ったんですけど……こんなこと言っていいのかな」

「教えて下さい。大事な話かもしれない」私は彼の言葉に縋りついた。

「あの……写真があるって言って」

「それは、石井さんと平尾さんが二人で写った写真ですか？」

「そうです。一緒にベッドに入っている写真です」

「もしかしたらあなた、見ました？」

「……見ました」低い声で浅木が認めた。「あいつ、写真を流出させてやるって言ってたんです。さすがに冗談だろうと思いましたけど、ずっと気になってたんですよ。心配で、たまに検索をかけてたんですけど、一月ぐらい前にネットで見つけて……やばいなって」

「そんなにまずい写真でもないでしょう」

「第三者が見たらそう思うかもしれませんけど、二人とも知り合いですよ？　それが明らかに、その後の写真で……一緒にベッドに入ってるんだから。ショックでしたよ」

「石井さんには確認したんですか？」

「もちろん。やばいんじゃないかって忠告したんですけど、あいつ、何も言わなくて」

「やったことも認めなかったんですか？」

「肯定も否定もしなかったのは、本人がやった証拠じゃないですかね。やってなければ、そう言えばいいんだから」

「なるほど……」完全ではないが、石井が写真を流出させた本人という傍証にはなるだろう。もっとも今、それが分かったからと言って、何にもならないかもしれないが。私たちが気を遣うべきは、本来綾子である。しかし、流出させた本人が死んでしまったら、彼女にどう説明すればいいのか。溜飲《りゅういん》は下がるかもしれないが、抜本的な解決にはならない。そもそも、まだ目を覚まさない彼女には、事情を告げることもできないのだ。

「あいつ、どうして死んだんですか？」

「まだはっきりしたことは分からないんですが……」

「自殺なんでしょう？　飛び降りたって聞いてますよ」

「ビルの屋上から落ちたのは事実ですが、まだ自殺とは断定できません」殺し、とは言えなかった。

「まさか綾子が……いや、そんなことはないか……あいつも意識不明なんですよね？」

「平尾さんは、直接石井さんを襲うほど憎んでいたんですか？」

「いや、それは分かりませんけど……想像です。単なる想像」

適当なことを言われると困る。私は一呼吸おいて、さらに質問を続けた。

「最後に石井さんと連絡を取ったのはいつですか？」

「三か月ぐらい前かな。他の女にも声をかけてみろよって勧めたのは、その時です。『そうだな』とは言ってましたけど、元気はなかったな」

浅木は、石井が自殺したものと思いこんでいるようだ。確かに落ちこんでいたのは間違いないが、そう決めつけるのはどうか……実際私たちは、他殺説に傾いているのだし。ただ、その根拠を詳しく説明するわけにはいかなかった。

「自殺しそうなほど、元気がなかったんですか？」

「いや、そこまでじゃないですけど」

「一つ、教えて下さい」私は話を切り上げにかかった。「石井さんが東京で親しくしていた人をご存知ないですか？ 例えば同郷で、一緒に上京してきた人とか」

「ああ、いますよ」浅木の声から、ようやく重石《おもし》が取れたようだった。「同級生で、中尾《なかお》っていう奴です。今、東京で働いています」

「連絡先、分かりますか？」私はボールペンを構えた。

「それは……」急に言いにくそうに、浅木が口ごもった。「そちらでも分かると思うんですけど……というか、マジで知らないんですか？」

「はい？」

「勤務先は警視庁ですよ」

中尾健《けん》と面会する前に、私は本橋に状況を報告した。話し終えた瞬間、彼の顔が急に赤くなる。

「けしからん話です。知り合いが――友人が死んだとなったら、さっさと名乗り出てくるのが警察官としての義務でしょう。社会人である前に、まず警察官であるべきなんだから」

「課長、それは……ちょっと筋が違います」

「失礼」本橋が咳払いした。発言の支離滅裂さに自分でも気づいた様子である。「とにかくすぐに摑まえて、話を聴いて下さい」

「確認しましたが、今日は非番です」

「勤務先は？」

「小石川署で、交番勤務です」

「では、さっさと叩き起こして話を聴いて下さい」

「それが……もうこっちに向かっているんですよ」

「どういうことですか？」本橋が目を細める。

「電話して事情を話したんです。そうしたら、『これからすぐに行きます』って……止める暇もなかったですよ」

「それならそれで結構ですが、やはり向こうから話してくるのが筋ですよ、これは、大変なマイナスポイントだ。許しがたい」本橋の怒りはまだ燻《くすぶ》っているようだ。

「いや、ニュースにもなっていないんですよ？　知りようがないでしょう」私は無意識のうちに、中尾を庇っていた。

「平尾綾子さんが襲われた一件は、ニュースになっています。都内版のベタ記事でも、警察官は見落としてはいけない。そして名前を見ればすぐに、自分の知り合いだと分かったはずです。その時点で、石井の名前を思い出さない方がおかしい。こういう想像力と集中力がない人間は、刑事にはなれませんね。一生交番勤務で終わるように、裏から手を回してもいい」

「交番勤務は交番勤務で大事ですが……」本橋も「捜査一課至上主義者」なのだと改めて思い知る。警視庁には数多くの部署があるが、捜査一課が対外的な「顔」であるのは間違いない。凶悪事件の捜査を担当するが故に、自分たちこそが都民の安全を守っているという意識が強いのだ。それは間違いではないし、そういうプライドで仕事に熱が入るのも分かるが、えてして他の部署を見下しがちである。それこそ支援課など、捜査一課の人間にとっては虫けらのような存在だろう。被害者支援の大事さは分かっていても、被害者を慰めるよりも犯人を一刻も早く逮捕するのが一番の慰め、供養になると信じているのだ。

しかしそんなことを、本橋と言い合う気にはなれない。今は支援課の責任者なのだから、自分たちの仕事の重要性を理解していると思いたかった。

一礼して課長室を出て、私は中尾を待ち受けることにした。その間に何本か電話をかけて、彼に関する個人情報を収集する。現役で大学を卒業後、警察学校を経て、今は交番勤務……そろそろ所轄のどこかの課へ上がってくるタイミングである。本人は交通課を希望しているようだ。それなら本橋の怒りも関係ないか、と私は思わずほくそ笑んでしまった。捜査一課至上主義者の最大の間違いは、若い警察官が全員捜査一課を希望していると信じこんでいることである。

ほどなく、中尾が顔を真っ赤にして飛びこんで来た。髪を短く刈り上げているので、頭皮に汗がにじんでいるのが分かる。大柄な男だった。百八十センチを軽く超える長身に、がっしりした上半身。非番でTシャツという軽装のせいか、鍛え上げた筋肉が目につく。本人の希望は関係なく、機動隊がスカウトに来るかもしれない。特に第三機動隊のラグビー部が。

「すみません、小石川署の中尾です！」

体格に見合った、堂々とした大声だった。軽く耳鳴りがしそうなほどで、長住が苦笑して肩を震わせる。私は立ち上がり、出入り口で中尾を出迎えた。そのまま、課の片隅にある打ち合わせ用のスペースに誘う。無理やり場所を開けてテーブルと椅子を置いただけの狭い場所なので、中尾は腰を下ろすのにも一苦労していた。

「何か、スポーツは？」

「はい？」予想もしていなかった質問だったのか、中尾が目を細める。

「いや、いい体格してるからさ」

「ああ、いろいろ……大学ではアメフトでした」

「今も鍛えてるみたいじゃないか」

「当時の名残りです」中尾が苦笑し、体を倒すようにしてズボンのポケットからハンカチを取り出した。顔を拭うと、そのまま握り締めてぴんと背筋を伸ばす。「あの、今回の件は……」

「いろいろ問題があるんだけど、いつ知った？」多少はリラックスしただろうと思い、私は質問に入った。

「綾子――平尾が襲われたことは、次の日の朝、知りました」

「その時、何か問題があるとは思わなかったのかな」

「ええ……」中尾が舌を出し、唇を湿らせた。

「あの二人――平尾さんと石井さんの間にトラブルがあるのは知っていた？」

「トラブルですか？」

中尾がぐっと身を乗り出す。私は嫌な圧迫感を覚えた。顔に迫力があるわけではないが、これだけ体が大きいと、やはり威圧感は相当なものである。

「二人がつき合っていたのは……いや、別れたのは知っていた？」

「それは聞いてます」中尾が背中を椅子に押しつけた。「石井とはずっと――東京に出て来てからもつき合ってましたから」

「写真が流出した話は？」

「マジですか」中尾が目を見開いた。「本当にそんなことをするって……」

「ということは、事前に聞いていたんだね？」

「はい」声は消え入りそうになっていた。

説教したいところだが、上手い言葉が浮かばない。まずは状況を確認しないと――促すと、中尾はぼそぼそと喋り始めた。

「二か月ぐらい前に呑んだ時、急にそんな話を始めて……もともと未練たっぷりだったんです。どうしても吹っ切れなかったみたいで、写真を流してやろうかと思ってるって言ってました。もちろん、止めましたよ？　警察官にそんなことを言うと、もしもやったらすぐにばれるぞって……」

複数の人間が、石井の「写真流出計画」を知っていたわけか……もっときつく止める人間がいたら、こんなことにはならなかっただろう。

「何かきっかけがあったんだろうか」

「はい？」

「彼は、別の女性をデートに誘ったりしている。綾子さんのことを吹っ切ろうとしていたんじゃないかと思うんだが」

「ああ」中尾がまた背筋を伸ばした。「あの……綾子に新しい恋人ができたみたいなんです。それで自棄《やけ》になったんじゃないでしょうか」

私は思わず立ち上がった。

2

こちらから愛に電話することになるとは思ってもいなかった。できれば話さずに済ませたかったのだが……仕方がない。中尾から徹底して事情を聴いた後、私はすぐに彼女の携帯に電話をかけた。

「平尾さんに新しい恋人がいたのは知ってるか？」

「え？」愛が一瞬固まった。数秒おいて、「知らない」とぽつりと答える。

「何も聴いてない？」

「聴いてないわ」

「そういう話は出なかったのか」

「だから、聴いてないから」

愛の声が一気に不機嫌になった。無意識のうちに責めてしまったのだと気づき、私は一つ深呼吸して間合いを取った。謝るべき場面ではないが、申し訳ないという気持ちは抑えられない。

「責めてるわけじゃないけど……俺たちも聴き出せなかったんだから」

「失敗ね」愛が素直に認めた。

「確かに失敗だった」私も同意する。「仮に、彼女に本当に新しい恋人がいたら、事情はまったく変わってくるんじゃないだろうか」

「そうね……その件、確かめられるかもしれない」

「本当に？」

「綾子さんの友だち、何人か教えてもらってるの。そういう人たちなら、最近の事情について何か知っているかもしれない」

「よく聴き出せたな」

「聴き出せただけだけどね」

電話の向こうで愛が肩をすくめる様子が目に浮かぶ。皮肉屋、自虐的、しかしその背後にある確かな自信――彼女は、一言では表現しにくい女性だ。

「平尾さんの友人には、もう当たった？」

「まだよ。そうしようかと思っている矢先に、あの事件があったから」

「当たってみよう。教えてくれれば、うちで手分けして――」

「私がやるわ」

「おい――」

「私の責任なんだから。私がちゃんとやらなくてどうするの」

そう簡単にはいかない。最初に考えたのは、車椅子で動きが不自由な上に負傷している愛に無理はさせられない、ということだった。平気な顔をしているが、怪我の影響がないわけでもあるまい。それにこれは、「捜査」だ。民間人である彼女に協力してもらうわけにはいかない。

「こっちでやるから、情報を渡してくれ」

「お断りします」強硬な口調だった。

「いや、捜査なんだから」自分がむきになっているのは分かったが、ここは譲れない。「これは警察の仕事だよ」

しばらく押し問答が続いた。彼女は一歩も引かず、私としても譲るわけにはいかない——が、揉み合いが始まった瞬間に、私は自分が負けると諦めていた。つき合っていた頃からずっと、言い合いで勝った記憶がない。

結局今回も、私の負けになった——いや、負けとは思いたくない。大幅な譲歩。愛の案内で、私が綾子の友人たちに会いに行くことになった。愛を巻きこんでしまったか……電話を切った時にはどっと汗をかき、ワイシャツが肌に張りつくほどだった。

特殊な状況になったので、すぐに本橋に報告する。

「支援センターの手助けですか……あまりいいことじゃないですね」本橋が渋い表情を浮かべる。

「情報を持っているのは向こうなんです。基本的に単純な聞き込みですから、危険なことはないと思いますが」

「それは……西原さんと一緒ですか」

「ええ」今度は私が渋い表情になる番だった。

「あなたたちの事情は知っていますが、一緒に動くことで問題はないんですか」

「ないです」私は即座に否定した。「何年も前のことですから。今は、仕事でしかつき合いがありません」

「そう、ですか」本橋が両手を組み合わせ、そこに顎を載せる。「松木警部補は、まったく別のことを言ってるんですが」

「あいつの言うことを真に受けたら駄目ですよ。こと恋愛に関しては、音痴としか言いようがないんですから」課長と優里がそんな話をしているかと想像すると、馬鹿にされたような気分になる。

「そういう問題でもないんですけどね。恋愛音痴なのは、むしろあなたの方では？」

「何の話ですか？」まさか課長室で恋愛談義をすることになるとは。

「恋愛音痴というか、臆病なだけかもしれない」本橋が指摘する。

「そんなことはないですよ」

「そうですかねえ……私は当時の事情を詳しくは知りません。しかし、年を取っている分、あなたよりも世事に長けているのは間違いないですよ。恋愛マスターとは言えないと思いますが」

「まだ陽も落ちていないうちにする話じゃないですね」

軽い冗談で切り抜けようとすると、本橋も苦笑して話を打ち切った。元々クソ真面目な男である。二人でこんな話をするのは初めてだった。

「覆面パトカーの使用を許可して下さい」

「結構ですよ。安全運転で」

「了解です」

本当にこれでよかったのだろうか、と私は自信を無くしかけていた。民間人を覆面パトカーに乗せて聞き込みなど、本来は絶対にやってはいけないことである。もう少し強硬に、交渉しておいた方がよかったのではないか……だが、愛に勝てるはずがないのも分かっている。一つ溜息をつき、私は支援課を出た。

支援センターにいた愛をピックアップした後、私たちは最初の訪問先に到着した。四谷にある派遣会社――とはいってもかなり特殊な会社で、技術・研究職専門なのだという。地下の駐車場に車を停めた瞬間、私は早くも最初の壁にぶつかった。折り畳んで後部座席に置いておいた車椅子を取り出し、助手席の前に置いたままではよかったのだが、愛に手を貸していいかどうかで迷う。車椅子に乗りこむ時には、誰かの手助けが必要なのだ。

戸惑っていると、愛がすっと右手を差し出す。

「怪我人だから、気をつけてね」

恐る恐る手を伸ばし、愛の右の手首——掌ではなく——を摑む。慎重に、急ぎ過ぎないように腕を引っ張って立たせると、愛がすぐに左手で車椅子を摑んだ。そのまま危なっかしく体を回転させると、何とか身を落ち着ける。

「後は一人で行けるから」何事もなかったかのように愛が言った。

「ああ……」私は、右手に残る彼女の手首の暖かさに戸惑っていた。冷え性だったのに、怪我して体質も変わったのだろうか。何となく、右手をズボンのポケットに突っこんでしまった。

「ああ、もう……」動き始めてすぐ、愛が舌打ちした。「ここは、バリアフリーなんて言葉がなかった時代に建ったビルなのね」

確かに。駐車場の端にあるエレベーターホールへ行くまでに、五センチほどの段差を乗り越えねばならない。私にすれば段差とも言えない高さなのだが、車椅子にとってはこれが鬼門だ。五センチの高さを一人で乗り越えるには、相当な腕力を要する。

私はすぐに後ろへ回りこみ、車椅子を押した。段差を乗り越える時には少し後ろに倒し、慎重に押しこむ。負荷は大きくなかった。今更ながら、愛の軽さを実感する。元々小柄で、つき合っている時にも楽々と持ち上げることができたのだが……今は、当時よりも軽くなっているかもしれない。

「どうも」愛が軽く礼を言った。さして感謝もしていない様子である。

「会社で話を聴いていいのか？」私は、彼女の重みの感覚を忘れようと、話題を変えた。

「強引にお願いしたの。外で落ち合うことになったらその場所を探さないといけないし、時間の無駄でしょう？」

「それはそうだ……」君ならいい刑事になれるかもしれない、と言おうとして私は言葉を呑みこんだ。軽口を言えるような雰囲気ではない。

会社のある五階に上がるとすぐに無人の受付があり、小さな台の上に電話が置いてあった。会うべき相手に直接電話をかけて呼び出すタイプらしい。小さい会社ではよくあるやり方だ。愛がまた舌打ちをする。自分で直接電話したいだろうが、車椅子に座ったままでは手が届かないのだ。ここにも、バリアフリーという考えはない。

「部署は？」

「営業一課」

言われるままに、一覧表から電話番号を捜す。内線215。受話器を取り上げて愛に渡し、番号をプッシュする。受話器を耳に当てていた愛が、すぐに話し出した。

「遅くにすみません。支援センターの西原愛です。ああ、阿部《あべ》さん。先ほど電話しました……はい、今、受付まで来ています」

愛が受話器を渡した。架台に戻した瞬間、軽い電子音がしてドアが開く。顔を見せたのは小柄な女性——立ち上がった愛よりも小柄だろう——だった。

「阿部です」

「西原です」愛がひょこりと頭を下げる。

「あの、すみません……車椅子、大変じゃなかったですか？　うちのビル、古いので」

「大丈夫ですよ、アシスタントがいますから」

私に向かって首を倒す。人をアシスタント扱いかよ……この場では私が主役で、愛が手伝いという役回りなのだが。しかし愛は、あくまで自分で仕切るような態度のまま、さっさと車椅子を転がして行く。

午後六時なのでまだ多くの社員が残っており、私たちの姿は嫌でも目立った。会社で事情聴取をすると、よくこういう好奇の視線に迎えられる。うちの社員が何かやったのか――不安よりも興味が湧くようだ。

阿部尚美《なおみ》は当然、社員に見られてあれこれ噂されるのを避けたいようだった。出入り口のすぐ近くにある小さな会議室に私たちを入れると、すぐにドアを閉める。中には小さなテーブルと椅子が四脚。私はそのうち一つをどかして、愛が車椅子で入れるスペースを作った。愛が軽く会釈してそこに滑りこみ、私は彼女の横に陣取った。尚美は、椅子に凶器でも置いてあるのではと恐れるように、ひどく慎重に私たちの向かいに腰を下ろす。

「電話でお話しした、平尾綾子さんのことなんですが」

愛が切り出した。おっと、これはまずい……あくまで私が主導権を握らないと。証拠が残るわけではないが、民間人と警察官が一緒に聞き込みなどしていたら問題になる。愛には、あくまでアドバイザーでいてもらわないといけない。私はすぐに話を引き取った。

「平尾さんが襲われたことはご存知ですね？」

「はい」

「私もそこに一緒にいたんです」愛がすぐに割りこんだ。

「え？　じゃあ、その怪我は……」尚美が目を見開き、愛の頭を覆う包帯を見た。

「そんなに重傷なのに、入院していなくていいんですか？」

「車椅子は元々ですから、気にしないで下さい。でも、車椅子に乗っている人間まで襲うなんて、ひどくないですか？」

同意を求められ、尚美の目が泳ぐ。愛の怒りは本物だ。尚美が嫌そうな表情を浮かべ、両手をきつく握り合わせてテーブルに置く。

「平尾さんと石井涼太さんの関係についてお聴きします」私は話を本筋に戻した。

「涼太？　彼が綾子を襲ったんですか」

「分かりません。石井さんは亡くなりました」

尚美がぽかりと口を開けた。「亡くなったって……」と言いかけ、慌てて口を閉ざす。私が事情を話すと、涙が一粒零れた。

「何で、二人とも……」

「その辺りの事情を知りたいんです」私はすかさず言った。「知恵を貸して下さい。二人がつき合っていた当時のことを話してくれますか？」

尚美がぽつぽつと話し始める……しかし、事情聴取は難航した。学生時代の友人である綾子が襲われただけでもショックなのに、それに輪をかけて、その元恋人が死んだことを知らされた――時折、警察官であることが本当に嫌になる。「死のメッセンジャー」になってしまうことがままあるのだ。

結局、目新しい話は聴き出せなかった。綾子の新しい恋人の話も聞いていないという。三十分ほど話を聴いたが、はっきり言って時間の無駄だった。地下の駐車場に戻り、私が運転席に座るなり、愛が「じゃあ、次」とあっさり切り替えた。

「次はどこへ？」

「今、何時？」言いながら、愛がダッシュボードの時計を覗きこむ。「六時四十分ね……ちょっと待って」携帯を取り出したが、圏外だったのか舌打ちする。

「取り敢えず、外へ出てくれない？　どこで会えるか、電話で確認してみるから」

「次は誰なんだ？」

「やっぱり綾子さんの大学の同級生。同じような感じになるかもしれないけど……」

地上に出ると、愛がまた携帯を確認した。すぐに電話をかけ始める。相手が出ると、手慣れた営業マンさながらに、流れるような口調で話し始める。

「先ほどお電話した西原です……はい、これからお会いしたいんですが、どちらに行けばよろしいですか？　ええ、まだ会社なんですね？　では、会社にお伺いして……あ、別の場所の方がいいですか。構いませんが、どこか適当な場所がありますか？」

ハンドバッグからメモ帳を取り出し、素早くメモする。「会社の隣のビル一階のスターバックス、よろしいですね？　はい、すぐ分かりますよ。私、車椅子ですから目立ちます」

電話を切って、場所を指示する。紀尾井町《きおいちょう》だった。道路は混み合う時間だが、この距離だったら十分もかからないだろう。

「今度の人は？」

「加賀谷真純《かがやますみ》さん。勤務先は地方自治センター」

「それは？」

「公益法人で、地方自治体向けの研修とか自治研究——色々やってるみたいね」

「何で知ってるんだ？」

「それぐらい、調べる時間はあったけど」愛がさらりと言った。

「そうか」

「仕事終わりだから、外で会いたいって。いいわよね？」

「ああ、もちろん」スターバックスというのは、本当は話をするのに相応しくない場所なのだが。ざわついているのに、声高に会話を交わす人が少ないという、不思議な空間なのだ。しかし私たちは、口論しに行くわけではない。他の客に溶けこみ、静かに話せるだろう。

新宿通りを走って十分。近くのコイン式パーキングに車を停めて、私たちは指定されたスターバックスに急いだ。少し遅れ気味である。

店に入ると、愛がきょろきょろと周囲を見回した。カウンターのすぐ側の席に陣取っていた背の高い女性が立ち上がり、軽く会釈する。

「君は先に行っててくれ。飲み物は？」

「エスプレッソのダブルショット」

うなずいたが、私はかすかな違和感に襲われた。エスプレッソのダブルショット……昔の彼女は、こんなにきつい物は飲まなかった。スターバックスに行けば、ラテにシロップをたっぷり加えていたものである。それでまったく体重に変動がなかったのだから、羨ましい限りだった。

私も眠気覚ましに同じ物にした。飲み物を持って席に向かうと、二人はもう何やら話しこんでいる。まるで旧知の間柄のようで、このまま全部愛に任せた方がいいのでは、と私は一瞬弱気になった。手を動かしたタイミングで、真純がくしゃくしゃに丸めた紙ナプキンを落としてしまい、慌てて拾い上げる。流れるような動きであり、長身の彼女がそんな風にすると、手練れのファーストが難しいショートバウンドの送球を軽々とすくい上げる様子が思い浮かんだ。

改めて挨拶し、話を切り出す。真純は快活そうな女性で、少なくとも先ほどのようなことにはならないだろう、と期待する。

「学生時代の二人の関係は、どんな感じだったんですか」

「仲良かったですよ。大学は違うのに、彼の方が遊びに来ていて一緒にいるのを、よく見たし」

「あなたは、二人と仲が良かったんですか？」

「そうですね。よく、石井君も含めてご飯を食べに行ったり、呑みに行ったりしたんですけど、そういう時も二人はいちゃついてましたよ」

「だったら、どうして別れることになったんですかね」

「綾子が、仕事優先になっちゃったんです。最初に就職した時に納得してなくて、五月にはもう、大学院に行くって言ってましたからね。それを聞いた時に、あ、これは終わるなって思いました」

「どうしてですか？」

「綾子、真っ直ぐなところがありますから。自分の目標を決めちゃうと、一直線なんですよ。だから、これはきっと、石井君に別れ話を切り出すなって……」

「そして予想通りになった」この辺りの話は、多くの人から聞いた通りである。

「ええ」

「石井さんの方では、だいぶ未練があったみたいですね」

「それはそうですよ。高校生の時に、必死にアタックして口説き落としたんだから、つき合いが長くなっても、自分の方が立場が弱いって分かってたんでしょうね。だから必死になってたけど、綾子は言うことを聞かなかったんです。もう決めてしまって、いくら彼に引き留められても、やり直す気はなかったんだと思います」

「ずいぶん冷たい感じですけど……」

「冷たいというか、そういう性格ですから、仕方ないですよ」

真純が肩をすくめる。彼女自身、ずいぶんクールなタイプのようだ。

「ところで、平尾さんに新しい恋人がいるという話はご存じですか？」

「ええ」びっくりしたように真純が目を見開く。

「最近石井さんは、また恨み節を零していたようなんですけどね」

「私も聞きました」

「二人の写真を流出させる話も？」

真純が素早く周囲を見回し、うなずいた。この件は、仲間内では有名な話なのかもしれない。まったく……何故止めてくれなかったのかと、この話をしてくれた人たちに対する恨み節が心に浮かぶ。

「春ぐらいに呑んだ時に、泥酔しちゃって。絶対あいつに恥をかかせてやるって、しつこく言ってました。何のことか分からないから聞いたら、写真があるんだって」

「あなたは、ネットに流出した写真、見ましたか？」

「ええ、噂になって……友だちから話を聞いたので」居心地悪そうに、真純が座り直した。「でも、大した写真じゃないですよね？　問題になるようなものじゃないと思いますけど」

「一般的には、そうでしょうね」

「あれでも、気にする人がいるんでしょうか」

「いるとは思いますよ」誰より、綾子が気にしていたではないか。

「それで石井君、自殺しちゃったんですか？　警察に追われているって言ってたみたいだし」

「ちょっと待って下さい」私は思わず身を乗り出した。確かに私は石井を尾行した。しかし、それがばれていたとは思えない。こちらは素人ではないのだ。「警察に追われている、ですか？」

「ええ。又聞きでしたけど……綾子、警察に相談に行ったんですよね？」

私は思わず愛と顔を見合わせた。愛が素早く首を横に振る。何も言っていない――それはそうだ。支援課も支援センターも、相談の内容を外へ漏らすことは絶対にない。綾子自身が、周辺に喋ったとしか考えられない。

「その話は、綾子さんから直接聞いたんですか？」

「いえ、それも又聞きなんですけど……すみません、噂ばかりで」

「構いませんよ」私はさらに身を乗り出した。「で、その話は誰から聞いたんですか？」

「その人が、綾子さんの一番の親友、ということみたいね」車に乗りこむなり、愛が言った。

「会う予定は？」

「まだ。電話に出なかったから、メッセージは残したんだけど……」携帯を取り出して確認する。「折り返しはないわね」

「直接行ってみるか……どこで会えるだろう」

「家だと思うわ。結婚していて、今は専業主婦みたいだから」

「場所は？」

「武蔵小杉《むさしこすぎ》」

川崎か……少し遠いが、この際仕方がない。現在、七時四十五分。一時間もあれば行けるはずだ。私は迷わず、外苑から首都高四号線に乗った。中央環状線経由で三号線へ。いつも通りに池尻《いけじり》で合流の渋滞に巻きこまれたが、そこを抜け出た後は順調だった。用賀で環状八号線に出てから第三京浜に乗り、すぐに京浜川崎インターチェンジで降りて、南武線に沿うように走り、武蔵小杉へ向かった。

急に懐かしさ、それと同時に違和感がこみ上げてくる。武蔵小杉……学生時代の私は二年ほど、ここから一つ東京寄りの新丸子《しんまるこ》に住んでいた。愛もよく遊びに来て、二人でぶらぶら歩いて武蔵小杉に出たものだ。当時は単に、東横線と南武線の交わる駅、という感じだったが、その後再開発が進み、まったく別の街になってしまっている。湘南新宿ラインも乗り入れて一気に交通の要衝になり、二十一世紀になってからタワーマンションが林立して、景観は一変した。川崎市のみならず、神奈川県の新しい中心という感じだろう。かつては気安く、しかも美味い店が多くて歩くのが楽しい街だったが、私が引っ越してから十数年経っている。変わるのも当たり前だ。

「覚えてる？」

「何が」嫌な予感にちくりと胸を刺される。

「あそこ……『和平《わへい》』」

「ああ」二人で何度も行ったことがあるトンカツ屋だ。ロースカツ定食が六百円、ヒレカツ定食でも七百円と抜群に安く、何より店主が気持ちのいい人だった。トンカツ屋らしからぬ鶴のような痩身で、白髪にいつもタオルを巻き、手際よくカツを揚げる姿は、今も記憶に残っている。カツを切る、サクサクという軽やかな音まではっきりと覚えている。学生や貧乏サラリーマン相手の店なので値段は抑えていたのだろうが、味は上々、何よりいつも磨き上げたような白木のカウンターが清潔感を漂わせていた。トンカツ屋なのに油臭さがないという、驚きの店でもあった。

「閉店したわ」

「え？」

「去年かな……仕事でこの辺に来た時、見当たらなくて。街の様子もずいぶん変わったから、見逃しただけかと思ったけど、後で調べてみたらもう店を閉じていた……四年ぐらい前だったみたいね」

「流行ってたのにな」

「ご主人、亡くなったのよ。七十五歳だったって……昔は、白髪以外は年を取っているように見えなかったけどね」

私は拳を口に押し当てた。時は流れていく——否応なく思い知らされる。別に、「和平」が閉店したことがショックなのではない。首都圏では、飲食店は潰れたりオープンしたりで新陳代謝が激しいのだから。ただ、想い出が消えてしまったのは間違いなく、それは取り返しがつかない。

「さすがにお腹、減ったわね」助手席で愛がつぶやく。

「和平があったら、あそこで夕飯にするところだけど」

「この辺なら、何か食べるお店はあるでしょう」

「どうだろう。見つけるのが大変そうだな……すっかり変わってるし」

「変わるのが普通……」

愛の言葉が中途半端に終わったので、私はちらりと彼女の顔を見た。「普通」の後に何か続けたかったのではないだろうか。「街」か「人」か。特に人は……外的要因によって否応なく変わってしまうこともあるが、自らの意思によって変わることもある。私たちはまず外的要因によって変化を受け、最終的には自ら変わることを決めた。いや、正確には「私たち」ではなく愛が、だ。私は何も決めていない。自分の気持ちが、何年もの間、中途半端にぶら下がっていることは認めざるをえない。しつこく復縁を勧める優里は、その辺りを見抜いているのだろうか。

しかし……過去に想いを馳《は》せても何にもならない。私には今、やるべきことがあるのだ。あの事故が拓いてくれた、新しい仕事。それだけはきっちりと仕上げなければならない。

3

私が宮井美穂《みやいみほ》のマンションの前に車を停めると、愛がすぐに電話をかけた。話しているうちに、眉間の皺が深くなってくる。一度携帯を耳から離し、送話口を掌で覆って、「家に来て欲しくないって言ってるわ」と告げた。

「家族が家にいるのかな」

「一人みたい」

自分の「城」に絶対に他人を入れたくないタイプか、と私は想像した。

「取り敢えず、外に出るように説得してくれないか。場所は……その後で考えよう」

私はちらりと外を見た。駅から徒歩で十分以上かかりそうなこの辺りは完全な住宅街で、気楽に入れそうな店もなかったが。

愛が粘り強く説得を続け、最後には美穂を口説き落とした。

「――はい、じゃあ、自転車置き場の近くに車を停めていますから。ええ。大丈夫ですよ。私ともう一人いますけど、心配しないで下さい」愛が電話を切って、ちらりと私を見る。「だいぶ用心深くなってるわね」

「それはそうだろう。今まで会った人たちは、よく話してくれたと思うよ」

「場所はどうするの？　話をするのに適当なお店、この近くにはなかったと思うけど」

「本人に聞いてみよう。なければ、車の中でもいい」

「そうね……」愛は乗り気ではなかった。相変わらず眉間に皺を寄せたまま、顎を撫でる。

「向こうが家に入れてくれないんだから、仕方ないよ」私は肩をすくめた。「本当は、家でリラックスした状態で話が聴きたいんだけど」

「覆面パトカーの中で話なんて、緊張しないかしら」

「君は緊張しているように見えないけど」むしろ怒っている感じだ。

「私は、仕事だから」愛がさらりと言った。眉間の皺がすっと消える。

私は覆面パトカーを降りた。目の前のマンションは巨大で、上の方は闇に溶けているが、目を凝らすと十階建てだと分かった。最近流行のタワーマンションではなく、広い敷地を贅沢に使った昔ながらのタイプ……そういえば、造りも相当古い。その分家賃はそれほど高くなさそうで、新婚夫婦が住むにはいい物件ではないか。今は、武蔵小杉に住んでいることが一種のステータスと言えるかもしれないし。

夜になってもまだ気温は下がらず、不快な熱気が肌にまとわりつく。私はワイシャツの袖をまくって——半袖は嫌いなので真夏でも長袖だ——美穂を待った。ほどなく、マンションのホールから一人の女性が出て来る。小柄で、グレーの半袖のカットソーに細身のジーンズという軽装だった。後ろで一本に縛った長い髪が、一歩ごとに揺れて背中を打っている。すぐに私たちに気づくと、歩きながら軽く会釈した。

私は覆面パトカーに乗るよう、彼女を促した。それだけで異様に緊張して顔が白くなり、表情が強張る。

「この辺だと、話ができそうな店もありませんから」私は言った。「申し訳ないですけど、車の中で。よろしいですね？」

「ええ……はい」

美穂はまだ、車の傍に立っている。私は助手席側後部座席のドアを開けた。中に愛を見つけると、美穂の表情が少しだけ緩む。

「ごめんなさい」愛が振り返り、助手席から声をかけた。「車椅子なんで、一々乗り降りするのが大変なんです」

黙ってうなずき、美穂が後部座席に滑りこむ。ドアを閉めてから、私は車の後ろを回って、彼女の横に座った。エンジンは切ってあるので、車の中は早くも暑くなり始めている。三人分の体温のせいもあるだろう。

「早速ですが……あなた、平尾さんと最近いつ話しましたか？」

「はい、ええと……」美穂が両手を揉み合わせた。「三週間ぐらい前、だと思います。電話で」

「その時平尾さんは、リベンジポルノの件を話していましたか？」

「はい」

「どう対処すべきかは……」

「実は、私が勧めたんです」美穂が妙に慌てた調子で言った。

「警察に相談するのを？」

「はい」

「正確には警察ではなく、私のところですね？　支援センター」愛が、助手席から声をかけてきた。

「あ、はい。そうです」頼りない声で美穂が言った。「相談されて、たぶん一人では解決できないだろうと思って……いろいろ調べたんですけど、いきなり警察に行くよりも、支援センターの方が垣根が低いかな、と思ったんです」

「それは正解でした」愛が言った。結果的には「失敗」だったのだが、美穂を気分よく喋らせるために話を合わせたのだと分かる。

「でも、あんなことになっちゃって……」美穂が溜息をつき、膝に置いた両手に視線を落としてしまった。

「彼女と石井さんが揉めていたのは、その前から知っていたんですか？」私は話を元の筋に引き戻した。

「ええ。別れ話が出た時に、石井君からも話を聞いていて……まずいな、と思ったんです」

「それはどうして？」

「石井君、執念深いところがあるから。別れた後も綾子に未練たらたらで、呑むとよく愚痴をこぼしてました。本当は、やり直したかったんじゃないかな……でも、綾子は強情なんです」

「分かります。一本、芯が通った人ですからね」

「芯が通った……そういうのともちょっと違うと思いますけど」

やんわりと美穂が反論し、私は少しだけ身構えた。今まで話を聴いてきた人の中で、美穂は一番綾子に近い存在のはずである。親友。しかし彼女の言葉には、綾子に対する複雑な感情が滲んでいた。たぶんその主体は、多少の「鬱陶しさ」である。

「あなたから見て、彼女はどんな人なんですか」

「自分を通す人、です」

「そういうのを、芯が通っているっていうんじゃないですか」

「ただのわがままかもしれません。だいたい、石井君と別れたのだって……別れる必要、あったのかなと思います」

「でも平尾さんには、大学院に行って、希望の会社に入るという目標があったんでしょう？」

「綾子の実力なら、大学院だって簡単に入れたはずだし、会社ともその後のことは約束ができていたんです」

私は一瞬「密約」という言葉を思い浮かべていた。それをそのまま美穂にぶつけると、彼女から苦笑を引き出してしまった。

「そんな大袈裟な話じゃないです。会社だって、即戦力の研究者は喉から手が出るほど欲しいんですよ。大学院での研究を、そのまま会社に引っ張ってきて欲しい、ということだったそうです。入社条件とかではないけど、とにかくそういうことで約束ができていたみたいで……いずれにしても、綾子にとっては、そんなに高い壁じゃなかったはずです。大学院に入ることが、即内定のような感じだったんじゃないでしょうか」

「それでも別れた……」

「だから、別の理由があったんじゃないですか」

「例えば」

「ええと……言わないと駄目ですか？」

「お願いします。平尾さんは意識不明で、石井さんは亡くなっているんですよ」

私は指摘した。ちらりと美穂を見ると、顔が白くなっている。今更ながら、事件の大きさに気づいた様子だ。

「大変な事件なんです。何とか解決したい……そのためには、どんな小さな情報でも欲しいんですよ。あの二人は、どうして別れたんですか？　と言うより、平尾さんはどうして別れを切り出したんですか」私はまくしたてた。

「新しい人が……」

やはり間違いないのか……石井に対して、かすかな同情も覚える。彼のやったことは許しがたい行為だが、いかにもありそうなことだ。だいたい、独身の男の犯罪の半分ぐらいは、恋愛絡みではないだろうか。

「新しい恋人ですね？　平尾さんは、石井さんからその人に乗り換えた、ということなんですね」私は念押しした。

「そうです」美穂が素早くうなずいて認めた。

「石井さんは、その人のことを知っていたんですか」

「それは……分かりません。綾子の方では徹底的に彼のことを避けていたし、そもそも新しい恋人のことを知っている人間は少なかったんです」

「あなたが石井さんに言ったんじゃないんですか」

「まさか」美穂が突然、激しく反発した。「私、そこまで口が軽くないですよ。こんなことを石井君に話したら、どうなるか分からないし。とにかくしつこい人ですから」

「でも、どこかから漏れた可能性はありますよね」私は指摘した。「もしかしたら石井さんがあんな写真を流出させたのは、それに気づいたからかもしれない」

「そうかもしれないけど……今更聞けないじゃないですか」小声だが、美穂ははっきりと抗議し、さらに聞き返してきた。「自殺なんですか？」

「まだ分かりません。ただ、相当追いこまれていたのは間違いないんじゃないですか」

「もしも、石井君が逮捕でもされていたら……彼、死ななかったでしょうね」

美穂の指摘が、私の胸を射抜く。確かに……早い段階で石井が写真をばらまいた本人だと確認できていれば、何かしら打つ手はあったはずだ。リベンジポルノ防止法を適用できなくても、他の手段を使って――私たちは、初期の段階で、あまりにも簡単に諦めてしまったのではないか。被害者のためにもっと知恵を絞り、何か手を探すべきだったのではないだろうか。そうすれば綾子が襲われることもなく、石井も死なずに済んだかもしれない。

苦い思いが胸の中に湧き上がってくる。今回の一件は大失敗だったのだ、と改めて意識させられた。

「石井さんの件は残念でしたけど、私たちは、綾子さんのことを考えなければいけないんです」愛が冷静な口調で指摘した。「綾子さんを襲った犯人はまだ捕まっていないし、彼女の名誉も回復していないんですから」

それは、私が言わなくてはいけないことだった。民間人に手助けしてもらうとは、何とも情けない限りで……気を取り直して、美穂に言葉をかける。

「綾子さんの新しい恋人……その人が、二人が別れる原因になったんですね」念のために、私はしつこく確認した。

「前後関係ははっきりしないんですけど、たぶんそうだと思います。元々綾子、自分のことはあまり喋らないんですよ。だから、写真の件で相談を受けた時は、びっくりしたんですけどね。どんなに困っていても、さっさと自分で決めて何とかしそうだから……それができなかったのは、よほど動転していたからでしょうね。それに、物凄く怒っていました。プライドが高いから、許せなかったんでしょうね。自分が、あんな目に遭うなんて、想像もしてなかったんだと思います」

どんな人間にも、冷静でいられる限界はある。たった一枚の写真で、綾子はすっかりペースを乱されてしまったわけだ。普段なら自分で処理できたかもしれないが、彼女は重大な人生の岐路に立っていたわけで、冷静な判断力を失っても仕方がなかったのだろう。

「新しい恋人とは、今もつき合ってるんですか？」

「それは分かりません。今回は特に、秘密主義でした」

「石井さんとの時は……結構堂々と二人で歩いていたそうですね」

「そうですね。まあ、石井君の方が、いつもべったり綾子にくっついていた感じですけど。彼、束縛するタイプだったんですよ」

「平尾さんの今の恋人は、どうなんだろう」

「分かりません」美穂が首を横に振った。「名前しか聞いたことがないんです。一度も会ったことがないし」

「じゃあ、どんな人かは……」

「知らないんです」美穂がまた首を横に振った。「本当に、名前だけで」

美穂は恐縮していたが、それで十分だ。名前が分かれば、警察は個人情報をほとんど丸裸にできる。

「上手くいかないわね」愛が暗い声で言った。強気な彼女にしては珍しいことだった。

「そうだな」私も追従した。綾子の現在の恋人——それがトラブルの根源だったのかもしれないのだ。さっさと割り出せなかったのは、警察の不手際としか言いようがない。

遅い夕食の席。「和平」の話をしたからではないだろうが、何となくトンカツ屋に入ってしまった。武蔵小杉の駅に直結するショッピングセンターにある小綺麗な店で、「和平」に比べればはるかに高い。いつの間にか、こういう店に入ることを躊躇しない年になったんだよな、と私はぼんやりと考えた。

愛がヒレカツ、私はロースカツ。愛が、トンカツの一切れに箸を伸ばしかけて止めた。己の失敗を悔いているせいだろうと思ったが、実際には食べ方を間違えそうになったからだとすぐに分かった。愛はいつも、面倒臭い手順でトンカツを食べる。六切れになっていれば、二つは塩、二つは醬油、残る二つはソースなのだ。私はもちろん、そんな面倒なことはしない。最初からソースをどっぷりかけて、できるだけ多量の辛子を塗る。つき合っていた頃は、彼女に勧められて同じ食べ方をしてみたのだが、面倒になってすぐにやめてしまった。辛子醬油で食べるロースカツも、なかなかオツなものではあるが。

この店はゴマつきなので、徹底的に擂《す》ってソースを加え、そのままロースカツにかけてしまう。愛は昔とまったく同じように、最初の一切れを塩だけで食べた。

何となく胸が詰まる。

「トンカツも久しぶり」愛がぽつりと言った。どうやら反省会は先送りにするつもりのようだった。

「ああ」

「昔は、ヒレカツなんか食べなかったわよね」

「高いからね」懐かしき貧乏時代だ。

「それが平気で食べられるようになって……私たちも年を取った、ということよね」

「それは間違いないけど……ちょっと寂しい言い方だな」

「事実でしょう」

愛がにこりと笑った。相変わらず破壊的な笑顔で……昔はこの笑顔にやられたのだ、と思い出す。一瞬で、こちらの心を鷲掴《わしづか》みにするような笑顔。学生時代に初めてこの笑顔を見た時、自分の中の汚ないものが浄化されたように思った。下半身の自由を失った後は、そういう笑顔を見ることは少なくなったが……今も時々、彼女は私の心をぶち壊す。意図しているのか、そうでないのかは分からないが。

黙々と食事を進めた。遅い時間の夕飯、しかもボリュームたっぷりのトンカツとあって、私でさえ途中で胃が膨れてしまったが。それでもキャベツだけはお代わりした。何となく、その方が胃に優しい感じがしたから。

愛も残さず食べた。相変わらず食欲は旺盛なようで、ほっとする。あの事故の直後はすっかり食欲をなくしてしまい、入院中はほとんど何も口にせずに、一気に五キロほど痩せてしまったのだ。百五十センチそこそこしかない彼女が五キロ痩せると、致命的に体のバランスを崩しかねない。今は極めて健康的に見えるのだが。

ほぼ同時に食べ終えると、愛が「何か飲む？」と訊ねた。メニューを見ると、コーヒー、紅茶とソフトドリンクも揃っている。今夜の一連の事情聴取についてはもう少し話しておきたいし、これから移動して喫茶店を見つけるのは面倒臭い。それに、早く口中に残る油っぽさを消したかった。二人ともコーヒーを頼み、一息つく。

飲み物が運ばれてくると、愛が切り出した。

「綾子さん、まだ何か隠しているかもしれないわね」

「可能性はあるな。新しい恋人の存在なんて、一番重要な情報なのに、我々に言わなかったんだから」

「聴き出せなかった私たちにも問題はあると思うけど」愛が肩をすくめる。

「確かに。まだまだ修行が足りないな」

「時間軸を整理したいんだけど……宮井さん以上に綾子さんのことを知っている人が、他にいるかしら」

「両親ぐらいかな」私は腕組みをした。冷静さを取り戻した父親なら、喋ってくれるかもしれない。いや……そもそも知らないのではないか、と思った。石井の存在さえ知らなかったのだから。それに知っていれば、教えてくれそうなものである。重要な手がかりになりそうなことぐらい、親ならすぐに分かりそうなものだ。

「期待しない方がいいかも。何となく、事情がありそうな感じがするのよ」

「ああ」石井との関係はオープンにしていた綾子が、新しい恋人との交際の様子は親友にも明かしていなかった。もちろん、実際には二股をかけていて、その状況を誰にも知られたくなかった、というような事情があったのかもしれないが。あるいは、人に明かせない関係——不倫とか——だったかもしれない。私は次々に可能性を開陳したが、愛の琴線には響かないようだった。

「だったら、君はどう考えるんだ」少しむっとして私は突っこんだ。

「それを考えるのはあなたの仕事でしょう」

「こんな時だけ、こっちに押しつけるなよ」思わず苦笑してしまった。あまりにも都合がよ過ぎる。「だいたい今回、どうしてこんなにむきになってるんだ？　こういうのは君らしくないと思うけど」

「それは——」

愛が言葉を切った。ハンドバッグから携帯を取り出すと、「ごめん、松木からメール」と言って画面に集中し始めた。

何だか誤魔化されたような気がしないでもないが、読むべきメールなのは間違いないだろう。私はコーヒーを一啜りすると、ソファに背中を預けた。愛と優里はどうして今も苗字で呼び合うのだろう、とぼんやりと考えた。学生時代からずっとそうなのだが、私にとっては謎である。愛が眉間に皺を寄せながらメールを読んでいく。ほどなく顔を上げると、「明日から、ちょっと大変かも」と告げた。

「何かあったのか？」

「支援センターが正式に介入することになったから」

「石井さんのご両親の件で？」

「そう」愛がうなずく。「特に母親の方がひどくて……まだパニック状態みたい。そのせいで、警察も事情聴取ができていないそうよ。うちの臨床心理士が、明日会いに行くことになったわ」

「それは……管轄権の問題はないのかな」

「仕方ないでしょう。東京で困っている人がいるんだから」愛がまた携帯に視線を落とした。指先がぶれて見えるほどの速さで返信のメールを打ち、送信する。顔を上げると、「だけど、どうしてあなたには連絡がこないわけ？」と不思議そうに訊ねた。

「たぶん、聞き込み中だと分かっているから。それにこれは、あくまで支援センターの話だろう？」

「その話が、松木から私に来るのも変な話よね。うちは、五時には完全に終わるからしょうがないかもしれないけど……何か、ちぐはぐね」

「シームレスに協力体制ができていると言えるかもしれないよ」

「屁理屈っぽいわね」鼻を鳴らして、愛が携帯をハンドバッグに落としこんだ。「それで、明日以降はどうするの？　綾子さんの友だちで話が聴けそうな人が、まだいるけど」

「新しい恋人を追跡する。その人の方が、いろいろ事情を知っているんじゃないかな」

秋山修《あきやましゆう》。追跡は難しくないはずだ。摑まえて事情を聴き、この一件の背後に何があったのかを探り出す――難しい仕事とは思えなかった。

だがこの時、私は既に一つの疑念を抱えていた。もしも秋山が今も綾子とつき合っているなら――何故姿を現さないのだ？　恋人が意識不明の重体なのに。

4

「秋山修のデータです」

翌日午前十時、梓が早くも必要な情報を揃えた。名前さえ分かっていれば——まずは免許証の確認から住所が割れ、携帯電話の番号なども知ることができる。いずれも電話一本で済んでしまうことだ。

私たちは、いつも打ち合わせ用に使っている狭いスペースに集まった。支援課全員、それに課長の本橋。本橋はさすがに、昨日の異様な怒りからは解き放たれているようだが、まだ安心はできない。私はこの件で、意外に不安定な彼の精神状態に気づいていた。

本橋が口火を切る。

「石井さんの一件ですが、まだ特捜にはなっていません」

「つまり、殺しと断定されたわけではないんですね？」私は確認した。

「だらしない話です。私だったら、とっくに特捜にしていますよ」やはり怒りは引いていないようだった。「所轄とは連絡を取り合いますが、私たちは当面、秋山修という人物を追跡します。それと、石井さんのご両親に対するフォロー」

「支援センターの臨床心理士が、担当してくれることになっています」優里が説明した。「しばらくは話が聴けない状態だと思いますが、どうしますか」

「できるだけ、所轄からは遠ざけるようにして下さい」本橋が指示した。

「いいんですか？」優里が首を傾げる。

「当然です。我々の仕事は、被害者家族を守ることですから。無神経な連中のやり方を、手をこまねいて見ている必要はありません」

私は内心ほくそ笑んだ。彼がすっかり「支援課的」な考え方をしていることが、ありがたい。支援課としてはいいことだ——前任の課長など、ここでの仕事を頭から馬鹿にし切っていて、何も起きないようにすることだけを心がけていたのだから。その後、前任の課長と仕事をする機会がないのは、私にとっては幸運だった。

「では、早速動いて下さい」本橋が両手を叩き合わせた。いかに怒っていようが、判断は冷静で早いのがこの男の美点だ。

がたがたと椅子が音を立て、全員が立ち上がる。長住だけは座ったままで、欠伸を嚙み殺していた。無視していてもいいのだが、何故か気になる。

「どうかしたか？」

「課長、ちょっと入れこみ過ぎじゃないですかね」課長室に消える本橋の背中を眺めながら、長住がつぶやいた。「支援課の本分をはみ出してるんじゃないですか」

「所轄ともきちんと連絡を取り合ってるんだから、問題ないだろう。通常の捜査に協力しているだけだよ」

「どうも、そんな感じには見えないんだけどなあ」頭の後ろで両手を組んだ。「何か、むきになってるだけみたいですけど。個人的な事情でもあるんじゃないんですか」

「あるとしたら、自分の仕事に対する誇りじゃないかな」

「誇り、ねえ」馬鹿にしたように長住が言った。

「それも元捜査一課の刑事としての誇りだ」

「何ですか、それ」

同じ部屋にいながら、昨日の騒ぎを全く知らないというのか。私は呆れて肩をすくめたが、それでも説明はした——本橋の名誉のために。

「一課の刑事なら当然気づくべきことを、所轄の連中は気づかなかった。それで自殺として処理しようとしていたから、頭に血が昇ったんだ。そのすぐ後に、血中から睡眠薬の成分が検出されたから、ますます怒った」

「所轄に過大な期待をしちゃいけないでしょう」長住がまた欠伸を噛み殺す。「連中は、本部に上がってくる能力がないから所轄にいるだけなんですから。連中のヘマでいちいちカリカリしていたら、ストレスが溜まって仕方ない」

「ついでに言えば、文句ばかりで動きもしない奴を見ていても、ストレスが溜まるけどな。まず、動かないと」

途端に長住が渋い表情を浮かべた。急いで立ち上がり、「まったく、人使いが荒い職場ですね」と言い残して自席に戻っていった。この程度で人使いが荒いと言ったら、とても捜査一課では務まらないだろう。長住の原隊復帰ははるか先か、あるいは不可能ではないかと私は内心思った。

もちろん、彼のフォローをするつもりはないが。

私はまず、秋山の自宅を訪ねることにした。今日の相棒は優里。余計なことは言わないタイプなので、気を使わなくて済むのがありがたい。梓が一緒だと、何とか基本を叩きこんでやろうと、とにかく説教ばかりを考えてしまうのだ。

しかし、黙り続けているのも辛い。最寄り駅から秋山の家へ歩いて向かう途中、ついに我慢できなくなって口を開いた。

「昨夜はどうだった、うちのダブルAは」

「いい加減、トリプルAに昇格させてもいいと思うけど」呆れたように優里が言った。「トリプルAでいいんだっけ?」

「もちろん。メジャーはさらにその上だ」

「少なくとも、基礎はきちんとできてるわよ。ほとんどの仕事は、一人で任せても大丈夫なぐらい。昨夜だって、所轄の連中が石井さんの父親に無理に話を聴こうとしたのを、体を張って止めたんだから」

私は、小柄な彼女が精一杯両腕を広げ、図体のでかい刑事たちを止めようと奮戦する様を思い浮かべた——次の場面は、突進してきた連中に梓が跳ね飛ばされる図だ。

「バスケットのディフェンスみたいに?」

「まさか」優里が忠告した。「体を張ってっていうのは、文字通りじゃないから。口でよ、口で。見事に言い負かしたのよ」

「しかし、あいつ一人で、大丈夫かな」梓は、石井の母親が入院した病院に張りついている。支援センターの臨床心理士と協力しながら、回復を見守る予定だ。

「一人じゃないでしょう? 長住君もいるし」

「奴は計算に入っていない」

優里が短く笑った。が、目は笑っていない。どうやら今日も、私にとっていい一日にはならないようだ。

秋山修、三十一歳、職業不詳。自宅は東横線祐天寺《ゆうてんじ》駅から徒歩五分ほど、目黒区と世田谷区の境に当たる場所だった。住宅街の中にある、低層でいかにもファミリー向けのマンション。オートロックなので、ホールからインタフォンで呼びかけてみたが、反応はない。

「携帯にも反応がないんだったな」私は優里に確認した。支援課に残った芦田が、定期的に電話を突っこむことになっていたはずだ。

「今のところは」

「携帯に出ないなんてことがあるかな」

「知らない番号だったら、無視する可能性はあるわよ」

「そうか……」

さて、どうしたものか。時刻はまだ午前十一時。このまま待ち続ける意味があるかどうか、分からなかった。勤務先を割り出して、そこへ突っこむ方が早いだろう。郵便受けを調べられれば手がかりになるのだが、オートロックなのでそこまでも辿り着けない。が……オートロックは、必ずしも完璧な防犯対策ではないのだ。

「誰か出て来るまで待とう」

「まずいんじゃない？」優里が眉を上げた。

「ばれなければ問題ない」

優里は無言で肩をすくめるだけだった。先輩刑事たちが、しきりに愚痴をこぼしていたのを思い出す。二十年前は、オートロックの物件はそれほど多くなかったから、マンションでもドアの前まで行くのは簡単だったのに——しかし刑事の悪知恵には限りがないもので、先輩たちはオートロックのマンションに入りこむ手段をいくつも開発している。その中で一番簡単なのが、出て来る人と入れ違いに中に入るやり方だ。家の中まで行ける訳ではないが、取り敢えず建物の中に入れば、やれることがある。

私たちはホールの外に出て、歩道に立った。そこからオートロックの扉まではわずか五メートルほど。一度開いた扉はそう急には閉まらないから、それほど焦らずとも侵入は可能だ。もしも疑われたら、バッジを見せれば大抵のことは解決する。

待ち時間は五分だけだった。犬の散歩に出て来た三十歳ぐらいの女性の姿を見つけ、私たちは同時に一歩を踏み出した。優里が犬を連れた女性に向かって軽く会釈し、さりげない表情でホールに入って行く。何ということはない。冷や汗一つかかなかった。

優里が先に立って、郵便受けのある一角に入りこむ。三〇四号室……秋山の郵便受けは、蓋が開いていた。よく見ると、反対側から押しこまれた新聞や郵便物が収まり切らずに、蓋を押し開けている。

「ずいぶん長く帰ってないわね」優里が言った。

「そうだな」新聞を引き抜こうとして、私は手を止めた。証拠が残るようなことはしない方がいい。その代わりに身を低くして、隙間から中を覗きこんだ。

嫌な予感が走る。口にすべきかどうか迷ったが、結局言ってしまった。

「中で死んでる可能性は？」

「否定はできないけど」優里が首を横に振った。「肯定するだけの材料もないわよ」

「部屋に入れるといいんだが……」

「入る理由がないでしょう」

私は肩をすくめ、エレベーターホールに向かった。とにかく、やれるところまでやってみよう。

少し古めのマンションなので、エレベーターは普通のものだった。最近のマンションだと、部屋の鍵がないと動かせないようなエレベーターも少なくないのだが……三階のボタンを押してから、背中を奥の壁に押しつける。三階の外廊下に出た途端にまた、熱波が襲ってきた。午前の陽光がもろに顔に当たり、思わず額に手をかざしてしまう。優里は気にもならない様子で、さっさと歩いて三〇四号室の前に立った。

表札はない。電気のメーターは回っている。ドアは施錠済み。私はドアに耳を押し当て、中の様子を窺った。無音。振り返って優里に告げる。

「いないと思う」

「死体もないでしょうね。この暑さだから……」

「そうだな」私はうなずいたが、思わず顔が歪んでしまった。暑さで腐敗して異臭が流れ出す——マンションは密閉性が高いが、臭いは完全にはシャットアウトできない。

「ここにはいない、ということでいい？　それなら他に当たるべき場所があると思うけど」優里が結論を急いだ。

「情報が少ないんだよな……」ぼやきながら、エレベーターホールの方に引き返した。「せめて勤務先が分かるといいんだが」

「不動産屋に当たればいいじゃない。契約の時、勤務先は書くはずだし」

「そうだな」同意しながら、私はかすかな面倒臭さを感じていた。不動産屋は概《おおむ》ね警察の捜査に協力的だが、中には「プライバシー保護」を頑なに打ち出して証言を拒否する人間もいる。そういう人間に当たると、住所を割り出すだけでエネルギーを使い果たしてしまう。秋山にこの部屋を紹介した不動産屋の社員が、物分かりのいい人間だといいのだが……。

エレベーターは一階まで降りていた。ボタンを押して待つと、すぐに上がってきて三階で止まる。人影が見えた。私は少し横へ引いて、出て来る人のためにスペースを空けた――先ほど犬を連れて出て行った女性だった。ひどく慌てた様子で、小型のマルチーズは胸に抱えている。ほとんど駆けるようにしてドアの前に立ち――秋山の隣の部屋だった――小さなバッグに手を突っこんで鍵を取り出そうと必死になった。

「あの人」私は優里に声をかけた。

「お隣さんね……何か知っているかも」

「もう一度出て来るまで待とうか。忘れ物をしたんじゃないかな」

「あの慌てた様子だと、そうね」

ドアが開いて女性が姿を消したと思った次の瞬間に、また開いた。つばの広い、白い帽子を被っている。一番大事な物を忘れたか――夏場の犬の散歩では、帽子は必需品だ。

「名前は確認してないよな？」

「残念ながら」優里が肩をすくめる。

「じゃあ、当たって砕けろだ」

私は一歩踏み出し、女性――と犬の前に立ちはだかった。女性が、不審気な視線を向けてくる。

「秋山さんの隣の方ですよね？」

「ええと……さっき、マンションに入って来た人ですよね？」女性が逆に問いかけた。

「ええ」

「私を待ち伏せしてたんですか？」不安気に唇を歪ませる。

「違います。用事があるのは、秋山さんの方です」

「勝手にマンションに入って来られたら困るんですけど」

強硬な態度だが、これは当たり前か……私はバッジを顔の横で示した。

「警察です。秋山さんにお会いしたいんですけど、お留守のようですね」

「警察って……」女性の顔から不審感が抜け、代わって戸惑いが広がる。

「警察です」私はバッジを少しだけ彼女の方へ突き出した。「ちょっとお話を聴かせてもらえませんか？　散歩の邪魔をして悪いですけど」

「いえ、別に……」

バッジの威力は絶大だ。私はそこで、優里に目配せした。女性に対するには、女性の方がいいだろう。実際、優里が質問を発すると、女性は少しだけ緊張を解いた。ただし犬の方は異変を察知しているようで、女性の足の周りをしきりに跳ね回る。

「秋山さん、最近自宅にいないんですか?」

「あ、そういえば……見てないです」

「普段はよく見るんですか?」

「そうですね、朝、新聞を取りに行く時に、よく一緒になります」

「ちなみに秋山さん、お一人ですか?」

「だと思いますけど……多分……」急に自信なさげな口調になった。

「女の人が訪ねて来ることは?」

「私は見たことがないですけど」

都会のマンションの典型的な近所づき合いか……と苦々しく思った。もっとも私も同じようなもので、隣の部屋の住人が何をしているかも知らない。

優里はなおも手を替え品を替え質問を続けたが、女性の記憶を引き出すことはできなかった。彼女の弾が尽きたようなので、無理は承知で申しこんでみた。

「ちょっと家に入れてもらえませんか」

「え？ それはちょっと……」

「あなたの家に興味があるわけじゃない。ベランダに出たいんです。隣のベランダを覗けるでしょう？」

「でもちょっと、家の中は……」

「すぐに終わります。何だったら、ベランダまでは目をつぶって行ってもいいですよ」

「あ、それなら構いません」

冗談で言ったつもりが、彼女は真に受けた。私は優里と顔を見合わせたが、ここは条件を呑むしかないだろう。せめて彼女が、つまずくものがないように家の中を綺麗に片づけていてくれることを祈った。

「笑うところじゃないと思うけど」私はずきずき痛む肩をゆっくりと回しながら、優里に抗議した。

「だけど、あんなことを真に受けるなんて……目をつぶった振りでよかったのに」

「そうもいかないだろう」

優里が肩を震わせるようにして笑う。縁起がいいはずの彼女の笑いは……これはノーカウントだな、と思った。そもそも悪いことがあった後に優里の笑いを見ても、プラスマイナスでゼロではないか。

私は、女性の部屋のリビングルームで、思い切りソファにぶつかって転んでしまったのだ。膝の痛みがあってこらえ切れず、右肩をフローリングの床にしたたかにぶつけた。まったく、冗談じゃない……ひどい怪我ではないだろうが、痣《あざ》ぐらいにはなっているかもしれない。

しかも、痛みと引き換えにベランダまで出てみたものの、何の成果もなかった。何とか身を乗り出して秋山の部屋を覗くことはできたのだが——カーテンは閉まっていなかった——がらんとしたリビングルームが目に入るだけだった。もちろん、他の部屋に死体が転がっている可能性もあるが。

「病院に行く？」

「まさか」

「ついでに石井さんのご両親に会ってみるとか」

「いや……」否定しながら、一瞬その考えを頭の中で転がした。どれほど打ちひしがれているか、自分の目で見ておいてもいい。だが、両親には梓がつき添っている。

「それは安藤に任せよう。そろそろ独り立ちしてもらわないと」

「じゃあ、本当に手当ては必要ないのね？」

「病院とは、もう一生分つき合ったよ」

軽い冗談で言ったつもりだったが、優里は渋い表情を浮かべて黙りこんだ。暗い沈黙……それで彼女が、私と愛が巻きこまれた事故、その後の二人の関係の変化をどう思っているかが想像できる。

私たちはその後、秋山に部屋を紹介した不動産屋を渋谷に訪ねた。幸い協力的な店で、秋山の勤務先もすぐに割れた。

「これ……何の会社かしら。変な名前だけど」

不動産屋の入ったビルを出ると同時に、優里がメモ帳を見ながら首を傾げる。

「『ソルティハニー』か……しょっぱい蜜って言われても、な」私も調子を合わせた。「何だか八〇年代っぽい名前じゃないか？　懐かしい感じがする」

「八〇年代には、私もあなたもまだ子どもだったけど」

「感覚だよ、感覚」どういうわけか私の頭の中には、すかしたインテリアとバカ高い呑み物が特徴の店が浮かんでいた。そういう店に縁があったわけではないが、それこそ語感が生み出すものだろうか。

「電話を入れてみるわ」

歩道に立ったまま、優里が携帯電話を取り出した。それにしても暑い……国道二四六号線が青山通りと六本木通りに分岐する場所で、しかも明治通りと首都高が交わるせいか、車が生み出す熱波がもろに襲ってくるのだ。立っているだけでも、額を汗が流れていく。優里は涼しい顔をしているが、いったいどういう体質なのだろう。

「出ないわね」優里が顔をしかめて、携帯を耳から離した。

「普通の会社だったら、出ないわけがない」

「小さい会社で、全員でお昼に行っているとか」

「そんな会社、あるか？」

「どうする？」

「直接行くしかないけど……」私は手帳を見下ろした。所在地は赤坂。渋谷からならすぐだ。「その前に食事にしようか」

「渋谷中央署の食堂で食べさせてもらう？」優里が提案した。渋谷中央署は、首都高の向こう側にそびえていて、歩道橋を渡ればすぐだが……。

「冗談じゃない。所轄の食堂で、美味い飯を食べた記憶はないよ」

「じゃあ、この近くで済ませましょうか」

「蕎麦《そば》屋か何かないかな……こう暑いと、食欲がない」私は胃の辺りを摩《さす》った。

「渋谷は、蕎麦屋は少ないわよ。立ち食い蕎麦ぐらいかしら」

「そこまで焦ってない」

「だったら、思い切ってもっと汗を流したら？　そこにタイ料理の店があるけど」

「タイ料理、ねえ。このクソ暑いのに……」一瞬文句を言ったものの、私は彼女の提案に従うことにした。いつまでも文句を言っていたら、昼飯を食べ損なう。タイ料理なら、案外早く出てくる印象もあった。

実際、料理はすぐに出てきたが、予想していたよりも激しく汗をかく羽目に陥った。グリーンカレーは喉の奥が熱くなって咳きこむほどの辛さで、独特の甘みでも相殺されない。優里は、平気な顔でパッタイを食べていた。そっちが良かったな、とすぐに後悔し始める。食べ終えるまでに、ハンカチはすっかり汗だくになってしまった。

「相変わらず汗っかきね」優里が面白そうに言った——まるで、汗をかくのが極めて珍しいことのように。そう言えば彼女は、厳しい残暑の中、汗一つかいていない。

「ここのは辛過ぎるよ」水を飲み干したが、何の効果もない。口の中もそうだし、胃の中で炎が燃えているようだった。

「ところで……まさか、秋山さんまで行方不明じゃないでしょうね」優里が心配そうに言った。

「さすがにそれはないだろうけど……いや、そうとは言い切れないか」

「だとしたら、この件、意味が分からない」優里が力なく首を横に振った。

「最初は単純だと思ったんだけどな……ただ、うちが失敗したのは間違いないよ」

「失敗だと認めるんだ」皮肉っぽい口調で優里が言った。

「認めるしかないな。最初からそういう結論を出してしまったんだから。もう少し、詰めて相談しておけばよかった」

「それを言えば、西原も失敗したけどね。新しい恋人がいる話を、もっと早く聴き出しておけば……状況は変わっていたかもしれない」

「俺たちは、人に話を聴くエキスパートだと思ってたけどな」

「そうね……」優里が箸をそっと置いた。「私たち、まだまだ修行が足りないと思う」

「一生、死ぬまで修行だね」

そうもいかないのが、宮仕えの辛いところだが……私は希望して、捜査一課から犯罪被害者支援課に異動してきた。自ら事故に遭い、被害者支援の大事さを身をもって知ったから。元々人気のない部署だったから、希望は簡単に受け入れられたが、だからといって永遠にいられるとは限らない。この仕事には正解も終わりもなく、それ故やりがいがあるとは言えるのだが、「他の部署へ行け」と命じられて断れるものでもない。実績を上げるといっても、何が実績なのかもよく分からない部署だし……刑事部にしろ生活安全部にしろ、その辺は分かりやすいと思う。無事に事件を解決すれば、はっきりとプラスポイントになるからだ。ある意味、支援課の仕事は公安部並みの曖昧さである。公安部の仕事は極左・極右や海外のスパイ活動に関する監視、捜査が主なものだが、これも査定がしにくい。

「呑気なことを言ってる場合じゃないわね」

「そうだな……ところで西原が、相変わらずネジを巻き過ぎなんだけど」

「そう？」涼しい表情で優里が言った。「いつも通りじゃない？」

「そうは思えないな」愛は否定していたが、見れば分かる。「だいたい、支援センターが、個別の案件に対して一々むきになるべきじゃないよ。扱う事案は多いんだし」

年間数千件。一日当たりでも数十件の相談が寄せられるので、それをどう上手くさばくかは常に大きな問題なのだ。効率よく、しかもそれぞれの相談にどれほど深く対応できるか……どれか一つに入れこんでしまえば、他の案件が疎かになる。今回の愛の行動は、危険とさえ言えた。

「それは支援センターの問題で、うちがどうこう言うことじゃないと思うわ」

「でも、どうしてこんなにむきになってるんだろう？　今までこんなこと、なかったじゃないか」

「修行よ、修行。人生は死ぬまで修行なんだから。あなたもそう言ってたじゃない」

「茶化すなよ」

「無駄話している暇はないわよ」

優里がさっさと話を切り上げて伝票を取り上げ、席を立った。仕方なく、私も後に続く。店を出ると、また凶暴な晩夏の熱波に襲われ、さらに汗が出てきた。

「君、何か隠してるんじゃないか？」

「何が？」涼しい声で優里が言った。

「西原のことだよ。彼女、どうかしたんじゃないか？　君が聞いてないわけがないと思うけど」

「私は別に、西原のお守りをしているわけじゃないから」優里が肩をすくめる。「自分で聞いてみれば？」

「はぐらかされるんだよ」

「そう」優里が軽い調子で言った。「あなたたちは、やっぱりもっとちゃんと話し合うべきね。話すべきことは、たくさんあると思うけど」

言い残して、優里はさっさと歩き出してしまった。何なんだ、いったい……痒《かゆ》いところを微妙に外して表皮を引っ掻くような物言い。優里は元々、はっきり物を言うタイプなのに、この件に関してだけは常に曖昧にぼかす。かといって、愛に直接訊ねる気にもなれない。

自分が逃げているのは分かっている。だが、それが悪いこととは思えないのだ。人は必ずしも、過去と対決しなければならないわけではない。忘れること、無視することも、立ち直るには大事――いつも自分で事件の被害者に言っていることではないか。

5

半蔵門線から千代田線を乗り継いで赤坂へ向かう間に、優里がスマートフォンで「ソルティハニー」を調べた。

「なるほどね」画面を見たまま、納得したようにうなずく。「これなら、昼間誰もいなくてもおかしくないかも」

「どういうことだ？」

「クラブ関係の運営会社みたい。だから、仕事は夜が中心なんでしょう」

「まともな会社なんだろうか」

「それは分からないけど。所轄の生活安全課の連中に聴いてみる？」

「そうだな……」私は腕組みをした。午後早い時間の千代田線はがらがらで、冷房がきつく感じられる。「取り敢えず、会社に行ってみるか。店は夜しかオープンしないかもしれないけど、運営会社が昼間休んでいるっていうことはないんじゃないかな。昼間につき合わなくちゃいけない相手もいるんだから」

「銀行とか？」

「そう」私はうなずいた。昼間に仕事をしないで済むのは……暴力団関係者か。あるいはソルティハニーもフロント企業か、と想像した。もしもそうなら、話がまったく違ってくる。綾子は、暴力団関係者とつき合っていたことになり、トラブルに巻きこまれる恐れも高かったわけだ。

赤坂は、ＴＢＳ本社とアークヒルズをランドマークにする街で、巨大なこの二つの施設以外には、古いマンションや雑居ビルも目立つ。古くからの繁華街である証左だ。私たちは東京メトロの赤坂駅を出て、ＴＢＳの前を通り、ミッドタウン方面へ向かった。途中で右へ折れ、緩く長い坂をだらだらと上がっていく。そう、赤坂は、「東京は坂だらけだ」と認識させてくれる街でもある。

もう、汗を拭うことすら忘れていた。シャツが不快に肌に貼りついたが、これはどうしようもない。いい加減、下着を身に着けようか、とも思う。二枚より一枚の方が涼しいはずだという信念から、真夏は絶対に下着を着ないのだが、さすがに汗でワイシャツが駄目になるのが早い気がする。

「ここね」急に坂がきつくなる途中に建っている五階建てのビルの前で、優里が立ち止まった。ホールの脇に案内用の看板が立っていて、確かにそこの三階には「ソルティハニー」の名前がある。他の会社も、社名を見ただけでは業種が想像できない……一つだけ、「柳田光敏設計事務所」があったので、風俗関係の会社ばかりが入るビルではないと分かるぐらいだった。

ホールに入り、インタフォンを鳴らす。意外なことに、少し眠そうな若い男の声で、すぐに返事があった。

「はい」

「ソルティハニーさんですか」名前を出すのが何となく気恥ずかしい。仲間内でも「SH」と略称で呼んでいるのではないか、と私は想像した。

「そうですが」

「警視庁の村野と申します」

「警視庁……」

相手の声が、一気に用心深くなる。私は小さなレンズを凝視した。こちらの姿は向こうから見えているはずで、しっかり印象づけておくつもりだった。ついでにバッジを掲げてやろうかと思ったが、そこまではっきりとは映らないだろう。

「そちらに秋山さんという社員がいますよね。秋山修さん」

「はい、秋山はうちの社員ですが」

「彼について、お話を聴かせてくれませんか」

「ちょっと待って下さい」

がさがさと音がして、声が遠ざかった。最初に何か叫ぶように言ったのは分かったが……上司と相談しているのだろう。やがて、別の声が応答した。

「警察の方ですか？」

「警視庁総務部犯罪被害者支援課です」

「失礼ですが、身分証明書か何か、見せてもらえますか」やけに心配そうな声だった。

私はレンズの前にバッジを掲げた。そのまま五秒。バッジを下ろして顔を晒《さら》し、「よろしいですか？」と声をかける。

「はい、取り敢えず……どうぞ」声が消えた直後にオートロックの扉が開く。

「ちょっと用心し過ぎじゃない？」エレベーターの方へ向かいながら、優里が言った。

「こんなもんだと思うよ。ドアを開けてくれただけましだと思わないと」

「そうなんだ」

捜査部門での経験がない優里は、聞き込みに慣れていない。しかし私にとっては、これが当たり前の感覚だった。無視されたり、話の途中でいきなりインタフォンを切られたりするのも珍しくはない。市民は警察に協力すべし……というのは完全なお題目で、本音は「できるだけ関わり合いになりたくない」だろう。その割に、どうでもいいことで一一〇番通報してきたりするのだが。

エレベーターを降り、ドアの前に立つ。英語で書かれた小さな看板の字体は流れるようで、ピンク色だった。ピンクというのはどうも……やはり風俗関係の元締め、ということなのだろうか。

インタフォンを鳴らす前にドアが開いた。顔を見せたのは、まだ三十歳にもなっていないような青年である。クソ暑いのにきちんとネクタイを締め、長袖のワイシャツの袖も手首まで下ろしてカフスボタンで留めている。私は、言われる前にもう一度、バッジを掲げた。相手が凝視し、「どうぞ」と短く言った。

入ったところがすぐに広い部屋になっていて、十人ほどが楽に座れる大きなテーブルが置いてある。ここが会議室兼応接室なのだろう。奥にも部屋があるのが見えたが、そちらにはデスクが幾つか並んでいた。

促されるまま、巨大なテーブルについて部屋の様子を見回す。一見して、風俗業を感じさせるものはなかった。そもそもテーブルと椅子も、シンプルな白いものである。壁には絵がかかっているが、これも抽象画で、普通のオフィスにあってもおかしくはない。

「失礼ですが、お名前から教えていただけませんか」

「ああ、どうも失礼しました……」

名刺を交換して確認する。「ソルティハニー　代表取締役社長　吾野《あがの》樹生《みきお》」。次第に先入観——というか想像が薄れていくのを私は意識した。見た目は全く普通の、生真面目な会社員である。おそらく真夏でもスーツを着こみ、ネクタイを締めるタイプ。風俗関係の仕事をしている人間に特有の、夜っぽい粘っこさは感じられなかった。名刺を裏返すと、店の名前がずらりと並んでいた。会社名と同じ「ソルティハニー」は一号店と二号店。イタリアンレストランっぽい名前の店もあるし、「ウィナーズ」というのは私も知っているジムだ。どれだけ仕事の幅を広げているのか、と驚く。同時に、彼が私と数歳しか違わないであろうことを意識して、苦笑せざるを得なかった。仕事の向き不向きはあるにしても、自分の仕事の地味さを意識させられる。

「ずいぶんいろいろ、手を広げているんですね」

「最初はクラブだけだったんですけどね」吾野の声は低く、深みがあった。夜の街でもてそうな雰囲気ではある。

「それがソルティハニーですか」

「元々、大学のイベントサークルの名前で……そこの仲間たちと始めた会社なんです」

「ソルティハニーが二店舗……レストランもやっているんですね」

「レストランはすぐそこですよ」吾野が右手の親指を左の方へ倒して見せた。正確な方向かどうかは分からなかったが。

「ジムは……？」

「健康は金になるんです」吾野が真顔で言った。「いわゆる健康増進系――健康食品やスポーツ関係の市場規模は、三兆円を超えてますからね。まだまだ開拓できる分野なんです。これからは、そっちが中心でしょうね」

目端が利く男なのだろう。学生時代のサークル活動の延長で仕事を始めて、ここまで事業規模を拡大したのだから、経営者として有能なのは間違いない。私は、リハビリのために通っているジムの不満を、ついつい喋ってしまい、吾野から大量のパンフレットを渡された。ダイエットに特化した感じで、私にはあまり関係ない。

「それで……秋山のことですか？」

「そうです」

「秋山は確かにうちの社員ですが、何か警察のお世話になるようなことでもあったんですか」それまで自信たっぷりに喋っていた吾野の顔が、急に暗くなる。「うちは、違法なビジネスとは全く関係ないですよ」

言うのは勝手だ、と思いながら私は続けた。

「秋山さんの居所、分かりますか？　行方不明じゃないですか」

「え？」予想外の質問だったのか、吾野が大きく目を見開く。

「連絡、取れていますか？」

「いや、ちょっと待って下さい」吾野が慌てて立ち上がる。奥の部屋に首を突っこむと、「ちょっと秋山に連絡してみて」と他のスタッフに声をかけた。

私が座っているところからは見えないが、電話をかけるかメールを送るかしているのだろう。吾野もそちらの部屋に入り、しばらく出て来なかった。途切れ途切れに声が聞こえて来る。「……仙台……」「二日前？」「次は名古屋……」。秋山は、出張の多い仕事を任されていたのだろうか。

五分後、吾野が会議室に戻って来た。顔色はさらに白くなっている。

「すみません、今はちょっと連絡が取れないです」

「普段もこんな感じなんですか？」私は突っこんだ。「こちらでは仕事をしていないんですか？」

「今、渉外担当をやってもらってるんですよ」

「外部との折衝、ですか……」

「具体的に言うと、店の場所探しですね。ソルティハニーの三号店を出すための市場調査です。仙台か名古屋と思っているんですけど」

出張に名を借りた体のいい豪遊では、と思った。会社の金で繁華街で呑み歩く様子は、容易に想像できる。

「ちょっと時間の経過を整理させて下さい」優里が手帳を広げた。「出張の日程、それに今後の予定を教えてもらえますか」

吾野が、手に持っていた手帳に視線を落とした。拳を顎に押し当てたまま、ぼそぼそと説明する。

「仙台へ行ったのが月曜日です。一泊で、火曜日に一度東京へ戻るはずでした。水曜日から名古屋出張で、金曜日に帰る予定なんですけど……今確認したんですが、仙台でも名古屋でも、アポを取っていた人に会っていません」

私は優里と顔を見合わせた。今日が木曜日。本来なら秋山は名古屋にいるはずである。もしかしたら、最初から仙台にも名古屋にも行っていなかった？

「仙台には間違いなく行ったんですか」優里が念押しした。

「それは間違いないと思います。月曜の夜に、向こうから出張報告書が届きました。出店候補のビルの写真も添付されていましたから、現地に行ったのは間違いない……」吾野の声が途中で消えた。その推論が危ういことに、自分でも気づいたのだろう。写真など、現地に行かなくてもいくらでも入手できるし、事前に撮影しておいたのを、仙台にいるふりをして送ってきた可能性もある。

「定時連絡のようなものはないんですか」優里の声が次第に厳しくなってきた。警察官なら定時連絡は当たり前のことで、それを怠れば後でこっぴどく絞り上げられる。

「基本的に、ないです。縛りたくもないので……そもそも、あまり出張もないですからね。東京で仕事するのが普通で、今回は新しい出店のための特別の仕事だったんです……」吾野の口調は、次第に言い訳めいてきた。

「連絡を取り続けてもらえますか？　どうしてもお聴きしたいことがあるんです」優里の言い方は丁寧だったが、露骨に命令でもあった。

「分かりました」蒼い顔で吾野がうなずく。

「これまで、急に連絡が取れなくなったようなことはありますか？」私は訊ねた。

「それはないです」吾野が即座に否定する。

「そもそも、ここでの仕事は……御社はそれほど大きくはないですよね」

「ここ――本体に常駐しているのは五人です。他の社員は、それぞれの店にいるので」

「手広く仕事をやっていらっしゃる割に、本体の人数は少ないんですね」

「ここ自体、一年前に立ち上げたばかりなんですよ」

「そうなんですか？」

「以前は、ソルティハニーの一号店で事務もやっていたんですけど、店が増えたので、全体をコントロールする仕組みが必要になったんです。それで正式に会社組織にしました」

「だったら、ここがホールディングカンパニーのようなものですね」

「そんなに大袈裟なものじゃないですが」吾野が苦笑し、ようやく表情が緩んだ。

「秋山さんは、いつから働いているんですか」

「もう十年近くになりますね」

大学を新卒で、すぐに吾野の下で働き始めたということか。その疑問をぶつけると、吾野が素早くうなずいた。

「元々秋山は、大学で私の一年後輩なんですよ。同じサークルの仲間で……私が大学を卒業して店を開いた時から、手伝ってくれていました。卒業した後は、そのまま自然に正社員になったんです」

「あなたにとって右腕なんですね」

「まあ……人の出入りは多いですけど、あいつが最初からずっといるのは間違いないですね」

微妙な言い方だ。つき合いが長いだけで、さほど信用していないような感じ……しかし、長く側に置いているのは、大きなミスもなかったためだろう。「イエスマン」が一人いると、経営者は気が楽になる。

「これまで、どういう仕事をしていたんですか」

「ずっと店の方でスタッフを……二号店を出した時には店長を任せて、ここを会社にした時に、移ってもらいました」

「信頼できる後輩、なんですね」

「まあ、そうですかね」またも曖昧な言い方。「しかし、おかしいんですよね……連絡が取れないなんて、今まで一度もなかったですから」

「何か、トラブルでもあったんですか？」

「ないです」吾野が即座に否定した。「会社の方は順調ですから。いや、もちろん仕事が大変な時はありますけど、それはどこでも同じでしょう？」

「プライベートはどうなんですか」

「その辺は、あまり詳しく知らないんですよ。つき合いがいい奴でもないし」

「独身ですか？」言わずもがなのことだが、訊ねてみた。

「独身です」

「恋人は？」

「どうかな……」吾野が顎に手を当てた。「いるかもしれないけど……そういう話もあまりしなかったので」

そんなものだろうか、と私は首を捻った。学生ノリで始めた会社なら、互いの私生活は筒抜けのような感じもするのだが。

「いたんですか、いなかったんですか？」私はさらに突っこんだ。

「はっきりとは言えませんね」

「平尾綾子さんという名前に心当たりは？」

「いえ」

「石井涼太は？」

「聞いたことがないですね」

名前からの探索は手詰まりか……手帳に、猛烈な勢いで何か書きつけていた優里が、顔を上げて訊ねる。

「秋山さんの恋人が、平尾綾子さんだと思うんですが……」

「そうなんですか？」

吾野が目を見開く。嘘をついている——何も知らない演技をしているようには見えなかった。優里が誘い水をかけたのだ、と私にはすぐに分かったが、意味はなかった。

「秋山さんは、どんな感じの人なんですか」私は質問を変えた。

「大人しい、真面目な奴ですよ」

そういう人間は、この手の商売には向いていない感じもするのだが……ノリが一番大事、それに加えてコミュニケーション能力に長けていればなおいいだろう。基本的に、客に楽しんでもらう商売だから、しかめっ面で真面目なことしか言わないようでは仕事にならないはずだ。

「客商売をやる人のイメージじゃないですね」

「人当たりは、そんなに悪くないんですよ。お坊ちゃん育ちなんで、おっとりしているところもありますし」

「そうなんですか？」

「金持ちって、そういうものでしょう」吾野が皮肉っぽく笑う。「僕なんかは、親の金を当てにできないから、自分で必死にやるしかなかったんですけどね……あいつの場合は、いずれ父親の会社に戻るんでしょうけど」

「何の会社なんですか？」

「再建屋」

「再建？」

「古い旅館やホテルのリノベーションをやっているんです。業界では有名なところですよ。いずれは社長になるんでしょうし、ここでの仕事は社会勉強みたいなものかな。接客業という意味では同じですしね」

「でも、十年もあなたと一緒に働いていたわけだから、相性はよかったんでしょうね？」

「というか、真面目だから……少しぐらい辛くても、一度始めたことを途中で放り出すのが嫌なんでしょう。そういう性格の奴、いますよね？」

いる。ボスの有能な右腕にはなるが、自分では決してトップに立てないタイプ。いずれにせよ、客商売に向いていない感じではある。

「それより、秋山に恋人がいるって、本当なんですか？」吾野が疑わしげに訊ねた。

「まだ確認は取れていませんが、そういう情報はあります」

「ちょっと信じられないな……」吾野が顎を撫でる。

「どうしてですか」

「いや、プライベートなことはあまり話さないけど、つき合いが長いから、自然に分かってくることもあるじゃないですか……それこそ女関係とか。でもあいつ、今まで彼女がいたことはなかったはずなんですよね。何というか、もてるタイプではないから」

「今回は……」

「恋愛に慣れていないタイプって、そういうことを話すのも苦手なんじゃないでしょうか」いかにも色恋沙汰の手練《てだ》れのように、吾野がすらすらと喋った。「恋人を自慢するとか、そういうことも……どう言っていいか、分からないんだと思います。もちろん、日常生活とは関係ないですけどね。秋山も、仕事は普通にこなしてましたから」

「信頼してたんですね」

「そうじゃなければ、新しい店の出店調査なんか任せませんよ」

吾野は次第に苛立ちを見せ始めるようになった。秋山の行方そのものよりも、彼に任せた仕事が気になる様子である。

「秋山さんの家は……」

「実家は成城の豪邸です」吾野の口調に皮肉が混じる。

「ああ、なるほど……」いかにもありそうな話だ。「取り敢えず、秋山さんから連絡があったら、すぐに教えてもらえますか。早急に話が聴きたいので」優里が自分の名刺を渡した。「何でしたら、ご家族と相談して、捜索願を出して下さい」

「それは……」吾野が唇を舐めた。「大事《おおごと》ですよね」

「捜索願が出るのは珍しくもありません。放っておいていいかどうか、よく検討して下さい。でも、早く結論を出してもらわないと困ります」

優里の一言が、吾野をさらに蒼褪めさせた。

6

「あまり脅すなよ」赤坂の駅へ戻る途中、私は優里に忠告した。

「ああいうタイプは、少しがつんと言ってやった方がいいのよ」

「ああいうタイプ？」

「調子に乗った若手経営者。自信もあるでしょうし、自分を大きく見せるために虚勢を張っていることもある。だけどそのせいで、人を見下しがちなのよね。自分なんか、虫けらみたいに小さな存在だっていうことを意識してもらわないと」

虫けらね……優里の言い分はあまりにも極端だが、分からないでもない。人は誰でも、自分だけは特別な存在だと思いたがる。しかし年を取るに連れ、周りの人間と何ら変わりがなく平凡だと思い知るようになるのだ。そうなった時、一部の人間は、少しでも突出している部分を強調して、自分の特別さをアピールしようとする。その特別さは、持っている金の額だったり、友人の多さだったり、様々だが……見栄を張るのは、人間の本能の一つということか。

千代田線から小田急線経由で成城学園前へ向かう。あまり縁のない街で、私にはただ、「高級住宅地」の先入観しかなかった。秋山の自宅がある北口に出てみると……すっきりした印象のある街である。駅ビルはともかく、他に高い建物は見当たらず、駅前からささやかな商店街が続いているだけだった。道路の両側は桜並木。桜の季節には、道路を両側から覆う花のトンネルになるはずだ。

高級住宅街のイメージと違い、高級な店が並んでいるわけではなかった。スーパー、電器店、薬局、マクドナルド……よくある私鉄の駅前の光景である。しかし歩いているうちに、その印象は変わってきた。秋山の実家は、成城大のすぐ西側にあるのだが、この辺に建ち並ぶ一戸建ては、揃いも揃って大きいのだ。そもそも広い敷地に、ゆったりと建てられている。

「何だか居心地悪いわね」優里が漏らした。

「俺たちには縁のない世界だからな」私も同調した。

「ここの所轄、侵入盗が多いから大変みたいね」

「今も？　どこも防犯会社と契約済みだと思うけど」今まさに通り過ぎようとしてい

る家のブロック塀に、お馴染みのステッカーが貼ってあるのを私は見た。

「こういうの、どこまで効果があるのかしらね。二十四時間三百六十五日、家の前で張っていてくれるわけじゃないし」

「今日、特に皮肉っぽくないか？」

「金持ちアレルギーのせいで」

私は思わず吹き出しそうになった。そんなものがあるのか？　しかし彼女に言わせると、豪邸が建ち並ぶ中を歩いていると、何だか皮肉が言いたくなって、しかも体が痒《かゆ》くなってくるのだという。

アレルギーに耐えながら秋山の自宅に辿りついた優里の努力は、無駄に終わった。インタフォンを鳴らしてみたが、反応はない。何となく、レンズの向こうから冷たい視線で見られているような感じがする。こちらの顔を見て、応答するかどうか決めているのだろうか。私は、自分ではそれほど人相が悪いとは思っていないが……どちらかといえば「無難」だ。しかしここは、女性の方がいいかもしれない。

「誰がやっても同じだと思うけど」代わるように頼むと、優里が文句を零した。

「物は試しで」

しかし、優里がやってもやはり反応はなかった。私たちは一歩引いて、家の様子を観察した。長いブロック塀と植えこみのせいで、家の様子は完全にはわからない。どちらかというと和風の造りのようだが……庭木——柿の木は見えた。今時、庭に木がある家など珍しいが、それだけ敷地が広いということか。ガレージは、ベンツのSクラスなら二台は楽に入りそうな横幅があり、その上では監視カメラが存在感をアピールしている。

「出直す？」

「最悪、会社へ押しかけてもいい」

「簡単には会えないかもしれないわよ」

秋山の父親が経営する会社は、「秋山企画」。リノベーション——古くなって客足が途絶えた旅館を、効率のいい改装で「鄙《ひな》びた渋い宿」に改装し、新規の客を呼びこむ。そんな方法で幾つもの旅館を再生させ、業界では「立て直し屋」の異名をとっていると、私たちは吾野から聞いた。元々ホテルマンで、その時に身につけた経験と人脈で、若い頃にこのビジネスを始めて一代で成功したようだ。

「出直そう。夕方以降に、もう一度来ることにして……念のため、会社にも連絡しておこう」

「そうね。何だったら、会社へは課長に行ってもらうのも手だと思うけど」

「どうして」

「偉い人には偉い人を当てる。自分と同格じゃないと納得しない人かも」

「社長と課長は同格なのか？」

「私たちよりはましでしょう。それに課長も、元捜査一課の刑事としての能力を発揮するチャンスじゃないかしら」

「本人がそれを望んでいるかどうかは分からないけど」

「包丁は、使わないでしまっておいたら錆《さ》びつくだけよ。たまには出して磨いておかないと」

「主婦らしい喩《たと》えだね」

優里は肩をすくめるだけだった。そろそろ疲れてきたのだろう。顔には出ないが、暑い中を歩き回り、ろくな手がかりも摑めないままなのだ。電車に乗れば、冷房を楽しめる――そう考えて駅の方へ引き返し始めた瞬間、私の電話が鳴った。梓だった。

「ダブルＡだ」私は優里に向けて携帯を振って見せた。

「何か動きがあったのかしら」

「たぶん」梓は、用もないのに電話してくるタイプではない。携帯を耳に押し当てる。「もしもし？」

「安藤です。石井さんのお父さんから話が聴けそうです」梓の声は弾んでいた。

「ということは、母親が落ち着いたのかな？」

「ええ。お母さんから事情聴取はまだ無理ですけど、取り敢えずお父さんからは……どうしますか？」

「病院に行くよ。俺も話ぐらいは聴いておきたいから」

「所轄が事情聴取を担当するようですけど……」

「こっちにも、話を聴く権利ぐらいはあるさ」

梓は何か言いたそうだったが、私は無視して電話を切った。当然の権利とは言わないが、それぐらいは許されるだろう。自分より若い刑事が事情聴取の担当者になることを祈った。それならこちらも、力で抑えつけられる。

もう一踏ん張りか……しかし残念ながら、ここで踏ん張っても次の出口は見えない予感がする。それほどこの事件には、複雑な要素が多いのだ。

ふと、綾子の意識が戻りさえすれば、と思った。彼女はすべての結節点である。被害者であり、恐らく全ての事情を知る者——寝ている場合じゃないですよ、と声をかけたかった。

私たちは病院ではなく所轄へ向かった。石井の母親は正気を取り戻し、何とか落ち着いたので、父親がつき添う必要はない——そういう判断で、父親に対する事情聴取は所轄で行われることになった。

私たちが到着した時、父親は既に所轄へ来ていたが、まだ事情聴取は始まっていなかった。見ると、所轄の刑事らしき中年の男と、支援センターの臨床心理士、長池玲《ながいけれい》子《こ》が何やら話し合っている。長池は確か五十五歳、ベテランの臨床心理士で、支援センターでは五年前から働いているはずだ。白髪が目立つようになった髪を後ろで団子にまとめ、真剣な表情で腕組みして、刑事の声に耳を傾けている。背が高く、背筋もいつもピシリと伸びているので、堂々としているように見える。そのせいか、刑事の方が——それほど背は高くない——畏縮しながら上司に報告しているようでもあった。

近づくと、玲子が笑みを浮かべる。私は何故か、彼女には受けがいいのだ。

「父親は、どんな具合ですか」素早く一礼して訊ねる。

「表面上はともかく、まだショックは抜けていないはずだから、十分注意して。あなたも話を聴くんでしょう？」

「もちろんです」当然だ、と私はうなずいた。所轄の刑事が怪訝そうな顔つきになるのは分かったが、無視する。「特に注意すべき点は何ですか」

「全部」玲子があっさり言った。「まだ釣鐘《つりがね》状態にあるから」

私は無言でうなずいた。「釣鐘状態」というのは玲子がよく口にする喩えだ。釣鐘に頭を突っこんだまま鐘を鳴らされたら、耳だけではなく体全体が揺れ動くようなショックを受け、それが長く続く——肉親の死を知らされるのは、まさにそれと同じだというのだ。

「だから、できるだけ慎重にね」玲子が忠告した。

「了解です」言いながら、所轄の刑事に視線を向ける。私よりは明らかに年長だった。「犯罪被害者支援課の村野です。状況が状況だけに、立ち会いたいんですが」

「捜査へ口出しする気か」

「そういうわけじゃないですよ」正面切って喧嘩を売ってくるタイプか……面倒だなと思いながら、私は刑事の顔を真っ直ぐ見た。「何かあった時に、我々がいれば対処方法が分かりますから。事情聴取の時に、パニックになってしまう被害者家族もいるでしょう？」

「課長に言ってくれ」

「分かりました」素直にうなずいてやる。「一つ、忠告していいですか？　取調室は使わないで下さい。あそこは、容疑者に圧迫感を与えるように作られていますから、被害者家族が座ったら、不要なプレッシャーを受けます。できるだけ広い会議室で、明るい雰囲気を作って下さい」

「それぐらいは分かってる」刑事が鼻を鳴らした。「こっちも素人じゃないんだから。被害者家族の扱いには慣れてる」

「ええ、ごもっともです」私は揉み手せんばかりの勢いで腰を低くした――半ば皮肉で。「でも取り敢えず、我々も中に入ります」そのためにも、取調室ではなくそれなりに広い会議室が必要になるのだ。

「とにかく、そういうことは課長に言ってくれ」

刑事がぷいとそっぽを向いて、歩き出してしまった。梓が慌ててその後を追う。

「あなた、相変わらず嫌われてるわね」玲子がさらりと言った。

「相変わらずって言うと、ずっと前から嫌われてるように聞こえますが」

「好かれてると思ってる？　あなたを――あなたの仕事を理解して好意を持っている人全員の名前を挙げるには、十秒もあれば足りるでしょう。五秒かな？」

苦笑せざるを得なかった。この仕事――被害者支援に携わる人間は、程度の差こそあれ、誰でも皮肉っぽくなる。玲子は特にひどい方だ。その次が愛、そして優里という感じだろうか。今はまだ素直な梓も、いずれこんな風になるかと思うと、少しだけ寂しい。

「そんなことより、今はむしろ父親の方が、危険な状態だと思うわ」玲子が低い声で打ち明けた。

「そうなんですか？」

「母親につき添って病院にいた時は、自分がしっかりしないといけないと思って、それが心の支えになっていたのね。引き離したのがよくなかったかもしれない。もう少し時間を置いた方が……母親が普通に話せるようになってから、一緒に警察に連れて来るのが正解だったと思う」

「そこまでは時間がないと思いますよ」

「焦る気持ちは分かるけど……あなたはどっちの味方なの？」

「常に被害者の味方です」言わずもがなだ。「気をつけますよ……倒れるような可能性、あるんですか」

「ないとは言えないわね。顔や態度の変化には十分気をつけて」

「分かりました」

「私はもう一度病院に寄るけど……もう少し気持ちを落ち着かせてあげたいから」

「私も病院に回るわ」優里が切り出した。「ここは、あまり大人数じゃない方がいいでしょう？　あなたと安藤で十分よね」

「ああ」

「それと、秋山さんの家族にも連絡を取ってみるから」

「そうだな。それは、長住を使えばいいよ」

「長住ね……考えるわ」

玲子と優里が並んで歩き出した。私は、ふと気になって、玲子に声をかけた。

「長池先生」

玲子が足を止め、振り返る。私は一歩も前に出なかった。それで彼女は、優里には聞かれたくない話なのだと悟ったようだった。優里も気を使って、さっさと先に歩いて行ってしまう。その背中を見送ってから、私は玲子の元へ歩み寄った。

「まだ何か？」

「西原、どうしてますか？」

「どうって、どういう意味？」

「いや、少し様子がおかしい感じなんですけど」

やけに張り切っている。入れこみ過ぎている。そういう状況を説明すると、玲子は素早くうなずいた。

「確かにそうね」

「ちょっとまずい状況じゃないですか？　怪我も心配だし、支援センターの業務をはみ出しかけている」

「たとえそうであっても、やらなければならない時もあるのよ」

私は思わず目を見開いた。止めるならともかく、けしかけるようなことを言うとは。

「だけど……どうしてあんな風にむきになっているか、分からない」

「本当に？」疑うように玲子が目を細めた。「本当に分からないの？」

「分かっていないとまずいですか？」少しむっとして私は聞き返した。

「あなたも……この仕事が長い割には、人の心を読むのが下手ね」

「そうですかね」むかつきが加速する。

「どうせ、彼女とちゃんと話してないんでしょう？　むしろ、避けてる」

「避けてるわけじゃないですよ。私は話そうと思っているのに、彼女が話してくれないんです」

「西原さんも、ねえ……」玲子が溜息をついた。「あなたたち、私のカウンセリングでも受ける？」

「そんな必要、あるんですか？」

「あなたたちが事故に遭った時と今とでは、状況は随分違うでしょう。支援のノウハウも手厚さも、当時はまだお粗末なものだった」

「そうかもしれませんが……」玲子が何を言いたいのか、さっぱり分からなかった。

「あなたも、仕事では一人前だけど、自分のことになるとさっぱりね。仕事が忙しくて、自分のことにまで手が回らないの？」

「そんなこともないですけど」

「気になるなら、相手がどんなに嫌がってもしつこく聴くこと。西原さんが喋らないわけじゃなくて、あなたの突っこみが足りないのよ。あなた、怖がっているから」

「私が？　怖がる？」

「そう」玲子が真顔でうなずく。「それがどういう意味か分からないなら、やっぱりカウンセリングが必要ね。私もあそこで経験を積んで、被害者支援については多少は詳しくなっているから。つまり」玲子が言葉を切り、私の目をまじまじと見つめた。

「あなたも西原さんも、未だに被害者なのよ。被害者なのに、他の被害者を助ける仕事に就いているから、軋《きし》みが生じてしまう。怪我人が、治りきっていないのに病院で働くようなものでしょう」

7

玲子の言葉で生じたモヤモヤを胸に抱えたまま、私は事情聴取の席に着いた。忠告通り広い会議室が用意され、所轄側の担当は刑事二人——これは普通のやり方だ——私と梓も同席を許された。ただし、三人からはかなり離れた席で。

石井の父親の様子を見た瞬間、この事情聴取は上手くいかない、と私は直感した。憔悴し切って目が真っ赤になり、一方で顔色は真っ青。明らかに体調が悪く、本人にも今すぐ治療が必要な様子である。ここで話している場合ではない、と私は危惧した。声もかすれ、身を乗り出すようにして耳を傾けないと、話の内容を聞き逃してしまいそうだった。

「ずっとあんな感じなのか?」

私は梓の耳元で囁くように訊ねた。彼女は何も言わず、素早くうなずく。父親を守るために、遅かれ早かれ私たちが介入することになるだろう。

石井の父親、達巳《たつみ》は、ずっと俯《うつむ》いたまま、人定《じんてい》質問に答えていた。こういう時は、お定まりの手順は飛ばしていいのに、と私は早くも苛ついてきた。彼は犯人でも被害者でもない、ただの参考人なのだから、必ずしも通常の手順を遵守する必要はない。

「息子さんですが、最後に話をしたのはいつですか」先ほどの刑事――高本《たかもと》という名前と分かった――がようやく本題に入る。

「最後……」

父親がびくりと肩を震わせ、顔を上げる。ああ、これもＮＧワードなのだと、私は頭に叩きこんだ。身近な人を失うと、何でもない普通の言葉に神経を逆撫でされたりする。父親の場合、「最後」は決定的なＮＧワードではなく、何とか話を続けることはできたが。危険度は五段階で上から三番目、とランクづけした。

「一月ぐらい前に……」

「どんな話でした？」

高本が手帳を手にしたまま身を乗り出す。父親が背中をパイプ椅子に押しつけた。これも上手くない……相手に威圧感を与えてしまう。私は、今すぐ高本と代わりたいという欲求と必死に戦った。

「法事の話でした」

「誰か亡くなったんですか？」

「母方の父親……息子にとっては祖父が、今年の一月に」

「ああ、新盆の話ですね」

「どうしても戻れないけど、問題ないかと……そんな話でした」

「何と答えられたんですか？」

「仕事だ、と言ってましたから、それなら仕方ないと答えました」

「その時、どんな様子でしたか？」

ああ、クソ……高本は、決定的に事情聴取が下手だ。明らかにどうでもいい話に引っかかって、前に進んでいない。もちろん「おじいちゃん子」はいるだろうが、祖父を亡くしたショックで自殺したという話を、私は聞いたことがない。

幸い、高本はすぐにこの話を切り上げた。自分でも意味のない質問だと分かったのだろう。ほっとして、私は少し深く椅子に腰かけ直した。

「最近、何か悩んでいる様子はありませんでしたか？」

「いや、親にはあまりそういう話はしないので……」父親は自信なさげだった。

「お母さんはどうですか？」

「もっと話さないと思いますよ。娘ならともかく、息子は、ねえ……ただ、元気がない感じはしました」

「どんな風に？」高本がまた身を乗り出した。だから、そういうのをやめろ、というのに……予《あらかじ》め忠告しておくべきだった。同時に、被害者支援教育がまだしっかり行き届いていない、と反省もする。相手の気分を害さず、いかに情報を引き出すかは、刑事の基本でもあるのだが。

「いや、何となく元気がない感じとしか言いようがないんです」

「仕事のことではないんですか？」

搦《から》め手からきたか。よし、これはこれでいい——高本のやり方に怒ったり納得したりしているうちに、なんだか疲れてしまった。

「いや、仕事は順調だったと聞いています。中身は、聞いても分からないんですけど」

「専門的な仕事ですからね」高本が相槌を打つ。「では、仕事以外で何か問題があったんですか？」

「だと思いますけど……元々、そんなに明るいわけではないので。どちらかといえば物静かなタイプです」

「息子さんが、平尾綾子さんという女性とつき合っていたことはご存知ですか」

「……ええ」

「その平尾綾子さんが、路上で襲われたんです。息子さんが亡くなる少し前でした」

そこへ突っこむのか……まずい質問だったと、父親の顔を見ただけで分かる——まさに玲子の忠告通りだった。顔が一瞬で赤くなり、目が充血する。口が薄く開いたが、反論は出てこない。ほどなくただぱくぱくと、酸素が足りないように喘《あえ》ぎ始めた。

「どうですか？　二人が交際していたことはご存知だったんですよね」

「それは……ああ……」

いきなり父親が立ち上がった。明らかに激昂《げきこう》しているが、罵《ののし》りの言葉も浮かばないらしい。私も立ち上がったが、それより一瞬先に梓が駆け出す。父親の背後に回り、そっと肩を叩いたが、それはむしろ逆効果だった。唸《うな》り声を上げた父親が、叩かれた右肩を跳ね上げる。梓が一瞬早く後ろへ下がったからよかったものの、そうでなければ肘が顎を直撃したところだ。

振り向いた父親が、「あ……」と短く声を上げる。それで一気に怒りが萎《しぼ》んだように、椅子にへたりこんでしまった。私は高本の肩に手をかけ、振り向かせた。顎でドアの方を示すと、高本は嫌そうな表情を浮かべながらも立ち上がった。

「ちょっと中断した方がいいです」父親に聞こえないように声を低くして、私は言った。

「どうして」高本がむっとした表情で言った。

「軽いパニック状態になっています。間を置くべきですよ」

「さすが、支援課は心理学にも精通してるわけだ」高本が鼻を鳴らす。

「冗談じゃない」私は高本に詰め寄った。「こんなこと、心理学もクソも関係ないでしょう。見れば分かりますよ。だいたい、相手の顔も見ないで取り調べをしているから、何にも気づかないいんじゃないんですか」

「何だと――」

「何だと、じゃありません」声は何とか低く抑えていたが、私の怒りは沸点に達しかけていた。「支援課だとかそうじゃないとか、まったく関係ありません。刑事の基本でしょう」

「何か問題あるのか」

「いい加減にして下さい」声も抑えられなくなってきた。「基本を守れと言ってるだけです」

「村野さん」

腕に軽い感触を感じ、私は振り返った。見ると、梓が青い顔で立っている。必死の形相で首を横に振り、「駄目です」と釘を刺してきた。

私は深呼吸しながら、一歩下がった。それでも高本との距離は近い――ほとんど摑み合いになる寸前だったと気づいた。もう一度深呼吸、さらに一歩下がる。それで何とか平静な状態が戻ってきた。

「とにかく、一時休憩して下さい」

「勝手にしろ。女の後輩に止められるとは、情けない話だな」

また怒りがこみ上げてきたが、私はすべてを吞みこんでうなずいた。情けないのは間違いない。梓がいなければ、被害者遺族の前で殴り合いの喧嘩になっていたかもしれないのだ。高本ともう一人の刑事は出て行った。私は肩を二度上下させて、石井の父親の前に座った。

「どうも、お見苦しいところをお見せして……申し訳ありません」テーブルに着きそうなほど深く頭を下げる。

「いえ」

父親が力なく首を横に振った。先ほどのトラブルも、一切目に入っていないようである。今はとても、会話が成立する雰囲気ではなかった。仕方なしに彼と沈黙を共有していると、静かにドアが開く。もう高本が戻って来たのか、と振り向くと、梓だった。紙コップを並べたお盆を持っている。どうやら、わずかな間にお茶を確保してきたらしい。

静かに、父親の前に紙コップを置く。父親が背中を丸めるようにしてコップを覗きこんだ。わずかに顔がほころぶ……梓が「どうぞ」と声をかけると、ひょいと頭を下げてコップを摑んだ。一口飲んで、「ああ」と嘆息をつく。それを見てから、梓が私の前にもコップを置いた。熱い緑茶だった。このクソ暑いのに熱いお茶とは……ミネラルウォーターの方がよほどいいと思ったが、適温のお茶を飲むと、すっと気持ちが落ち着く。暑い時に熱い飲み物は、やはり意味があるのだろう。

「東京は……暑いですね」父親がぽつりと漏らす。

「そうですね。先日札幌に行きましたけど、陽射しが全然違いますね。札幌は暑くても爽やかなんですね」

「湿気が多くて……東京は大変です」

「私も、いつまで経っても慣れませんよ」

当たり障りのない天気の会話。私は、俊足ランナーを一塁に背負ったピッチャーのような気分になった。牽制、牽制、牽制のふり、プレートを外してランナーを睨みつける――いつまで経ってもバッターに初球を投げこめない。

「さっきの話なんですが」父親が自ら切り出した。

「ええ」どの話、と聞き返すようなヘマはしない。相手が自分から喋り出している時は、適当に相槌を打っておけばいいのだ。

「息子がつき合っていた相手のことなんですが」

「はい」

「高校の同級生、ですよね」

「そうです」

「薄《うっす》らと、そんな感じの話は聞いたことがあります。でも、そういうこともはっきり言わない息子なので」

「分かります。男は、そういうことは言い辛いですよね」

「ええ」父親がうなずく。「もうつき合ってなかったんですよね」

「そうですね」

「それで落ちこんでいたのかな……」

「いや、どうでしょう」敢えて反論してみた。話は転がっているから、多少の「壁」があっても問題ない。「別れたのはずいぶん前だと聞いています」

「そうですか……でも、男は弱いですよね」

「そうですね」私は薄い笑みを浮かべた。「こういう問題では、男の方が引きずるでしょうね」

「何か、その……ちょっと思い出したんですけど」

「何でしょう」私は膝に手を置き、背中を伸ばした。

「裏切られるのは辛い、と息子が言っていたことがあります。裏切りなんて、聞き捨てならない言葉なので、どういう意味か聞いてみたんですが……仕事のことかと思ったんです」

「ええ」

「結局、何も言わなかったんですが、今考えると引っかかります」

「裏切り」という言葉は綾子に向けられていた？　綾子が別れを切り出し、結果的には石井もそれを呑んだ。そういう状態なのに、「裏切られた」というのはどういう意味だろう。

後で嘘がばれたのではないか、と想像した。例えば……綾子が、石井と交際している時に、既に秋山と二股をかけていたとか。別の理由で別れを告げられ、後でその事実が発覚したら、石井にすれば立派な「裏切り」だろう。だが今、それを確かめる術はない。

「平尾綾子さんに会われたことは？」

「会ったことはないです。頭のいい子だという評判は聞いていましたけど」

「彼女が襲われたんです」これでようやく話が振り出しに戻った。

「それは、まさか息子が……」父親の顔に影がさす。

「何も分かりません。犯人は不明です」私は急いで言った。「いろいろな出来事が関係しているような、いないような……すみません、正直言って、警察も迷っているんです」

「息子は、そういうことをする人間じゃないですよ」

「ええ」

「乱暴なことなんか、絶対に……真面目で、気持ちが優しい子なんです」

「そういう評判は聞いています」

「まさか、息子が……」父親が力なく首を振った。緑茶を一口飲んだが、今度は前回のような効果はなかったようで、そのままうなだれてしまう。

嫌なヒントだ。これから高本がどのような取り調べを行うかは分からないが、今の一件は彼にも話さねばなるまい。あの男の耳にこの情報を入れるのは、ひどく気が進まなかったが……。

嫌な気分を砕くように電話が鳴った。一つ溜息をつき、「失礼します」と言って立ち上がる。優里だった……別れてから、まだ一時間ほどしか経っていない。何か情報を仕入れたのだろうか。

会議室の外へ出て、通話ボタンを押す。

「今、大丈夫？」

「ああ。ちょっと休憩中だ」

「秋山の父親と会えるわよ。ただし、明日。会社へ来るように言われたわ……呼びつけられた、と言った方がいいかしら」

「向こうの土俵か……」できれば自宅で話したかった。もちろん自宅も、文字通りホームグラウンドではあるのだが、自分の領域を侵されたという意識は職場よりもずっと強い。その結果、案外攻撃に対して弱くなってしまったりするのだ。しかし次善の策としては、職場も仕方がない。

「それともう一人、秋山の知り合いに会えるわ」

「どこで探したんだ？」

「もう一度、ソルティハニーに電話を突っこんだの——長住君がね」

「長住が？」まさか。あのやる気のない男が、どうしてこんな仕事を引き受けたのだろう。本橋辺りが強引に押しつけたのか。

「彼が自分で仕事を買って出たのよ」

「どうしてまた」

「何だか、秋山が気に食わないみたい」

「意味が分からない」首を横に振って、私は廊下の壁に背中を預けた。冷たい感覚が肌に心地好い。

「とにかく、会えることになったんだから、いいでしょう……今日の夕方だけど、大丈夫？」

「ああ」

「六時半。会社の近くの喫茶店で」

「分かった。長住も行くのか？」

「もちろん。彼が自分で割り出したんだから。あなたが一緒に行って」

「できれば君が――」

「選り好みするのがあなたの弱点よね」優里がずばりと指摘する。「安藤の面倒を見てるんだから、長住君の面倒も見なくちゃ筋が通らないでしょう」

ああいう偏屈な男は、何かを教えようとしても無駄だ――そう思ったが、それでは優里を納得させられそうにない。まあ……仕方ないか。被害者家族への事情聴取というわけではないのだから、長住が多少乱暴にしても問題はないだろう。

捜査一課出身者の力を見せてもらおうじゃないか、と私は皮肉に思った。


ソルティハニーの社員、田宮《たみや》は、まだ学生のような男だった。童顔なだけなのか、若作りなのか……襟がボタンダウンになった白いポロシャツに、生成りの麻のジャケットという軽装で、足元も白いスニーカーだった。社長はきちんとネクタイをしているのに問題ないのだろうか、と私は訝った。

会社の近くにある古臭い喫茶店に入って来た瞬間から、何となくそわそわと落ち着かない。誰かに見られるのを恐れるように、しきりに周囲を見回していた。確かに、道路側の窓は大きく、道行く人からは丸見えなのだが。

「秋山さんからは、まだ連絡はありませんか」私は切り出した。

「ないですね。こっちからもずっと、連絡は入れ続けているんですけど」

「反応なし、ですか……」

「ないです」

田宮ががくがくとうなずく。ポロシャツの胸ポケットが膨らんでいるのに気づき、私は「煙草、どうぞ」と勧めた。ほっとした表情になり、田宮が煙草を一本引き抜いて素早く火を点ける。それを見て、長住も自分の煙草をくわえた。お前が吸っていいとは言ってないんだよ……私は内心文句をつぶやいたが、そんなことが長住に伝わるわけもなく、彼は平然と煙草をふかし始めた。私の周囲の空気が、速やかに汚染されていく。もっとも、全面喫煙可能なこの店では、中に入った瞬間に煙草の臭いに包まれていたのだが。

「あれですか、何かのトラブルだったんですか」長住が唐突に切り出した。

「え?」

「何もなくて、連絡が取れなくなるはずがないでしょう」

「仕事では何もないですよ」

「仕事では、ねえ」長住が粘っこく言った。「他には? 私生活の問題、何かあったんじゃないですか。それこそ女の問題とか」

それは聞いても無駄だ、と私は思った。長年一緒にいる社長が、女の存在を知らないと言っているのだから。秋山はプライベートを明かさないタイプ——私はそう判断していた。

「ええと、揉めてたっていうか……」田宮が言い淀んだ。

「女と？」

「揉めてたわけじゃないですね」田宮が慌てて言い直す。「何か、ちょっと……普段と違う顔が見えたっていうか」

「どういうことですか」長住が身を乗り出す。

「三か月ぐらい前だったかな……一緒に呑んでた時に、電話がかかってきたんですよ。秋山さん、電話に出たらいきなり切れて。『何で電話してくるんだ』『大体今日、どこにいたんだ』って、ものすごい勢いで怒鳴り始めたんです。他の客はじろじろ見てるし、こっちは一気に酔いが醒めましたよ」

よくある話だ……楽しい呑み会の席で、いきなりブチ切れて雰囲気をぶち壊しにする人は珍しくない。それが普段は真面目で静かな人間だったとすると、聞いている方は余計引くだろう。

「それが、何だったんですか？」長住が忙《せわ》しなく煙草を吹かしながら言った。

「電話を切った後で聞いてみたら、女からだって……ちょっとびっくりしました。それまで、彼女がいるなんて話、全然聞いてなかったですから。正直、もしかしたら女性には興味がないのかな、なんて思ってたぐらいで」

「ゲイとか？」

長住が遠慮なく切りこむ。苦笑しながら田宮がうなずいた。

「だって、もう三十過ぎてるのに、結婚もしてないし彼女もいないし。秋山さん、別に女性に嫌われるようなタイプじゃないんですよ。ルックスもまあまあだし、何より家が金持ちでしょう？」

長住が露骨に鼻を鳴らす。田宮が驚いて目を見開くほどで、私も唖然とした。緊迫した雰囲気を緩めるため、私は話を引き取った。

「女性に縁がないパターンはあるかと思いますよ。そういうのを面倒臭いと思う人もいるはずだし」

「でも、学生時代からイベントサークルでしょう？　いや、別にソルティハニーがその手の……女の子とやるためだけのサークルだったとは思いませんけど、大抵は下心があって集まってくるんじゃないですか」

「そうかもしれないけど、とにかく秋山さんには彼女がいたんですね」

「そうですね。話し終わってからも、顔を真っ赤にしてまだ怒ってたんですけど、ちょっと面白くなって聞いてみたんです。どんな人なのかって」

「答えは？」

「理系の大学院生で、どうしようもない奴なんだって。こっちがちゃんと教育してやらないと、常識も知らない……顔と体がいいからつき合ってるけど、いつまでも非常識じゃ困る、なんて言ってました。何か、ずいぶん上から目線でしたね」

「教育ですか……」果たして綾子に一般社会人としての「教育」が必要だったかどうか。私が話した印象では、非常にしっかりしていて、自分の目標をきちんと持っている人物——いわゆる「世間に出しても恥ずかしくない人間」に思えたが。

「結婚も考えていたみたいですよ。でも、『うちに相応しいかどうかは分からないんだよな』なんてこぼしてましたけどね」

「今時、家柄ですか？」長住が鼻を鳴らした。「秋山さんの家って、要するに成金みたいなものでしょう。大したこと、ないじゃないですか。本人が金を稼いでいるわけでもないし」

「まあ、そうですけど……秋山企画って言えば、リゾート業界では知らない人はいないですから」言い訳するような口調で田宮が言った。「とにかく金持ちだったのは間違いないから……自分に相応しい相手のレベルを考えていたのかもしれないですね」

田宮もうんざりしたような口調になっていた。もしかしたら、秋山は事あるごとに金持ちぶりをひけらかしていたのかもしれない。親の跡を継げば安泰の人生が待っているはずなのに、どうして学生ノリで作った、サークルの延長のような会社で働いているのか……吾野が言っていたように「社会勉強」のつもりなら、それこそホテル業界や旅行会社に就職すればいいはずなのに。楽に仕事をするつもりなら、父親の会社という手もあったはずだ。

「嫁探し、という感じだったんですかね」私は訊ねた。

「そうかもしれません。女性とつき合ったことがないのに、お眼鏡に適う人がいないとか……そういう世界もあるんですかねえ」田宮が白けたように言った。「その、怒鳴り散らしていた相手のことも、何だか馬鹿にしていました。所詮、実家は士業だからって……士業だって、弁護士とかなら地位も収入もあるのに」

これで、怒鳴りつけていた相手は綾子だと確定したと言っていいだろう。父親は行政書「士」……地位や収入という点で、一代で会社を築き上げた男の息子が馬鹿にするのも分かるような気がする。

私も次第に秋山が嫌いになってきた。

「要するに、傲慢な野郎なんですね」長住が乱暴に決めつけた。

「まあ……そういうところは確かにあります」苦笑しながら田宮が認めた。「社長の前では大人しくしてるんですけど、後輩の自分たちに対しては……いろいろ大変ですよ」

そういう——二面性のあるタイプなのか、と私は納得した。

気になるのは、綾子との関係だ。何となく暴力で抑えつけていた——DVだろうか——感じがする。それが、路上で襲撃するまでにエスカレートするとは……いや、そうとは言い切れない。つき合っていたなら、互いの家を行き来することもあっただろう。暴力を振るうにしても、室内で、と考えるのが普通だ。いくら怒り心頭に発していても、つき合っている相手を路上で襲うとは考えにくい。一瞬筋がつながったかと思えたが、実際にはまだ別の真相がありそうだ。

「いずれにせよ、つき合っていた女性に対しては、暴力的に振る舞っていた感じがしたわけですね？」

「本当に暴力を振るっていたかどうかは分からないけど」田宮が首を傾げた。「言葉の暴力とか、モラハラ？　最近はそういうの、ありますよね」

いわゆる「態度の暴力」で、直接手を出したり、言葉で傷つけるのではなく、自分の態度で相手を怖がらせたり圧力をかけたりすることだ。ドアを乱暴に閉めたり、壁を拳で叩いたり、あるいは何を話しかけても完全無視——そういうことに対して相手が恐怖を覚えれば、モラハラ＝モラル・ハラスメントになる。ただし、あまり研究や対策は進んでいない。そういう概念が、ようやく一般的に知られるようになった感じだろうか。

「そういうタイプだったんですね、秋山さんは」

「相当なものですよ」田宮が声を低くした。「自分たちも、結構罵られてましたから。まあ、慣れれば……そういうタイプなんだと思って我慢できますけどね。でも、女性は辛いかもしれないなあ」

私の中では、まだ見ぬ秋山という男の存在が、次第に大きくなっていた。嫌な奴として。

「何でそんなに秋山を嫌うんだ？」帰り道、私は思わず長住に訊ねた。

「ああ」長住が耳を掻きながら答える。「基本的に金持ちが嫌いなんですよ。成金、しかもそのドラ息子ってだけで、条件は最悪でしょう」

「右に同じく、だな。羨ましいだけかもしれないけど」

「珍しく意見が合いましたね」長住がにやりと笑った。「ま、金持ちが好きな人はいないでしょうけど。こっちにおこぼれがない限りは」

「警察官としては、それは賄賂になりかねないな」

「つまらない人ですね、村野さんは」

「ああ。そうだと思うよ」私は真顔でうなずいた。「金のことに関しては、つまらない人間でいいと思う。金を扱うことを面白がり始めたら、転落する可能性が高いから」

素顔

第四部

父子はどこまで似るのだろう……もしも秋山が父親に似ていたら、一発で嫌いになるだろう、と私は思った。

1

秋山企画の本社は新宿にあり、社長室は……一般的な意味での社長室とはかなり趣が違っていた。私は様々な会社の社長室を何度も訪れたことがあるが、共通しているのは無機質さである。いわゆるサラリーマン社長が多いせいだろうが、どこも「仮住まい」の雰囲気が強いのだ。次の社長へ引き渡すまで、数年間滞在するだけの部屋。社長の個性が出る部分といえば、本棚の中ぐらいである。松下幸之助《まつしたこうのすけ》関係以外の本を見つけたりすると、経営者としては幅がある人かもしれない、と感じたりする。

秋山の部屋は、そういう画一的な社長室とは明らかに違っていた。理由はひとえに、部屋の片隅にある畳敷きのスペースのせいだ。どうやらここでお茶を一服……という習慣があるらしい。さすがに私たちは、そこには招かれなかったが。

応接セットに腰を下ろすなり、秋山がシガリロをくわえた。今時、こういうものを吸う人間も珍しいのではないだろうか。煙は香ばしく、煙草ほど不快な感じはなかった。煙草嫌いの優里も、特に表情は変えていない。

畳にシガリロ……とっつきにくい。

「一本いかがですか」それが当然の礼儀でもあるかのように、秋山が勧めてきた。

「二人とも吸いませんので」私は即座に断った。無理して一緒にシガリロをふかせば、ネタが出てくるわけでもあるまい。

「息子のことでしたね」

秋山がシガリロを指に挟んだまま、足を組んだ。ズボンの折り目が気になるようで、しきりに足の位置をずらす。何というか……とにかく見栄えを重視する人のようだ。メディアへの露出も多いので、その辺は気にしているのかもしれない。髪は半分白髪になっているが、顔の艶はよく、たるんでもいない。六十歳という年齢にしては若く見えた。濃いグレーのスーツはあつらえたもののようで、体にぴたりと合っている。ネクタイはせず、ワイシャツのボタンは二つ外していた。

「話をお聴きしたいんですが、連絡が取れません。出張しているはずなんですが」

「息子の仕事の関係だったら、私にはちょっと分かりかねます」

「実際には、出張していなかったようです」この辺は、ソルティハニーで再度確認してもらっていた。泊まるはずだった宿には姿を見せず、面会の約束もすっぽかしている。社長は激怒していたが、それは会社側の問題だ。私たちとしては、とにかく彼が捕まるかどうかが大事である。

「会社の仕事を飛ばしたんですか？」瞬時に秋山の顔が真っ赤になった。「ふざけた話だ。会社側はどう言っているんですか」

「向こうもまだ連絡が取れないようですから、何とも……事情聴取しないと、処分もできないでしょうし」

「冗談じゃない」秋山がシガリロを乱暴に灰皿に押しつけた。まだほとんど灰になっていないシガリロが、真ん中から折れる。「仕事は遊びじゃないんだ。こっちだって、息子がやりたいと言うからやらせてやっているだけなんですよ。それを、自分からいなくなるなんて、ふざけた話だ」ふざけた話、を繰り返す。どうも彼は、仕事に関しては極めて厳しいタイプのようである。

「最近、何か様子がおかしいと感じたことはないですか」

「それは——」秋山が口を開きかけ、ゆっくりと閉じた。ほどなく、低い声で続ける。「正直、分かりません。そんなに息子と話すことはないですから。実家も出ているし、だいたいもう、三十一なんですよ」

「息子さんの行方については、私たちも捜しています」

「あいつが何かやったとでも？」秋山が身を乗り出す。激しい怒りは持続している様子で、鼻から炎が吹き出しそうな勢いだった。

「そういうわけではないんですが、息子さんが交際していた相手について、話を聴きたいんです」

「それは、平尾さんのことかな？　平尾綾子さん？」

「ご存知なんですか」

「家に連れて来たことがありますよ」どこか馬鹿にしたような口調で秋山が認めた。

「上昇志向の強いお嬢さんだったね」

「そうですね。やりたい仕事のために、一度会社を辞めて、大学院に入るような人ですから」

「そんなことが必要かどうか……」秋山がまたシガリロを一本引き抜いたが、今度は火を点けなかった。「私は今、六十歳だ。どんなに元気でも、あと十年で引退するつもりです。年寄りがいつまでも会社に関わっていたらよくないからね」

何歳から年寄りなのか分からないが、確かに七十歳まで経営に関われば十分だろないようだ。

う。そういう意味では——少なくとも現段階では——非常識な独裁者というわけでは
「その後は、息子さんに引き継ぐんですか？」

「あの器では」馬鹿にしたように秋山が言った。「今のままだと、駄目ですな。うちの会社の若い連中の方がよほど役にたつ。それに、仮に今私が死んでもまったく影響がないほど、役員たちはしっかりしています。息子は、今の役員や若い社員と競争することになるわけですが、負けたら、当然会社には迎えません。迎えても、一から勉強し直してもらうことになる。一生平社員かもしれない」

ずいぶん厳しいことを言っているが、これは口先だけではないだろうか。一代で会社を大きく育て上げた人間が引退する時には、自分の子どもに譲り渡すことを第一に考えるだろう。客観的に評価して、優秀な部下に任せられる人間は少ないはずだ。

「とにかく、三十一にもなって嫁も貰わないでぶらぶらしているようじゃ、話にならない。結婚というのは、人間にとってごく基本的なコミュニケーションで、結婚できない人間は、コミュニケーション能力に重大な問題があるわけですよ」

私も独身ですが、という言葉が喉元まで上がってきたが、結局言わなかった。どうも秋山という男は、そういう話を笑って流せるタイプとは思えない。下手なことを言

うと、説教の矢が私の方に向きそうだった。

「だったら、息子さんが平尾さんを連れて来た時は……」

「賛成しかねましたね。会社を経営するということは、世間的なつき合いがぐっと広がるということです。そういう場には、夫婦で顔を出すのも大事なんです。ところが平尾さんは、自分の研究第一、というタイプなんですよ。そういうこともご存知なんでしょう、警察は」

「ええ」私はうなずいた。

「まったく、どうしてそういう女性に引っかかるのかねえ。経営者の妻タイプの女性というのは、間違いなくいるんですけどね」

夫に従順で他人にも愛想がよく、しかも人目をひくルックス、という感じだろうか。唯々諾々《いいだくだく》として夫に従って家を守り、パーティの席では夫を立てる。しかも「華」としての価値も求められる……今時そんな女性がいるのだろうか、と私は首を傾げた。秋山が敏感にそれを見咎《みとが》める。

「何か？」

「いえ……では、交際には反対していたんですか」

「反対というか、話にならないでしょう。もしも結婚するつもりがあるなら、ちゃんとうちのしきたりに合うような女性でないと、とは話しましたけどね。平尾さんも、無理なことは、分かっているはずです。人間は、簡単には変われないいんだから」

「彼女と会ったのはいつ頃ですか？」

「一年ぐらい前かな」

何となく糸がつながり始めた……父親に結婚を反対された息子は、綾子を理想的な経営者の妻に変えようとしたのではないか。そのために、言葉の暴力も使う。それでも別れなかったとしたら、綾子の方がよほど惚れこんでいたことになる。

「だいたいあいつも、だらしがないんです。表に出て行かないというか、消極的というか。三十になるまで、ガールフレンドの一人も家に連れて来なかったというのは、あり得ない話でしょう」

「まあ、それはいろいろだと思いますが……」秋山の息子が、それまで女性とつき合ったことがないというのは本当のようだ。となると、当然のように一つの疑問が浮上する。「息子さん、平尾さんとはどこで知り合ったんですか？」

「店の客だった、と言ってましたけどね。あの、何ていうんですか？　ソルティハニー？　何とも言いようがない名前ですね。ネーミングセンスはないようだな」秋山が鼻で笑った。

「平尾さんは、意識不明の重体です」優里が突然、話に割りこんだ。

「何と仰いました？」秋山が急に声をひそめる。

「意識不明の重体です。路上で突然襲われたんです。我々の仲間も巻きこまれて、被害に遭いました」

仲間、か……優里は愛を「仲間」として見ている。その声には、いつも冷静な彼女らしくない、かすかな怒りが感じられた。

「それが、うちの息子と何か関係あるんですか」

「今もつき合っていたとしたら、容疑者として考えるべきでしょうね」優里が冷たく指摘する。

「まさか」秋山が吐き捨てた。「あり得ない。息子は、そんなことができる人間じゃない」

「だったらどういう人なんですか」優里の追及は終わらなかった。

「そんな、人を襲うようなことは……」

「気が弱いという意味ですか？　そういう度胸がないとか？」

「そもそも犯罪でしょう」秋山がいきり立った。「犯罪になんか縁がない人間です」

この情報で、秋山は完全に頑なになってしまった。父親としては当然の反応である。この情報を口にしたのが長住だったら、私は後で叱責していただろう。しかし優里は……真剣に秋山と対峙する姿を見ると、別の目的があるのが分かる。揺さぶって反応を見ようとしているのだ。

三十分ほどの面会を終えて会社を出た後、私はすぐに優里に訊ねた。

「どう思った？」

「父親は、基本的に居場所を知らないと思う。たぶん、家族に興味を持たないタイプね。ワンマンな経営者にはよくいるけど……とにかく何よりも、誰よりも自分が可愛くて、その他の人間はせいぜい付属物だと思っている。七十歳で引退するなんて言ってるけど、怪しいわね。何だかんだ理由をつけて、ずっと居座るんじゃないかしら」

「君の人物評は厳し過ぎるな」私は思わず苦笑した。

「だったら村野は、どう思ったの？」

「何も知らないだろうな」

「何だ、同じ結論じゃない」白けた様子で、優里が肩をすくめる。「でも、誰が見てもそんな感じでしょう」

「ああ」

「まったく、ワンマン社長は……ちょっと待って」優里がハンドバッグを探り、携帯を取り出した。「長住からメール」

素早く内容を確認すると、戸惑いの表情を浮かべて顔を上げた。

「秋山の友だちを確保したって言ってるけど、彼、どうしたの？　この件に関してはやる気満々じゃない。普段の彼らしくないわね」

「金持ちが嫌いなんだから、しょうがないよ。仕事してもらえるなら、何でもいい」

「仕事の動機としては不純だけど――」

「やらないよりはやった方がいいんじゃないかな」私は話を引き取った。「さっそく会いに行こうか。秋山の正体を早く摑まないと」

「正体が摑めても、事件の全体像が見えてくるわけじゃないけどね」

そこまで悲観的にならなくても、と思った。私は次第に、秋山が全てのハブであるとの予感を抱き始めている――根拠のない勘に過ぎなかったが。

2

秋山とは昔からの友人だという清水健《しみずたけし》は、ひどく居心地悪そうだった。それはそうだろう……いきなり警察官の訪問を受ければ、落ち着いてはいられないはずだ。しかも彼は、高校の教師である。校内の評判も世間体も気になるだろう。学校内での面会を拒絶したので、学校を抜け出してもらい、喫茶店で会うことになったのだが、それでもリラックスはできないようだった。

私は彼の名刺を確認した。学校法人嶺北《れいほく》学園——小学校から高校まで一貫の私立校で、芸能人が子どもを通わせたがる上品な学校としても有名である。清水もその色に染まっているのか、おっとりとした外見だった。髪を綺麗に七三に分け、髭の剃り痕も見当たらない。小柄で、どことなく小動物を思わせた……ある予感を抱き、私は本題に入る前に訊ねた。

「あなたも嶺北のOBじゃないんですか」

「ええ、はい……そうですけど、よく分かりましたね」驚いて清水が目を見開く。次の瞬間には、不安そうな表情になった。「まさか、私のことを調べたんじゃないでしょうね」

「単なる勘ですよ」ずいぶん猜疑心《さいぎしん》の強い男だと思いながら、私は言った。一呼吸置いて秋山の件を切り出す。

「秋山ですか……確かに小学校からずっと一緒でしたけど」

「持ち上がりですね？」

「ええ。大学は違いますけど、高校までは一緒でしたから、つき合いが古いのは間違いないです」

「最近連絡を取ってますか？　彼、行方不明なんですよ」

「そうなんですか？」清水がぐっと身を乗り出した。「行方不明って……それで警察が捜しているんですか？」

「まあ……そういうことです」私は言葉を濁した。「どこか行き先——彼が行きそうな場所はご存知ないですか」

「いや、そう言われても……最近は、そんなに頻繁に会うわけではないし」

「恋人がいますよね」優里が話を引き継ぐ。「平尾綾子さん」

「ええ」

さらりと答えたので、彼女の存在は秋山の友人たちの間ではすっかり知れ渡っていたのだ、と分かった。

「彼女とは、どういう関係だったんですか」

「どういうって……」清水が眉をひそめる。「普通の恋人でしょう？　違いますか」

「そこがよく分からないから、お聴きしているんです」優里が畳みかけた。「平尾さんに会ったことはありますか？」

「ありますよ。一緒に飯を食ったこともあるし」

「その時、秋山さんはどんな感じでしたか」

清水が口ごもる。目が泳ぎ、判断に困っているのは明らかだった。これは何かあったなと判断し、私は質問を継いだ。二人の人間が集中的に質問するより、二人が交互に言葉をぶつけた方が、相手を慌てさせることができる。そして清水は、圧力に弱いタイプだと判断した。

「平尾さんに対する態度は、どうだったんですか」

「ちょっとひどかったですね」清水があっさり認めた。「何か、物扱いっていうか……我々の目の前でも罵倒してましたから」

「罵倒？　どういう感じで？」と優里。

「例えば、料理が出てくるでしょう？　彼女が取り分けると、そのやり方が間違っているって言うんですよ。我々から見たら、何が間違っているか、全然分からなかったんですけど」

「そういう時、平尾さんはどうしていましたか」私は質問を引き継いだ。

「苦笑いしてましたけど……それで、あの二人はこういうのが普通なんだろうって思ったんですけどね……」

そこでまた口ごもる。私が口を開こうとした瞬間、優里が次の質問をぶつけた。

「秋山さんは、元々そういうタイプなんですか？」

「はい？」清水が目を細める。

「気にくわないと、すぐに切れるみたいな」

「ああ、切れるというか……わがままではありますよ。まあ、うちみたいな一貫校にはよくいるタイプです」

「どういうことですか」

「変な話ですけど……クラス分けがちゃんとできてるんです。本当のトップの方――昔からの金持ちの家の子は、大人しいものですよ。自分たちのグループで固まって、他のグループとは交わろうとしないし、目立たないようにしている。秋山は、その下のグループでした」

「金持ちは金持ちでも、成金の息子グループ、ですか」

私の指摘に、清水が苦笑した。それで勘が当たったのだと確信する。私立の学校にはいかにもありそうな話だ。

「そういう連中は、ちょっと性質《たち》が悪いんです」

「どうしてでしょうね」

「親が、一代で富を築いた人は……金の使い方とか、社会的なルールをあまり知らないことがあります。今も、生徒たちを見ているとそういう感じはありますよ。私は小学校から秋山と一緒だったから、あまり気にもならなかったけど……あ、うちは普通のサラリーマンの家なんですけどね」

私は無言でうなずいた。真面目、大人しいという最初の評価はどこから出てきたのか——恐らく秋山は、大学に入って初めて、温《ぬる》くない世界を味わったのだろう。実家の資産は他人に対する影響力にならず、バイタリティに溢れた人間——吾野のような——が上に立つ。秋山は彼のエネルギーに圧倒されつつも惹かれ、子分のような存在になってしまったのではないだろうか。下に対して見せていたわがままで激しい一面は、高校時代までに培われたものかもしれない。

「秋山さんは、ずっと彼女がいなかったと聞いてますけど、本当にそうなんですか？」優里が少し声のトーンを落として訊ねた。

「ああ……本人は、女の子に興味がないわけじゃなかったけど、女の子の方からすれば、ちょっととっつきにくい感じはあったかもしれません」

「じゃあ、本当に平尾さんが初めての恋人なんですか」

「そうだと思いますけど」

ずいぶんよく喋る男だ、と私は唖然とした。昔からの友人が警察に疑われていると は思わないのだろうか。もしかしたら、つき合いは長いにしても、友情は薄い……越 えられない「クラス」の壁を、本当は苦々しく思っていたのかもしれない。

「それで、あいつ、どうかしたんですか？」

「何も聞いてませんか？」

「え？　いや、特には……」清水が不審気な表情を浮かべる。「しばらく会ってませ んし」

「平尾さんが襲われたんですよ」

「あいつがやったんですか？」ほとんど叫ぶような声で、腰を浮かしかける。「い や、まさか。そんなことは……」

「彼女に対して、かなり高圧的に接していた、という話は他にもあります。もしも気 に食わないことがあったら……」

「いや、さすがにそれはちょっと」清水が首を捻る。「暴力に訴えるような奴じゃな いですよ」

「口は悪いんでしょう？」優里が言った。「言葉の暴力から実際の暴力までは、意外 に距離が短いんです」

「はあ」納得できない様子で、清水が唇を歪める。「でも、そんなに気に食わないことがあったのかな……」

「彼が襲ったと決まったわけじゃないですよ」私はやんわりと訂正した。自分でも自分の言葉が信じられなかったが。「二人の関係を一番よく知る人は、誰ですかね」

「二人同時に知ってる人は……どうだろう。親とか？」

「もう話を聴きました」

「その他に秋山が一番親しい人間っていうと、彩《あや》かなあ」

「女性ですか？」過去に恋人はいなかったのではないか？　話の行き先が見えなくなった。

「やっぱり小学校からずっと一緒だったんです。でも、男と女の関係って感じじゃないですね。まあ、姉弟みたいなものかな。彩も気の強い子で」清水が苦笑した。「秋山は抑えつけられていたけど、何でも相談できる相手のはずですよ」

「連絡先、教えて下さい」私は手帳を広げた。

厄介な女だ。

沢井《さわい》彩、旧姓糸川《いとかわ》彩に初めて会った瞬間、私は胃の底の方で何かがざわつくのを感じた。清水も、何という人を紹介してくれたのか、と一瞬恨む。尖った顎、セミロングの髪型、きつい目つき。これまで誰かに踏みつけられたことは一度もなく、逆に自分が誰かを踏みつけても気づかないタイプ——駄目だ、先入観で考えては。首を振って考えを押し出すと、彩が「どうかしましたか？」とすかさず訊ねてきた。

「いや、何でもありません。失礼しました」

会見場所は、彼女の会社。父親が経営する飲食店グループで、イタリアンレストランを四軒任されているという。そのうち、西麻布にある「本店」のバックヤードが彼女のホームグラウンドになっている。十畳ほどの部屋は、映画などでイメージするアメリカの弁護士事務所の感じそのものだった。茶色く暗い羽目板の壁は、下側一メートルほどが緑色。おそらくマホガニー製のデスクは巨大で、そこで卓球でもできるのでは、と私は一瞬妄想した。今自分たちがついているテーブルは、間違いなく卓球に使えるだろう。椅子も事務用とは思えないような、革製のたっぷりしたものだった。座り心地はいいのだが、何となく落ち着かない。

彩が煙草をくわえた。ごく普通のメンソールの煙草だったので、少しだけほっとする。何となく、秋山の父親のように、シガリロか葉巻でも吸いそうな感じだったのだ。漂う煙の間から、彩が突き刺すような視線を送ってきたので、また緊張感が増してくる。

「いつもここで仕事してるんですか？」

「気が向いた時だけです」彩がさらりと言った。「お店はそれぞれの店長さんに任せているし、時々お金の関係の仕事をするだけですよ……一応、主婦ですので」

その言葉に嘘はないようだった。爪には綺麗にマニキュアが施されているが、ごく地味なものである。家事の邪魔にはなるまい——いや、彼女クラスになれば、家事は誰かに任せているかもしれないが。

「刑事さんにお会いするのは初めてですよ」

「会わない方が、いい人生でしょうね」

彩が声を上げて笑った。綺麗な白い喉がくっきりと見える。肌の手入れにはずいぶん時間と金をかけているのだろうな……と私は想像した。

「修、駄目でしょう」いきなり彩が言った。

「それは何とも言えませんが……」

「女性の扱い方が分からないのよ」煙草の煙を吹き上げ、皮肉な笑みを浮かべた。

「あの、襲われた女性のことでしょう？」

「ご存じでしたか」

「情報は入ってきますから……彼、浮かれちゃって」まだ長い煙草を灰皿に押しつける。「私にあれこれ聞いてきました」

「平尾さんが初めてつき合う人だった、と聞きましたけど」

「三十にもなって、ねえ……あまり格好いい話じゃないですね」

「お金もあって、出会いも多そうなサークルや会社にいて、それでも出会いはないものですかね」

「女の扱いが分からない人だから……金があれば、女はついてくるっていうものじゃないですよ。でも今は、そういうのも珍しくないんじゃないですか。独身どころか、一度も異性と交際したことのない人、増えてますよね？」

優里に笑いかけ、同意を求める。優里はまったく反応せず、表情も変わらなかった。ああ、「氷モード」が発動したな、と私は背筋が冷たくなる思いを味わった。本当に気に食わない相手、嫌な仕事と直面した時、優里は凍りついてしまう。解凍方法は、私にもまだ分からない。

「初めてまともに受け入れてもらった相手だから、舞い上がっちゃって。確か、二、三回会っただけで結婚するって言い出したんじゃないかしら」

「あなたには、そういうことを打ち明けていたんですか」

「私のこと、女として見てなかったんだと思います。男友だちに話す感覚で話してたんじゃないかな」彩がまた笑う。「こっちも、男としては見てなかったけど」

「そんなに魅力がない人なんですか」

「まあ、男としては……そうですね。ピンとこないっていうか。基本的に、引きこもりですよ」

その話の方がピンとこない。引きこもりだったら、イベントサークルに入ったり、まともに仕事をしたりしているわけがないではないか。その疑念をぶつけると、彩が薄く笑った。

「仕事以外では、ネットの世界に籠りきりで。最近はフェイスブックとツイッターかな。ツイッターなんか、物凄い勢いでつぶやいてるんです。一度見たんだけど、ちょっと引きましたね。彼にしてみれば、上手い逃げ場が見つかった感じだと思うけど」

「現実逃避？」

「そう……いろいろプレッシャーも感じていたんでしょう。それを生身の人間——友だちにはちゃんと言えないから、ツイッターでつぶやくことでストレス解消してたのかも。地面に穴を掘って、そこに叫んでるみたいな感じで」

王様の耳はロバの耳——あの寓話では、王様の悪口は風に乗って流布したのではないか。しかし特に有名でもない一般人がツイッターでつぶやいても、聞く耳を持つ人はいないだろう。それはそれで孤独な作業のような気がするが……後で確認してみよう。何かヒントがあるかもしれない。

「秋山さんは、平尾さんに対して、かなりきつく当たっていたようですが」

「あれは、お父さんが悪いんじゃないかな。たぶん、『うちの嫁に相応しくない』なんて言ってたんだと思います。あのお父さん、傲慢だから」

ずいぶん露骨に言うものだ、と私は驚いた。確かにつき合いは長いのだろうが、遠慮のなさは、男同士の旧友のようだ。

「ご家族とも親しいんですか」

「昔から知ってますからね。家を行き来したり」

「それで……秋山さんと平尾さんは、どういう関係だったんですか」

「彼女の方は、いつも同じようなペース……修が一人であれこれ考えて、勝手に暴走してる感じでした」彩が足を組み替えた。「修、泣きながら、私に電話してきたことがあるんですよ」

「何でまた」これは初耳だった。

「彼女と連絡がつかないことがあって、心配になったんでしょうけど、私、さすがに啞然としました。電話が通じないけどどうしようって、泣きながら電話してくるなんて……引きますよね」

「分かります」事件絡みでなければ、大笑いしているところだ。

度を越した嫉妬――それは常に、犯罪の動機になり得る。ふと、石井も同じような感じだったと思い出した。四六時中くっつき、彼女と連絡が取れないと不安になる……綾子は、そういうタイプの男ばかりを惹きつけるのだろうか。

「私は、秋山さんが彼女を相当束縛しているように聴いていますが」

「それも間違いありません。女性に対して自信がないから、常に一緒にいないと不安だったんでしょう。それと同時に、自分の――父親の好むような女性に改造したかったんじゃないかな。それでいろいろ束縛したんだと思いますよ……馬鹿ですよね」彩があっさり言い切った。「平尾さんって、研究職なんでしょう?」

「それを目指しています」

「そういう人は、ちゃんと自分の目標を持ってますよね。それを無理矢理、社長夫人に仕立てようとしても、上手くいくわけがないでしょう。だいたい、修や彼のお父さんが思い描く女性像なんて、昭和のものですよ。今の時代の女性をそういう枠に収めようとしても、無理です」

「平尾さんの方では、そういうのを鬱陶しいと思わなかったんですかね。平尾さんは自分の目標をしっかり持っている人だったから、それを邪魔するような存在は――」

「想像はできますよ」彩が身を乗り出した。「彼女にとっても、修は役に立つ存在だから」

「話を聴いた限り、あまり相性が良くないような気がしますが」

「お金にあくせくする必要がなければ……例えば家事だって、人に任せてしまえばいいでしょう？　それで自分の時間を確保できれば、好きなことができるじゃないですか。もちろん、社長夫人としての仕事もあるかもしれないけど、そんなの、四六時中じゃないですからね。パーティの席なんかで愛想を振りまくだけなら、簡単にこなせますし」

「じゃあ、お互いに利益が一致したと？」

「だから、彼女だって我慢してたんじゃないんですか。私には無理だけど」彩が自分の体を抱くようにした。「とにかく修の嫉妬はすごいんです。皆で食事していて、誰かが言ったことにあの人が――綾子さんが笑ったんですよ。そうしたら、店を出たところで、急に彼女の腕を摑んで怒鳴り始めて。皆、びっくりしてましたよ」

「他の男の話で笑ったのが許せなかった？」

「たぶん」

「ちょっと過敏過ぎませんか？」

「中学生ぐらいの時の感覚……覚えてますか」

「どうでしょう。だいぶ昔の話ですね」

「初めてちゃんと異性を好きになった時、物凄い独占欲と嫉妬を感じたこと、ないですか」

「どうですかね」また居心地が悪くなり、私は拳で顎を擦った。「そんな昔のこと、もう忘れましたよ」

「修は、要するにそういう状態だったんだと思います。こういうのは慣れれば――恋愛経験を積めば解消されるんだろうけど、彼も結構焦ってたから」

「結婚に対して？」

彩がうなずく。煙草を脇へ押しやり、両肘をテーブルに載せた。大きなテーブルを挟んだ私たちの距離が、少しだけ縮まる。

「要するに、お父さんがプレッシャーをかけたんだと思います。いつまでもお遊びみたいな仕事をしていないで、早く家業を継いで欲しい……そのためにはちゃんと身を固めるのが先決、という感じで。本当に、昭和の時代のお金持ちみたいな話ですよね」

「それで――」優里が突然口を開いた。「彼はどこにいるんですか」

「さあ」彩が目を細める。

「ご存知ない？」

「知りません。私は彼のお守りではないので」

「では、すぐに連絡を取って下さい」

「どうして私が」彩がすっと身を引き、椅子に背中を預けた。

「あなた、彼が嫌いですね？」優里がずばりと指摘する。

「好きとか嫌いとか、そういうことではないです。昔からの知り合いです。腐れ縁というか」

「それでもつき合いがあるのは、自分が優位に立って楽しむためですか？」優里の表情、口調は一切変わらず、言葉だけが鋭くなっていく。

「まさか」彩が笑い飛ばしたが、表情は硬かった。

「もしも秋山さんが犯罪者だったら、逮捕に協力して下さい。あなたたちには、警察に協力する義務があります」

優里らしくない……任意の事情聴取をしている相手に攻撃を仕かけるなど、今まで一度も見たことがなかった。そんなに気にくわないのだろうか。

「そちらにこそ、市民生活を守る義務があるんじゃないですか」彩が憤然として反論した——反論にはなっていなかったが。

「義務と権利は表裏一体です」優里は引かなかった。「あなたには財力もあるし、情報収集能力もあるでしょう。そういう人には、ノブレスオブリージュがあるんじゃないんですか」

高貴な者の義務……優里は一転してくすぐりにいった。果たして彩が自分を「高貴」と考えているかどうかは分からなかったが、少しだけ態度が柔らかくなる。小さい溜息の後に、丁寧な言葉を口にした。

「何か分かればお伝えしますよ。でも本当に、私は四六時中彼の面倒を見ているわけではないので……彼が綾子さんを襲ったんですか？」その時初めて、彼女の表情に不安の色が浮かんだ。

「そのあたりははっきり言えません。でも、気分が悪くないですか」

彩が唇を噛む。眉間に皺を寄せ、素早く計算しているのが分かった。金持ち、いわゆる上流階級に属する彼女たちは、世間体を気にする。本当の金持ちほど、目立つことをしないと言われるのも、その証だ。もしも自分たちの周りをマスコミが嗅ぎ回り始めたら——と想像しているのではないだろうか。優里も同じように読んだらしく、一気に畳みかける。

「こういう話、週刊誌なんかは大好きですよね。彼らは庶民の味方を自任していますから、喜んで金持ちを叩きます。私にも週刊誌に知り合いがいますけど——」

「分かりました」苛ついた声で彩が言った。「何かあれば必ずお伝えします」

「もしかしたら、あなたにはもう少し仕事をしてもらうかもしれません」突然思いついて私は言った。こんな作戦を実行していいかどうか、悩んだが。

「あなたたちの手伝いをしろって言うんですか？」彩が色をなした。

「そうなるかもしれません。世の中は持ちつ持たれつです。一方的に、誰かが誰かの使用人になることはないんですよ」おそらく彩は、完全に逆のことを考えているだろうが。自分は永遠に人を踏みつけながら生きていく——それが当然と思っているはずだ。そうではないことを、そろそろ学んでもいい年だろう。「その際は是非、よろしくお願いします」

会社を出た時には、げっそりと疲れ切っていた。気にくわない相手、苛立つ会話——立ち止まって店の看板を見上げ、改めて名前を頭に叩きこんだ。この店には、絶対に来ないようにしよう。たとえ、日本にイタリアンレストランがここ一軒だけになっても。

「君があんな風に怒るのは珍しいな」歩き出しながら私は指摘した。

「別に、怒ってないわよ」否定しながらも、優里の声には少しだけ怒りが残っていた。

「それならいいけど」言い合いになれば負けると分かっていたので、私は一歩引いた。「要するに、金持ちが嫌いなんだろう」

「日本人の九割ぐらいは、そんな感じじゃない？」

「格差社会だな」

「公務員の私たちがそんなことを言っちゃいけないかもしれないけど」

安定の給料。よほどのヘマをしない限り馘にはならない——待遇面で、民間のサラリーマンよりずっと恵まれているのは間違いない。しかし確実に、体と魂をすり減らしている。一つ溜息をつき、私は私用のスマートフォンを取り出した。秋山の名前を検索し、彩が教えてくれたツイッターのアカウントを発見する。

これは確かに……不平、愚痴のオンパレードだ。しかもやたらと数が多い。一日に数十回つぶやくのも珍しくないようだった。

「まじだるい」
「仕事おわんねー」
「チラ見された。気にくわない」
「残業決定。マジかよ」
「出張申請まだだった」

私は、空いた右手で額を揉んだ。指先に伝わる汗の感触が鬱陶しいが、それより鬱陶しいのは秋山だ。何なんだ、この子どもじみたツイートは。高校生なら、こんな断片的で無意味なつぶやきも許されるかもしれないが、仮にも三十歳を過ぎた男である。こんなことをつぶやいて、ストレス解消になったのだろうか。

ツイートは、五日ほど前から止まっている。行方をくらましたのと同時期のようだ。その直前、私は気になるツイートを見つけた。

「ソ手に入ったわ。楽勝」

ソ？　カタカナ一文字では意味が通らない……何かの略称だろうか。

優里に相談しようと思ったところで、仕事用の携帯が鳴り、私は電話を持ち替えた。長住。「君と同様、金持ちが嫌いな長住からだよ」

告げると、優里が鼻を鳴らす。私は、コンビニエンスストアの軒下に避難して電話に出た。ここなら直射日光は避けられる。

「面白い情報が出てきましたよ」実際、長住は今にも笑い出しそうだった。

「というと?」

「内勤を放り出して、ずっと外を歩き回っている村野さんには分からないかもしれないけど――」

「さっさと話してくれないかな」私は少しだけ声を荒らげた。長住には、不必要に勿体振る癖がある。

「石井の遺体なんですけどね……睡眠薬が検出されたでしょう? あれ、特定されましたよ」

「教えてくれ」

片手に携帯電話を持ったままではメモも取れないが……ゴミ箱をテーブル代わりにするしかないかと思っていると、優里がすっと近づいて来る。既に手帳を開いて、準備万端だった。どうして、何も話していないのに状況が分かるのだろうと、不思議に思うことが多い。優里にしろ愛にしろ、私の周りにいる女性は皆、勘が鋭いようだ。

梓だけはまだまだ――こういうのは生来のものかもしれないが。

「商品名は、ソラルシン。知ってます？」

「ソラルシン？」私は慌てて、バッグから自分用のスマートフォンを取り出した。先ほどのツイッターのページがまだ開いている。「ソ」は、ソラルシンという薬の略称ではないかとピンときた。

「結構特殊な薬らしいですよ。まだ発売されたばかりだそうで……それを秋山が購入したことが分かりました」

「何だって？」

私は思わず携帯をきつく握りしめた。横では、優里が不審気な表情を浮かべている。それで我に返り、送話口を押さえて「睡眠薬、ソラルシン」と告げた。優里が手帳に視線を落として、素早くメモする。

「どうして分かったんだ」

「発売されたばかりだから、まだあまり出回っていない薬なんですよ」

「ああ、それはもう聞いた。それで？」また苛立ちが襲ってくる。肝心な用件は真っ先に言え、というのは警察官の基本の基本なのだが。いや、あらゆる社会人に共通の常識だろう。

「カードの使用履歴を追跡したんです。何とまあ、秋山はゴールドカードを使ってますよ」

「それぐらい、珍しくないだろう」ゴールドだったら、それほど審査が厳しいわけでもないだろうし。

「で、彼はソラルシンを二百錠――十箱購入していることが分かりました。一週間ほど前ですね」

「実は今、秋山のツイッターを見ている。『ソ』が手に入ったっていうつぶやきがあるんだ」

「それ、ソラルシンの『ソ』じゃないですか？　だとしたらこいつ、本物の馬鹿だな。ツイッターが馬鹿発見機って言われてるのは本当ですね。誰も見てないと思って、結構ヤバいことをつぶやいたり写真を上げたりする奴がいる」

「サーバーに向かってだけ、つぶやいてるつもりなんだろう。とにかく、彼がソラルシンを購入したということは、つまり――」

「そういうことでしょう」勝ち誇ったように長住が言った。「秋山が石井を殺した。間違いないですよ」

3

一度支援課で情報をまとめてから、今朝発足した特捜本部に報告することにした。そこから先、実際の捜査のやり方にまで口を出すのはやり過ぎである——理屈の上では。私はやる気満々だったのだが……ここまで関わってしまったのだから、何とか最後まで見届けたい。その「最後」は、秋山の逮捕だ。

支援課全員が揃ったところで、本橋が口火を切った。

「要するに今回の事件は、三人の男女関係のもつれが原因である可能性が高い、ということですね？」

「おそらくは」私は立ち上がった。ホワイトボードに三人の名前を書きつける。綾子の左側に石井。綾子の下に秋山。最初に綾子と石井の名前を二重線で結び、真ん中に斜線を引いた。「平尾さんは、札幌の高校時代から石井とつき合っていました。上京してからも交際は続いていました。ところが約二年前、平尾さんは大学院に進学するからという理由で、石井と別れた。石井の方はだいぶ引きずっていたようですが、取り敢えず二人の関係は清算されていたと思います。ところがここで、秋山という男が出てくる」今度は綾子と秋山の名前を二重線でつないだ。「大学院で研究に専念するはずだった平尾さんは、どういうわけか秋山とつき合い始めます。出会いは、秋山が勤める会社が経営しているクラブに遊びに行ったことでした」

「ずいぶん余裕があったんだな」芦田が疑念を呈した。「研究に専念するはずが、クラブ活動か？」

「息抜きだったのかどうか、その辺は分かりませんが、とにかく二人は出会って、交際を始めました。ところが秋山は、これまで一度も女性とつき合ったことがなかった」

「三十過ぎた童貞は、手に負えませんよねえ」

長住が声をあげて笑ったが、私は無視した。この男は、真面目な会議の席でも話を脱線させることがよくある。本人はちょっとしたアクセントを添えているつもりかもしれないが、はっきり言って迷惑だ。私は一つ咳払いをして続けた。

「とにかく秋山は、女性の扱いに慣れていなかった。ここから先はあくまで推測——本人の話を聴いていないので参考として聞いて欲しいんですが、父親からは、早く結婚するようにプレッシャーをかけられていたようです。会社を継ぐのに、独身ではみっともない、ということですね。その結果、秋山は平尾さんを、強引に『経営者の妻』に変えようとします。ただし平尾さんの方では、うまく受け流していた節があります」

「それで？」本橋が少しじれた様子で言った。「事実関係の説明は少し飛ばして下さい。どういう推測が成り立ちますか」

「石井は、平尾さんと秋山が交際していることを知って、ショックを受けたんじゃないでしょうか。要するに、大学院進学を隠れ蓑《みの》にして、自分は体良くお払い箱にされた、と思いこんだのかもしれない。それで、交際していた頃の写真をばらまいて、彼女に対する嫌がらせを始めた」

「実際に平尾さんを襲ったのは？」と本橋。

「石井ではないかと思います。写真をばらまいてもあまり効果が上がらないと思ったのか……平尾さんが支援センターに駆けこんだことを知って、逆上した可能性もあります」

「いかにもありそうな話だな」芦田が顎を撫でながら言った。「要するに石井は、幼稚な男なんだろう」

　私は無言でうなずいた。それを言えば、この事件に出てくる二人の男——石井と秋山はどちらも幼稚だ。二人とも、綾子に相応しいとは思えない。

「それで、秋山はどう絡んでくるんですか」本橋が話を引き戻した。

「何らかの方法で、石井が平尾さんを襲ったことを知った――すみません、これは本当に推測なんですが……リベンジポルノの件についても、耳に入っていたんじゃないでしょうか。それで、自ら復讐しようとした――石井の遺体から検出された睡眠薬を、秋山が購入していたことは分かっています」

「犯人が分かっているなら、警察に言えばよかったのに」長住がぶつぶつと言った。

「自分で犯人に復讐して、ヒーローになりたかったのかもしれない」私は指摘した。

「馬鹿ですね」長住が鼻を鳴らした。「それで殺人でパクられて、何年くらいこむことになるのか……それぐらい、想像できないんですかね」

「まあ、批判はともかく」本橋が話をまとめにかかった。「この一件に関する情報は、まとめて特捜に渡しましょう。秋山の周辺捜査を進めれば、さらに容疑を固められるはずだ……いいですね、村野警部補」

本橋の忠告に、私は無反応を通した。余計なことをするな――彼が言いたいことは分かったが、素直にうなずく訳にはいかない。

「村野警部補」本橋がまた呼びかけた。「余計な手出しは無用ですよ。こちらとしては、特捜がきちんと仕事をしてくれれば、それでいいんだから」

「課長、最初はあの連中を信用してなかったじゃないですか」

本橋の顔が赤く染まる。事実を指摘されて恥じているのではなく、あの時の怒りが蘇《よみがえ》ってきたのだろう。

「こちらとしては、余計なことをするつもりはありません」私は淡々と宣言した。

「それなら結構――」

「でも、余計なことって何でしょうね」私は本橋の言葉を途中で遮った。「支援課の仕事は、被害者と被害者家族のサポート――それは間違いないですよね」

誰も何も言わなかった。

「この件について、我々は最初及び腰でした。法律が適用できない……そういう理由で、写真がばらまかれた被害に対処しなかった。でもそれは、間違いだったと思います。どんな法律を使ってでも、しっかり処理しておくべきだった。そうしていれば、彼女が襲われることはなかったはずです。我々は、彼女に対して責任があるんです」

「そんなの、理想論でしょ」長住が耳をいじりながら言った。「支援課は、ヘルプの要請があった時だけ動けばいいんですよ」

「平尾さんからは、要請があった。あの時俺たちはそれを受けずに、仕事を放棄したんだよ」

「でも、無理なものは無理でしょう」長住も引かなかった。やる気になっていたのは一瞬だけだったようだ。「法律を勝手に解釈することはできないんですよ。うちは捜査する部署でもないし。そこを勘違いしちゃいけないんじゃないですか」

「支援課の仕事の範囲は、まだしっかり定まっているわけじゃない。どこまでやればいいか、いつも手探りだ」私は反論した。「管轄がどうのとか、仕事の範囲がどうのとか、それは警察の勝手な理屈だろう。俺たちは被害者のことだけを考えて動く。どうすれば被害者が救われるかだけを考えればいい。それができなかった時には……相応の罰を受ける必要があるんじゃないか」

「別に、監察が乗り出すような話じゃないでしょう」呆れたように長住が言った。「この程度のミス、日常茶飯事ですよ」

否定できない。基本的に私も、最近の警察は「面倒臭がり」だという印象を持っている。相談に来た人をすげなく追い返したり、捜査を適当に済ませてしまったり。時間外に余計なことはしたくないという公務員意識が、強くなり過ぎているのかもしれない。

しかしそれは、間違っている。何かミスをすれば、自分で取り返すべきだ。上司に叱責されたり、監察の調査が入るのを甘んじて受け入れているだけではいけない。

「平尾さんは、意識を取り戻すかもしれないし、取り戻さないかもしれない。でも、目覚めた時に、きちんと状況を説明できるようにしておくのは、我々の義務なんじゃないか」

「特捜の動きを伝えれば済むじゃないですか」長住はあくまで引かないつもりのようだった。もちろん、彼の言うことにも一理あるのだが……支援課は総務部の一組織であり、本来捜査する権利はない。

「俺はやる。俺だけでもやる」本当は、これは言ってはいけない台詞だ。組織を無視して一人で行動する、と宣言するも同然だから――しかし言わざるを得なかった。

「その辺で」本橋が話に割って入った。「勝手に捜査するのはいけません。今のところ、事態は私たちの手を離れつつある。ここは特捜に任せるべきです」

「それで、秋山を捜せると思いますか」私は本橋にも反論した。「秋山が石井を殺した可能性は高い。そう簡単には出て来ませんよ。隠れている人間を探すのは、案外難しいでしょう」

「特捜の連中は、人捜しのプロでもあるんですよ」本橋がやんわりと釘を刺した。「おびき出す作戦を考えました。秋山の性格、行動パターンを利用するんです」

「というと？」

急に興味を惹かれたようだった。私は一度唾を飲み、気持ちを落ち着かせようとした。たった今思いついたばかりのアイディアに、果たして効果があるかどうか……分からないが、やらないよりはやった方がましだ。

説明すると、本橋の額の皺が深くなった。腕組みし、じっと黙りこんでしまう。作戦の効果について疑っているのは明らかだった——実際にやることに問題がないかどうかも考えているに違いない。

「やってみましょうよ。金も人手もかかりませんから」私は本橋を焚きつけた。

「人手はかかりますよ」本橋が指摘した。「警戒が必要だ。そのための人員を、特捜が割くかどうかは分かりません」

「だったらそこは、私がやります。一人で十分です」泊まりこみになるかもしれないが、構うものかと思った。誰も手を貸してくれなくても、必ずやり遂げてやる。

「無茶は言わないように」本橋が渋い表情になった。「計画として無理があります」

「とにかく、前半部だけでも。絶対におびき寄せられると思います」

「それは、単なる希望的観測ではないんですか」

「やりますよ」私は最後通告をした。「反対されても、やります。それで処分したいなら、そうして下さい。このまま手をこまねいているわけにはいかないんです」

「しかし、合法的なやり方とは言えない。後で問題になる可能性もありますよ」

本橋が指摘すると、支援課に重苦しい沈黙が下りた。優里が助っ人になってくれるのではないかと期待していたのだが、彼女も口を開かない。

イエスもノーもなく、ただ時間だけが流れた。久しぶりに声を上げたのは、意外にも梓だった。

「あの……いいですか」遠慮がちに手を挙げる。

「どうぞ」本橋が少しだけほっとした口調で手を差し伸べる。やはり、重苦しい雰囲気に耐えられなくなっていたのだろう。

「今の作戦ですが……言わなければ、ばれないと思います。ここだけの秘密にすれば」

「いや、それは……」本橋の眉間の皺が深くなる。

「ネットに流れた情報なんて、追跡するのが面倒です。それに上手くいけば、誰も情報の出所なんて気にしないでしょう」

私は唖然として梓の顔を見た。まだまだ遠慮していると思っていたのに、突然大胆になったのは何故だろう。

「私も……私たちは平尾さんに借りがあると思います。仮に彼女が意識を取り戻しても、まだ事件が解決していないと分かったら、どうなりますか？　彼女は今は、間違いなく犯罪被害者です。フォローしてあげる必要があると思います。そのためにまず必要なのは、犯人逮捕ではないでしょうか」

「ああ、まあ……分かりました」本橋が折れた。「村野警部補？」

「はい」

「この作戦は、一応特捜の耳には入れておきます。彼らが手伝ってくれるとは思えませんが、万が一のためです」

「……共犯者を作るんですね」

「人聞きが悪い」本橋が憤然として言った――その振りをした。

責任は拡散しておいた方がいい。秘密主義で、ごく少数の人間で作戦を展開すると、失敗した時に一気に責任がのしかかってくるのだ。

これは公務員として、当然の自己保身である。もっとも私は、今は失敗を考えて仕事をしたくはなかった。面倒な交渉事は、全て本橋に頼むつもりだった。

「平尾綾子が意識を取り戻した」

病院関係者がツイッターを開設したように装い、私たちは偽情報を流した。彩にも協力を貰い、綾子を知る人たちに拡散してもらった結果、その情報は早々と広がり始めた。意識不明の状態ならともかく、彼女と話せるようになったら、秋山は出て来るのではないか、というのが、私たちの誘い出し作戦である。今、秋山が何を考えているかは分からないが、綾子に接触したくないわけがない。あの男は綾子に執着しているのだ——しかも異様に。放っておくとは思えない。

「厳密に言うと、このツイッターは違法じゃないの？」愛が疑わしげに指摘した。とはいえ、拡散には愛も協力している。「なりすましでしょう」

「問題になる前に、秋山が気づいてくれればいい」

「ちょっと無理し過ぎだと思うけど」電話の向こうで、愛が溜息を漏らした。

「でも、やらなくちゃいけない」

「彼女、意識を取り戻すかもしれないわ」

「本当に？」初めて聞く情報だった。考えてみれば、流動的な事態に翻弄されて、綾子をまったく見舞っていない。症状についても、情報は途切れていた。

「私は、毎日一回は見舞いに行くようにしているから。刺激に対して、少し反応が出てきたのよ。もともと、脳には重大な損傷はないそうだから、何かきっかけがあれば、意識を取り戻して喋れるようになると思う」

「それならそれでいいんだ。彼女から話を聴ければ、埋まっていない穴が塞《ふさ》がるかもしれないし」

「私たちを襲った犯人が誰か……ね？」

「石井だとは思うんだけど、具体的な手がかりはないからね」

「私も、もう少しはっきりしたことが言えればいいんだけど……」

「君は直接石井に会っていないんだから、分からなくても当然だよ」

「そうだけど……」間が空く。愛は何か考えこんでいる感じだった。「ちなみに、石井さんの利き腕は？」

「いや……それは調べてなかったな。どうして？」

「位置関係。あんな感じで襲ってくる人は、左利きだと思うんだけど。右利きの人だと、無理に体を捻らないといけないんじゃないかしら」

私は現場の様子を頭に思い浮かべた。綾子と愛は、歩道を塞ぐような格好で二人で歩いて――愛は車椅子を転がしていた。綾子が左――車道側、愛が右側。綾子は車椅子の愛を気遣って、車道に近い方をガードするように歩いていたのだろう。そこで背後から殴りかかられたのだが……綾子の頭の傷は、確かに左側についていた。右手でもその位置に傷をつけるのは可能だろうが、左手で殴りかかったと考えた方が自然である。凶器はかなり重さがある鈍器——バールや鉄パイプのはずだ。利き腕でない方の腕で、それなりの重さがある凶器を振り回すのは現実的ではない。

「君はどうして、犯人が左利きだと思うんだ？」

「左側——車道に近い側から気配がしたの。だから犯人は、左側から襲ってきた感じが……右利きの人なら、普通は右側から襲って来るでしょう」

「分かった」それなら確かめられる。愛との電話を終えた後、私は何本か電話をかけた。五分後には、襲撃犯は石井ではないのではないかという疑念が生じてきた。

石井は右利きだったのだ。高校時代の友人たちの話だから、間違いない。鉛筆を握る時、ボールを投げる時……間違いなく石井は右利きである。

だったら綾子を襲った犯人は誰なのだ？

4

動きが止まった。私は寝不足を抱えこんだ。

ツイッターに偽情報を流してから三日目……私は夜間、ずっと病院で張り込んでいた。面会時間が終わる午後八時から、朝まで。綾子が入った病室の隣を用意してもらい、ドアを開け放したまま、ずっと警戒を続けた。

本橋が通告しても、予想通りに特捜本部は一切の協力を拒否した。しかし、止めもしなかった。人は出さないが、支援課が――私が張り込みするのは黙認。要するに「勝手にやってくれ」だ。見捨てられたような気分になったが、それでもやめるわけにはいかない。自分の作戦を信じて、続けるしかないのだ。リツイートが順調に増えていることだけが救いである。網は広がりつつあるのだ。

どういうわけか、この作戦に乗り気になった長住――お遊びだと思ったのかもしれない――が、多少の手伝いをしてくれた。綾子の病室に監視カメラをしかけたのだ。ベッド、それにドアまでが見渡せる位置にカメラを設置し、ネット経由で中継できるようにする。監視するためのモニターを隣の病室に運びこんでくれたので、それを睨んでいれば、取り敢えず状況が把握できるようになった。

とはいえ、忍耐を強いられる作戦だ……動くことも叶わず、ひたすらモニターを凝視し続ける。部屋の灯りは落としてしまうから、暗い中で、こちらも暗いモニターの画面を見続けていると、あっという間に目が悪くなっていくようだった。たまにトイレに立つ時は、その前後に綾子の病室に入って様子を確認することにした。それこそ、ベッドの下まで覗いて……わずかな隙に、部屋の中に入りこまれたら、悔やんでも悔やみ切れない。

その夜も私は、午前二時過ぎにトイレを済ませてから、綾子の病室に入った。すっかり灯りが落とされた部屋の中で、電子機器の冷たい光だけが瞬《またた》いている。それが、綾子が生きているたった一つの証《あかし》のように思えた。暗いせいもあるが、顔色は紙のように白く、胸がゆっくりと上下していることを除いては、生きているようには見えない。唇は真っ青なままで、雪の中に投げ出されたようだった。

母親はどれだけ辛い思いをしているか……さすがに最近は少し落ち着き、昼間はずっとつき添っているものの、夜はホテルに戻っている。父親はあの後、母親の着替えなどを持って、二回上京していた。やはり仕事を放り出してはおけないのか……二人に対しては、支援センターが主に対処していたが、私ももう一度二人に会いたいと思った。会えば、こちらも辛い思いをするだけなのだが、会うのは義務だと思う。それが支援課本来の仕事だし。

「あなたが話してくれれば……」綾子の顔を見下ろしながら、思わずつぶやいてしまう。何となくだが、彼女は誰が自分を襲ったか、分かっているような気がしていた。

自分を納得させるためにうなずき、病室を出てすぐに隣室に移動する。座り心地の悪いパイプ椅子が待っていた。当然ベッドもあるのだが、横になるのは許されない。

あっという間に眠りに引きこまれ、隣室で何があっても気づかないだろう。

いったい、いつまで続けるのか……自分の体力も心配になってくる。取り敢えず、朝の回診時間——だいたい午前六時だ——になるまでは、この部屋にこもる。それから大急ぎで家に帰ってシャワーと着替えを済ませ、出勤。昼間の仕事が終わる午後五時過ぎに、支援課にあるソファで仮眠を取ってから病院に戻るというパターンは、どう考えても無理がある。二時間や三時間寝るぐらいなら徹夜の方がましだと言うが、今の私は三十分でも一時間でもいいから眠りたかった。

がたりと音がして、私は思わず立ち上がった。モニターを見るより隣室に飛びこんだ方が早い——そう思って慌ててドアを開けると、廊下にいたのは愛だった。

「何してるんだ」思わず声を荒らげてしまう。

「あら、差し入れだけど」涼しい顔で愛が言った。確かに……膝の上には、バンダナに包まれたランチボックスが載っている。そのバンダナを見て、私は一瞬胸がきりりと痛むのを感じた。つき合っていた頃、愛は時々——本当に気まぐれに時々弁当を作ってくれたのだが、その時も弁当箱を包むのに、このバンダナを使っていたのだ。黒地に緑色のペイズリー模様が散った派手なもの。彼女は、意識してこのバンダナを使ったのだろうか……もしもそうだとしたら、真意は何だろう。嫌がらせ？

「サンドウィッチだから、今食べてもいいし、明日の朝ご飯にしてくれてもいいし」

「……いただこうかな」変な時間に仕事をしているせいで、やたら腹が減る。病室で張りこんでいる夜中にも一度、何か食べるのが恒例になっていた。午前二時、三時の食事が体にいい訳がないと分かってはいるのだが、あまりにも空腹だと、いざという時に動けなくなる。


弁当の包みを受け取り、パイプ椅子に腰かける。バンダナを解いて、ランチボックスの蓋を開けると、サンドウィッチがぎっしりと詰まっていた。あまりにも詰めこみ過ぎて、上に置いたパセリが潰れて押し花のようになってしまっている。これも昔通りか……と苦笑しながら、卵サンドを取り上げた。一口齧《かじ》ると、説明しがたい感情がどっと押し寄せて溺《おぼ》れそうになる。思い出とか、悲しみとか、喜びとか……こんな形で過去と出会うことになるとは。愛のサンドウィッチの味つけは、昔とまったく変わっていなかった。卵サンドは少し甘く、同時に酸味も効いている。隠し味に少量のメープルシロップを使い、さらにみじん切りにしたピクルスを大量に使っているのだ。

「どう？　久しぶりにサンドウィッチなんか作ったんだけど」

「昔通りの味だね」

私が言うと、愛が沈黙する。嫌な空白を作ってしまったな、と反省したが、これを上手く破る方法が思い浮かばない。結局、全然関係ないことを聞いてしまった。

「こんな時間に出て来て、ご両親は何も言わなかったのか」

「まさか」愛が肩をすくめる。「もう、そんなことを言われる年じゃないわよ。それに今も、午前様になることは珍しくないから。支援センターの仕事をした後、自分の会社に戻って用事を片づけて……この業界、皆夜が遅いのよ」

「自分でブラック企業だって認めるわけだ」

「労基署がいつ踏みこんで来るか、毎日びくびくしてるわ」

いつもながらの皮肉。愛はやはり愛なのだ、と私は妙に納得していた。

「ところで、すぐに中に入れたのか？」

「それがちょっと心配なんだけど」愛の顔が曇る。「夜間緊急出入り口から入って来たんだけど、誰もチェックしてないのよ」

「警備員室があったはずだけど」

「警備員がいつもそこにいるわけじゃないのね。定期巡回があるでしょう？　どれぐらいの頻度で外すのか分からないけど、警備は万全とは言えないと思うわ」

「他に入るところは？」

「私に聞かないでよ」愛が苦笑する。「それこそ、警察の仕事でしょう？」

「そうだな……」

いずれにせよ、案外危険なようだ。夜中に病院の中を歩き回る余裕はなかったから、建物内がどうなっているか、はっきりと分からなかったが、穴だらけだろう。例えば一階の夜間緊急出入り口を入ってから、五階にあるこの病室まで来るルートがいくつあるか……エレベーターは使えるのか、非常階段との位置関係はどうなっているか、分からないことだらけだ。一度きちんと調べないと……しかし、愛にこの場を任せるわけにはいかない。

突然、ノックの音が響く。驚いて顔を上げると、開けっ放しのドアのところに梓が立っていた。

「あ、あの……」決まり悪そうに、言葉が途切れる。

「あらあら」愛が面白そうに言った。「元カノと今カノのご対面？　修羅場になる場面かしら」

「よせよ」私は注意した。梓を見ると、露骨に迷惑そうな表情を浮かべながら、耳は赤くなっている。反応に困るところだろう。愛は時々、こちらが絶対に打ち返せないようなボール――ワンバウンドか、背中の後ろを通るような暴投だ――を投げこんでくる。

「入って……って、もしかしたら本当に鉢合わせ？」愛が怪訝そうに目を細めた。

「あの、別にいいんですけど……お邪魔ですよね」

「何言ってるんだ」私はわざとらしく梓を睨んで見せた。「ここは病室だよ」

「私は慈悲深い人間だから、腹を減らした刑事さんが苦しんでるんじゃないかと思って、差し入れに来ただけよ。綾子さんのことも気になるし」愛がさらりと言った。

「昼間も見舞いに来てるんだろう？」

「もしかしたら、夜中になると目を覚まして、病院の中をうろついているかもしれないじゃない」

「まさか、わざと意識が戻らない振りをしているとか？」

「冗談よ、冗談」愛が右手をひらひらと振った。それからドアに目を向け、梓に声をかける。「いつまでも突っ立ってないで、入ったら」

「……失礼します」梓が病室に入って来た。何と……彼女はコンビニエンスストアの袋をぶら下げている。「あの、すみません、本当に余計なお世話だと思ったんですけど、食べ物を持って来ました」

「二人で結託して、俺を太らせようとしているのか？」私は二人の顔を交互に見た。

「まさか……でも、梓ちゃんも、こんな遅い時間に大変だったでしょう」愛が梓を見《み》遣《や》った。「愛情がないとできないわね。違う？」

「やめて下さい」

梓に言下に否定され、私は少しだけ胸が痛むのを感じた。梓は後輩。これから鍛えていかなければならない人材――それだけのことである。それは分かっていても、何となく気に食わなかった。

梓が、折り畳んで壁に寄りかからせてあった椅子を持ってきて座った。三人がそれぞれ正三角形の頂点を占めるような位置取りになる。私は、愛のサンドウィッチを持ったまま、視線はモニターから外さないように気をつけていた。

「差し入れはありがたいけど、一体どうしたんだ」モニターを見たまま、梓に訊ねる。

「今日の夕方というか夜……村野さんが病院に出かけた後で、ちょっと揉めたんです」

「誰と誰が」

「私と、支援課のその他全員」決まり悪そうに、椅子の上で梓が体をよじった。

「おいおい……」私は溜息をついた。「何をやらかしたんだ。君は、そういうトラブルを起こす人じゃないと思ってたけど」

「トラブルじゃないです」慌てて梓が顔の前で手を振った。「このまま、村野さんだけに任せておいていいのかって問題提起しただけです……全員に、放っておけって言われました。松木さんにも」

「あいつは真っ先に否定すると思うよ。効率第一、こういう、いつ犯人が餌に食いつくか分からないような作戦は好きじゃないから」

「ああ……松木ならそうね」愛も同意した。「A地点からB地点に行く最短ルートを、いつも計算しているようなタイプだから。だから、彼女と出かけると楽よ。こっちは何もしないでも、一番効率いいルートできっちり回れるから」

「仕事の話じゃないのか」

「そういうのが、仕事にも生きているっていう話。とにかく無駄が嫌いなのよ。仕事しながら、子どもを二人も育てているせいもあるでしょうけど」

「でも、ちょっとショックでした」梓が打ち明けた。「いつもの村野さんと松木さんの関係なら、協力して仕事をするものだとばかり思っていたんですけど」

「別に、完璧に息が合ってるわけじゃないから」

「……とにかく、全員にやりこめられたんです。村野さんの味方が誰もいないって思ったら、ちょっと……」

「同情した？」愛が言葉を補った。

「あ、いえ、先輩に向かって同情なんて言ったら申し訳ないんですけど」梓が慌てて否定する。「でも、とにかく……」

「何でもいいじゃない。あなたも、人の優しさは素直に受け取らないと」愛が私に向かって忠告する。

「ありがたくて涙が出るよ」茶化して言いながら、私は梓に向かって腕を伸ばした。受け取った包みはずっしりと重い。「中身は？」

「お握りです」

「ああ……それもありがたい」サンドウィッチと握り飯。弁当の二大定番だ。

「食べてあげたら？」愛が言った。「サンドウィッチの方が長持ちすると思うし、明日の朝ごはんにすればいいじゃない」

「そうだな……」とはいえ、卵サンドを一切れ食べて、空腹はずいぶん収まってしまっていた。だが、ここで梓の差し入れを食べないのも申し訳ない。

「いただくよ」

「どうぞ」

袋をのぞきこみ、握り飯を取り出す。三つ……相当なボリュームで、今の腹具合だと一つ食べれば十分だ……しかしそれでは礼儀に反すると思い、何とか二つを食べる。鮭と梅干し。もっと腹が減っていたらありがたい話なのだが、ここでギブアップだ。

「安藤、ちょっとここにいてもらっていいかな」私は立ち上がった。

「はい」

「病院の中を見て回って来るから、しばらく留守番を頼む」

「分かりました」

「君は帰ったら？」私は愛に視線を向けた。愛がゆっくりと首を横に振る。

「二人いた方が安全でしょう。たまにはこんな夜もいいし」

よろしくないな……と思いながら、無理に追い返すこともできない。仕方なく、携帯を握ったまま、私は病室を出た。何かあって連絡がきても、すぐに気づけるように。

ドアは開け放したままにした。ナースステーションまでは二十メートルほど。トラブルがあっても、ドアが開いていればすぐに気づいてもらえるはずだ。

深夜の病院は静かだった。外はまだ暑いはずだし、冷房も控えられているのに、ひんやりした空気が漂っている。廊下の照明が一個おきに消されているせいで、薄暗がりの中を歩いて行くことになる。あまりぞっとしない経験だった。本当なら、懐中電灯が欲しいところである。

まず、エレベーター。建物のほぼ中央付近にあり、ナースステーションからも近い。扉が開けば、詰めている看護師が必ず気づくだろう。となると、ここへ侵入して来る場合は、階段を使うのが適当か……非常階段は、フロアの両端にある。綾子の病室は長い廊下の中間地点付近にあるので、どちらからアプローチしても同じだ。私はまず、東側の非常階段をチェックした。当然ながら、施錠はされていない。緑色に光るピクトグラムに照らされながら重いドアを開けると、生暖かい風が顔を打った。

踊り場に出て、上下を確認する。最上階は八階で、そこまでがすべて病室だ。一階一階、踊り場でドアの施錠を確認しながら降りて行く。当然のことながら全ての鍵が開いており、私はかすかに不安を感じ始めた。これなら、どこからでも侵入できるではないか……病院は要塞ではないから、外からの攻撃など想定してもいないのだろうが。

五階に戻り、反対側の階段まで行く途中、綾子の病室を覗きこむ。異常なし。隣室に顔を出すと、愛と梓は小声で話し合って――笑っていた。

「そのままガールズトークを続けてくれないか」

顔を突っこんで告げると、二人が揃って怪訝そうな表情を浮かべる。私は一つ咳払いをして、階段へ向かった。外へ出て、先ほどと同じように一階ずつドアを確認して行く。三階の踊り場で、私が引く前にいきなりドアが開いた。驚いて飛び退《すさ》ると、懐中電灯の光に目を焼かれる。顔の前に手を翳《かざ》して何とか視界を確保すると、「どなたですか」と誰何《すいか》された。

「警察です」反射的にバッジを示す。同時に光が消えた。懐中電灯の先は下を向き、踊り場のコンクリートの上に丸い輪を描いている。

相手は制服を着ていた。警備員か……まだ若い感じだが、目が大きく見えるほど度の強い眼鏡をかけている。制帽を目深に被り、疑わしげにこちらを見ていたが、目が悪いせいかもしれない。こんな近眼で、きちんと警備の仕事ができるのだろうか、と心配になった。顔の下半分はマスクで見えない。

「失礼しました」警備員が一歩引いたが、疑わしげな視線は消えなかった。「警察の方が何の用ですか」

聞いていないのだろうか、と私は訝った。綾子の病室の隣で張り込むことは、当然病院側に通告している。連絡が行っていないのか……横の連絡は、案外切れてしまうものではあるが。詳細に説明する時間がもったいなく、「警備のためです」とだけ言った。

「分かりました。ご苦労様です」

「あ、ちょっといいですか」思いつき、扉を閉めようとした警備員に声をかける。

「何でしょうか」警備員が露骨に迷惑そうな表情を浮かべた。

「夜間緊急出入り口に、警備員室がありますよね。そこには人は常駐していないんですか」

「一時間に一度、病院内を巡視することになっていますので、その時は空けます」

「巡視は、一回りでどれぐらいの時間がかかるんですか？」

「だいたい三十分ですね」

　ということは、夜間の時間帯のうち半分は、警備員室に人がいないことになる。監視カメラはあるだろうが、果たしてそれだけで大丈夫なのだろうか。

「不審人物には、十分注意して下さい」

「ええ、もちろんそうしていますが」不機嫌そうに警備員が言って、ドアを閉めた。

　要警戒だな――自分に言い聞かせたが、何か引っかかる。いったい夜間に警備員は何人いるのか、そもそも信用に足る人材なのか。いや……頭の片隅に生じた黒い雲のような疑念は、それらとは違う。

しかし、疑念の正体を見極めることはできなかった。

首を振って、何とか集中力を取り戻そうとする。しかし、一度芽生えた疑念は簡単には消えてくれなかった。何かがおかしいのに、何がおかしいのか分からない。正体不明の相手を目の前にした時のような、言いようのない不安が湧き上がる。

一階まで降りて、ドアを開ける。長い廊下が続いていて、その奥がロビーだ。ぼんやりとした灯りが漏れてくるのは、自動販売機が何台か設置されているからである。差し入れを持ってきてくれた二人に、せめてお茶でも奢るか――自動販売機で冷たいお茶を三本買い、両手で抱えてエレベーターに向かった。七階……運動不足を解消するために少しでも歩こうと思い、先ほど降りてきた階段を今度はのぼり始めた。太腿と脹脛《ふくらはぎ》に緊張感を覚えながら、一段飛ばしで、できるだけ大股になるよう意識しながら階段を上がる。こうやって歩幅を広くすることで、内転筋を自然に鍛えられるのだと、少し前にテレビで観た。膝が駄目なら、周辺を強化していくのも手だ。

五階の廊下は、相変わらず静まり返っていた。抱えこんだお茶のせいで、胸がいい具合に冷えている。水枕のようなものかと呑気に考えたが、そんな気分は一気に吹き飛んだ。ナースステーションから、不安気な表情を浮かべた看護師が顔を出したのだ。ただならぬ雰囲気で、私は慌てて走り出した。

「どうかしましたか？」

走りながら叫ぶと、まだ若い看護師が綾子の部屋を指差した。前の廊下で、別の看護師がへたりこんでいる。そして廊下のさらに先では、警備員が走っていた。誰かを追跡している様子ではなく、逃げている──それで私は事情を悟った。

まず綾子の部屋に飛びこむ──異常はない。綾子は静かに眠っていた。電子機器の様子は……素人には分からないが、安定しているように見える。取り敢えず一安心して、続いて隣の部屋に入った。一瞬で体が凍りつく。

梓と愛が床に倒れていた。梓は呻《うめ》きながら、頭を両手で抱えている。血は……流れていない。しかし、頭を強く打ったのは間違いないようだ。ひざまずいた瞬間、梓が私の手を握った。驚くほど強い握力であり、一瞬、手が潰れるかと驚く。

「安藤！」

もう一度呼びかけると、薄く目を開ける。苦しそうな表情で、涙が一粒零れ落ちた。

「すみません……」

「何があった？」

答えがない。梓は自力で立ち上がろうとしている。しかし体に力が入らないようで、床についた腕がぶるぶると震え、結局突っ伏してしまった。

「無理するな。ここは病院だから、大丈夫だ」

安心させようと、肩に手を置く。それだけで痛みが走るのか、びくりと体を震わせた。

「誰に襲われた?」

「警備員が……」

そうだ、あの警備員――どこかで見たことがあると思っていたのだ。分厚い眼鏡とマスクのせいで印象が曖昧になっていたが、あれは間違いなく秋山である。クソ、どうして気づかなかったのか……警備員に扮して、病院に侵入していたのだ。夜間で人がいない時間帯なら、さして難しくはなかっただろう。それにしても、俺の目は節穴か? 歯を食いしばって立ち上がる。

愛は――車椅子は横倒しになり、彼女は床にへたりこんでいた。しかし、梓ほど重傷には見えない。

「西原?」

呼びかけると、愛が呻き声をあげる。

「私は……大丈夫だから」

「怪我は？」

「分からないけど……スタンガンを持ってるから、気をつけて」

「とにかく、手当てを……」

「私のことはいいから！」愛が強い口調で言い切る。「梓ちゃんの面倒も見ておくから、早く追って！」

先ほどの看護師はきちんとやってくれているだろうか。不安になり、私は廊下に飛び出した。へたりこんでいた看護師はようやく立ち上がり、壁に背中を預けている。様子がおかしいことに気づいて病室を覗き、秋山と鉢合わせしたのだろう。事情を聴きたいが、そんな余裕はない。ナースセンターを覗くと、看護師が電話に取りついている。もう一人、少し年長の看護師がいたが、こちらはおろおろするばかりで、何もしていない。

「当直の先生を呼んで下さい！　二人が怪我してる！」叫ぶと、びくりと身を震わせて、別の電話に飛びつく。梓と愛の手当て、警察への連絡——当面はこれで問題ないはずだ。いや、もう一つ、もっと肝心なことがある。

「平尾さんの部屋に気をつけて下さい！」

言い残し、私はエレベーターに向かった。一階に止まっている。これで下に降りたのは間違いないだろう。秋山が何を考えているか分からないが、とにかく止めないと……ボタンを押すと上向きのランプは点いたものの、エレベーターが動き出す気配はなかった。すぐに、秋山が一階でエレベーターの扉に何かを挟んだのだろうと気づく。

「クソ」吐き捨て、私は階段に向かった。不安に駆られながら一段飛ばしで駆け下り、走り続ける。ロビーから駐車場に出たちょうどその時、警備員の背中が目に入った。

「秋山！」

一瞬、警備員が振り返る。眼鏡は既に外しており、それで秋山が変装していたのだと確信できた。私は、低い前傾姿勢を保ってダッシュした。油断していたのか歩いていた秋山の背中が大きくなる。秋山もすぐに走り出した。

「停まれ、秋山！」

停まる訳もない。腕を伸ばして服を摑もうとした瞬間に靴が滑って転び、逃してしまう。私の指先がわずかに触れたために秋山がバランスを崩し、ズボンのポケットから何かが落ちて、カツンと硬い音を立てた。

片膝立ちになっていた私は、思い切り両膝を伸ばした。左の膝が、ぽきりと嫌な音を立てる。しかし、まだ幸運は残っている、と自分に言い聞かせた。転んだ時に膝を打ったら、深刻なダメージを受けていただろう。痛みは残っているが、走れるはずだ。

落ちたスタンガンを拾い上げ、二度、軽く屈伸してから走り出す。既に秋山の姿は見えなくなっていた。駐車場に潜んでいるのか。私はそちらに向かって一歩を踏み出した。その瞬間、エンジンが始動する音が響き、続いてヘッドライトの光が闇を切り裂く。

走り出す。膝の痛みを意識せざるを得なかったが、怒りと興奮がそれを抑えつけた。ズボンのポケットに右手を突っこみ、車のキーを確認する。ヘッドライトが私の方へ向かってきて、急速に大きくなった。まずい……まぶしくてドライバーの顔は確認できないが、真っ直ぐ突っこんでくる。ひき殺すつもりか？　右へ動くと、ヘッドライトがそのまま追ってくる。私はさらに右側に身を投げ、植えこみに頭から飛びこんだ。顔の周りで細い枝が折れ、ぱきぱきと音を立てる。その直後、車がタイヤを鳴らして走り去ったのが分かった。

植えこみから抜け出し、慌てて車のナンバーを確認する。「51－72」を頭に叩きこみ、覆面パトカーに乗りこんだ。早く応援を――しかし今は、とにかく追跡を軌道に乗せるのが先だ。

私は思い切りアクセルを踏みこんだ。秋山の車はベンツ。しかしこちらも、幸いなことに機動力では定評のあるレガシィだ。駐車場から飛び出した直後、パトランプを出してサイレンを鳴らす。秋山のベンツのテールランプはまだ見えていた。

追いつく。必ず捕まえる。

5

この時間の山手通りはさすがにがらがらで、時折タクシーを見かけるぐらいだった。道路幅は広いのだが、微妙にカーブしている箇所も多く、それほどスピードは出せない。とはいえ、秋山は少しでも直線が続くところでは思い切りアクセルを踏んだ。引き離されないようにと、私も必死で追う。気づくと、スピードメーターの針は百二十キロを指していた。さすがにこれは危ない……前方の信号が黄色になる。秋山は迷わず交差点に突っこみ、猛スピードで通り抜けた。私も後に続いたが、左から他の車が入ってくる——慌ててクラクションを鳴らすと同時に、右へハンドルを切った。隣の車線に飛びこむ時の横Gで、体が小さく揺れる。急いで飛び出してきたので、シートベルトをしている暇もなかったのだ。強引に引っ張って体を固定しようとも思ったが、床までアクセルを踏みこんでいる状態では不可能である。

　何とかレガシィを元の車線に戻し、少し遠くなってしまったベンツのテールランプを追う。東大裏の交差点――ここで道路は緩やかに左へカーブしていく。左側の車線を走っていたベンツが右へ大きく膨らみ、隣の車線を走るタクシーと接触した。ベンツが安定を失ってふらふらと揺れる。タクシーのクラクションが、秋山の動揺に追い打ちをかけたようだ。そのまま左側に大きく戻り、今度はガードレールに接触する。それでも秋山は何とか姿勢を立て直し、ベンツを直進させた。

　その間を利用して、私はぐっと距離を詰めた。今やベンツのテールランプは目の前にあり、秋山が少しでもブレーキを踏んだら追突しそうである。道路はその後も微妙に左右にカーブしていて、ベンツの走りはひどく不安定になっていた。どうやら、足回りを故障したらしい。これならチャンスがある――私は右の車線に移動し、ベンツと並走する格好を取った。ちらりと横を見ると、秋山がハンドルにしがみついている。警備員の制服を着たまま、少しだけ前屈みになっており、その顔はパトランプの光を受けて赤く染まっていた。しかし、横に並ばれた意識があるのかないのか……もう一人乗っていれば、メガフォンで警告して慌てさせるところだが、今はどうしようもない。

どうやって停めるか。この追跡劇に気づけば、タクシーの運転手が自主的に通報してくれるかもしれないが——タクシー会社は概して警察に協力的なのだ——それを当てにはできまい。思い切ってハンドルを左に切り、ぶつける？　いや、それはやり過ぎだ。都心でカーチェイスなどやったら、仮に無事に逮捕できても、後々問題になりかねない。頭の中ではハリウッド映画のシーンがフラッシュバックした。あるいは、アメリカでよくある長距離の追跡劇。それを上空から映像に収めるテレビ局のヘリ。

馬鹿馬鹿しい。ここは日本だ。東京だ。何とか無傷で逮捕する方法を考えないと。

ガソリンスタンドを左側に見ながら、並走を続ける。この辺りの山手通りは、両側にマンションとオフィスビルが立ち並んでいるだけで、秋山を停めるために使えそうなものはない。ふと見ると、左側へ行く車線が……旧山手通りへの分岐。山手通りそのものは、この先陸橋になって緩く右側へカーブしていく。

秋山のベンツは、山手通りを直進する二車線の左側にいた。しかし……隙をついて左の側道に移るのでは、と私は予想した。どうする……私は左を向いたままハンドルを握りしめた。真横にいたのでは車の挙動は窺い知れないが、秋山の様子を観察することで、次の動きを予測できるのではないか。しかし秋山は、動こうとしない。相変わらずの前屈みで、ひたすらハンドルをきつく摑んでいた。嫌な予感がする——私は一気にブレーキを踏みこんだ。秋山の意識が道路にだけ集中していることを願いながら。ぴたりと背後につけたが、ベンツは依然、「直進」だ。

しかし、山手通りと旧山手通りを分ける分離帯がぎりぎりまで迫った瞬間、ベンツが左に振れる。やはり旧山手通りに入るつもりか——私もハンドルを左に切り、追跡を続けた。次の瞬間、ベンツの右側が一瞬宙に浮く。分離帯に乗り上げてしまったのだ、と分かった。そのままバウンドして旧山手通りに向かう車線には入ったが、スピードは落ち、コントロールも失っている。ブレーキランプがぱっと灯り、秋山が必死に車を安定させようとしているのが分かった。ベンツは二車線ある道路の左側に入っていく。私はもう一度、思い切りアクセルを踏みこみ、右側の車線からベンツを追い抜いた。サイドミラーの中で小さくなったと確認した瞬間、思い切りハンドルを左に切り、同時にブレーキを踏む。タイヤが激しく鳴り、体が乱暴に揺さぶられる。次に衝撃が——と思ったが、衝突ぎりぎりで秋山もブレーキを踏んだようだ。

すぐに車外へ飛び出す。秋山が呆然としているのが見えたが、一瞬で我を取り戻したようで、慌ててドアに手をかけた。私がベンツの脇に立つよりわずかに早く、ドアが開く。外へ飛び出して、背後へ逃げようとしたが、わずかにタイミングが狂った。

サイドシルに足を引っかけてしまい、前に転びかける。私はそのタイミングを逃さず、襲いかかった。背中に体当たりしてアスファルトの上に転がし、さらに膝を背中に載せて体重をかける。秋山の呻き声が聞こえたが、構わずぐいぐいと膝を押しこんだ。手錠は……クソ、今日は用意していない。このままどうやって動きを制圧するか。ワイシャツの胸ポケットに指を突っこんで携帯電話を取り出そうとしたが、汗でつるつる滑るのと、焦りのせいで上手くいかない。

しかしその時、援軍が到着した。新宿方面から、パトカーが何台も走ってくる。闇に溢れる赤いパトランプの光を、これほど頼もしく思ったこともない。

「諦めろ」のしかかったまま、秋山に脅しをかける。「もう逃げられない」

「放せよ、クソ！」秋山が悪態をついたが、肺から空気が漏れてしまっているようで、声がかすれた。

「どうして西原を襲った」

「西原……」

「車椅子の女性だよ」

沈黙。身柄を確保されたのに、まだ覚悟できていないのか。諦めの悪い奴だ。

パトカーが何台か殺到して、制服警官がわらわらと出てきた。しかし、それですぐに終わりにはならなかった。秋山は警備員の制服姿、そして私は私服――私もすぐにバッジを示すのを忘れていたので、現場が少し混乱してしまったのだ。ようやくバッジの存在を思い出し、それで何とか事態が動き出す。

秋山が手錠をかけられるのを見て、ようやく一安心する。それと同時に、膝の痛みが蘇ってきて、思わず顔をしかめた。押収したスタンガンを使えば、こんな目には遭わなかったのに、と悔いる。

制服姿の警部――近くの所轄の当直だろう――が、困惑した表情で話しかけてくる。

「いったい何事だ？」

「事情が複雑で、簡単には説明できません」

「まあ、いいけど……支援課さんは、こんなことまでやるのかね」

「たまたまです」実際、説明するのが面倒になってきた。「とにかく、この男の身柄をお願いします。本当は特捜本部へ持っていきたいんですが、一応、調べてからにしたいんです」

「あんたが取り調べを？」警部がさらに疑わしげな表情になった。「支援課がそういうことして、いいのか？」

「ちょっと黙っていてもらえれば」私は口の前で人差し指を立てた。「面子の問題なんです」

「面子、ねえ」警部が首を横に振る。「今時、面子なんて気にする人はいないと思うが」

いる。まさにここに。

6

早朝六時。私は眠気と戦いながら、この朝三杯目のコーヒーを飲んでいた。所轄の一階にある自動販売機のコーヒー……味は期待していなかったが、かすかな期待をはるかに下回る薄い味で、うんざりしてしまう。カフェインが入っているかどうかも疑わしかった。

それでも何とか、瞼《まぶた》を閉じずに済んでいたのは、興奮と怒りのせいである。何としても秋山を落とし、真相を話させるつもりだった。

「困りますね」

声をかけられ、私は顔を上げた。本橋。まずい……課長自らここへ顔を出すとは。

私はまず、芦田に連絡したのだが、係長レベルでは話を抑えておけなかったのだろう。しかし、てっきりここへは芦田が駆けつけて来ると思っていたのに……。

「どうして課長がここに？」

「芦田係長が来ると思いましたか？」本橋は明らかに怒っていた。「私の方が、家が近いんです」

「ああ……そうですね」そんなことは考えてもいなかった。まだ頭が働いていないな、と心配になる。

「状況は？　芦田係長も混乱していましたよ」

私は順を追って、昨夜の出来事を話した。梓が負傷した段になると、しかめ面がさらに歪む。一度も見たことのない、この男の本気の激怒に直面するのでは、と覚悟した。先日、石井の死に関して所轄と遣り合った時以上の……しかし本橋の怒りは、突然すっと引いた。

「秋山の目的は何だったんですか？　平尾さんを殺すこと？」

「あるいは、西原……さんを。彼女は最初の襲撃事件の目撃者ですから」

「平尾さんをどうするつもりだったんでしょう」

「それは分かりません」恋人を殺すか？　動機が分からない。一つだけ思い当たる節があったが、「まさか」という抑止の想像も働いた。「とにかく、何とか話を引き出してみます」

「一時間」本橋が腕時計を見た。「それが限界です。一時間なら何とか、特捜を待たせることができる」

「こんな時間じゃ、特捜にも人はいないでしょう」

「情報は回ります。そうなると、朝だろうが真夜中だろうが、動き出す人がいるんですよ。一時間だけ食い止めますから、携帯の電源は切っておいて下さい」

「分かりました……それでいいんですか、課長？」

「何がですか」本橋が不思議そうな表情を浮かべた。

「うちが手を出すと、後始末が大変ですよ」

「これはそもそも、うちの案件じゃないですか」真顔で本橋が言った。「だからうちが落とし前をつけなければならない……今回は多くのミスを犯しました。それを挽回しなくてはいけないんです。きっちり秋山を落として、熨斗《のし》をつけて特捜に送って下さい」

古めかしい言い方に、私は笑い出しそうになった。しかし、気になることを思い出して笑いは引っこんでしまう。

「病院の方は大丈夫ですか？」

「長住君に行ってもらいました」

「あいつで大丈夫なんですか？」私は思わず顔をしかめた。またデリカシーに欠ける発言で、安藤や病院のスタッフを困らせているのではないか。

「怪我人の面倒ぐらい、見られるでしょう」

「松木の方がよかったですけどね」

「子どもを二人抱えた人を、こんな朝早くに叩き起こせませんよ」

うなずき、私は会話を打ち切った。

音はないが、頭の中で確かにゴングが鳴った。


所轄の若い刑事に、一緒に取調室に入ってもらった。私が話した記録は残らない……あくまで「参考までに話を聴く」だけだ。秋山がここにいるのは、取り敢えず「道交法違反」で逮捕されたからであり、その調べは別の人間が行う。私の狙いは当然、それではない。

「秋山修さん」私は切り出した。「警視庁犯罪被害者支援課の村野です」

秋山は無言だった。喋るつもりはないらしい。警備員の制服の上衣は脱ぎ、今はワイシャツ姿である。サイズが合っておらず、彼はやけに小さく、萎んで見えた。

「病院に忍びこんで、何をやろうとしていたんですか」

「さあ」

「忍びこんだことは認めますね？　というより、私が現認しています。容疑はいくつでもつけられますよ。うちの刑事に対する傷害――殺人未遂でもいい。それと、車椅子の女性を襲いました。この二つだけでも、十分実刑です」

「さあね」

語彙《ごい》に乏しい男だ……惚《とぼ》け続けていれば、逃げられるとでも思っているのだろうか。

「ご家族にも、間もなく連絡がいくと思います。残念ですが、あなたのお父さんの力をもってしても、釈放は無理です。いや、そもそもお父さんにそういう力はないですから、勘違いしないで下さい。あらかじめ言っておきます」多くの人が、金持ちには社会的な影響力があると思っているが、それは先入観だ。特に凶悪事件になったら、警察は容赦しない。人が傷つくような事件の捜査が、金で左右されてはならないのだ。もちろん金で転び、捜査を適当に済ませる警察官もいるのだが、殺しに関してだけは、賄賂は通用しない。

「親父は関係ない」急に秋山が語気を強めた。

「今になって反抗期ですか？」私は、わざと挑発するように言った。正規の取り調べではないから、こういうことは記録に残らないのだ。一緒に取調室に入った所轄の若い刑事が、心配そうな視線を向けてきたが、私はうなずいて「問題ない」とアピールした。

「あなたは、平尾綾子さんと交際していた――今もしていると言えるんでしょうか。あなたにとっては初めての、ちゃんとした恋人ですね。結婚も意識していたんでしょう」

「そんなこと、あんたに言う必要はないね」

「あなた、もう外堀を埋められているんですよ。あなたと平尾さんの、少し捩《ねじ》れた関係も分かっています。はっきり言いましょうか」私はテーブルに両手を置いて、身を乗り出した。「女性に――平尾さんに対するあなたの態度は異常だ。一般常識とはかけ離れている」

「そんなわけ、ない」秋山がそっぽを向いたが、唇がわずかに震えている。

「そうですか？　あなたにとって、平尾さんはどういう女性だったんですか」

「警察にそんなこと、言う必要ないだろう」

「あります。全ての事件は、そこにつながっているんですから。あなたは平尾さんを束縛した。経営者の妻として相応しい女性に変えようとした。一方で、彼女に深く依存していたはずです。あなたの彼女に対する執着は、異常ですよ」

「そんなことはない！」秋山が語気鋭く言ったが、単発の花火のようなもので、後が続かなかった。

「証言がたくさんあります。それが裁判で出てくると、あなたと平尾さんの関係は自然に明らかになりますよ」

「脅すのかよ」

「脅します」私はぐっと身を乗り出し、彼に顔を近づけた。「これはまだ、取り調べではないので。正式の取り調べに入る前に、あなたに事態を十分自覚して欲しい。どうもあなたは、状況が分かっていないようだから」

「状況って何だよ」

「昨夜、あなたは何をしようとしたんですか。平尾さんを殺そうとした？　あるいは目撃者の女性を殺そうとした？」

「殺す」という言葉が脳天を突き抜けそうになる。もしも愛に何かあったら——実際にあったのだが——私は彼女を二度も守れなかったことになる。最低最悪の男だ。

「そもそも平尾さんを襲ったのはあなたですか？」

秋山は何も言わない。だが、必死に噛んでいる唇からは血の気が抜け、顔面も真っ青だった。緊張は頂点に達しており、組み合わせた両手も白くなっている。

「あなた、左利きですね？」

秋山がびくりと身を震わせる。組み合わせていた手を解き、自分の手を見下ろした。私の顔は見ようとしない。決して。

「平尾さんは背後から襲われました。頭の傷の具合から、犯人は左利きと推定されます。私たちは最初、平尾さんが以前につき合っていた男性が犯人ではないかと思っていたのですが、彼は右利きでした。右利きの人が襲っても、あんな具合に傷はつきません。それにその男性——石井さんも殺されました。第三者が関与していると考えるのが自然です。それがあなたじゃないんですか」

秋山が一瞬顔を上げた。視線が合った——と思ったが、その目は虚《うつ》ろで、焦点が合っていない。薄く開いた唇から息が漏れる。

「多くの事件は、人間関係のもつれから起きます。私たちは、そういうケースを多く見ています。今回の事件も、そういうことではないんですか。要するに、男女関係のもつれ」

それは間違いないが……秋山が綾子に異様な執着を持ち、一般の人から見ればモラハラとしか取れないような態度で接していたにしても、二人の交際は続いていたのだ。何か、決定的な出来事でもあったはずで、私はある推理を抱いていたが、秋山に、直接話をさせたかった。

「あなた、本気で平尾さんと結婚しようと思ってたんですか」

「だったら?」開き直ったような台詞だが、口調には焦りが感じられる。

「大変なんでしょうね。いずれ、お父さんの会社を継ぐことになる……その時にきちんと支えてくれる人と結婚しないと、ご家族も納得しないでしょう。平尾さんはどうだったんですか? 彼女は社長夫人として、しっかりあなたをバックアップしてくれる人ですか」

「あいつは……」秋山がうつむく。

「違うでしょう」

指摘すると、秋山がはっと顔を上げる。さらに顔は蒼褪め、今や死体のように見えた。

「平尾さんは、上昇志向が強い人だ。一番大事にしているのは、これからの自分の仕事だと思います。そのために、一度就職した会社を辞めて、大学院に入るような人ですからね。二、三年回り道しても、自分で決めた目的のために頑張れる人です。ただし……そういう熱意を他人のために使うタイプでしょうか」

「あいつは……俺を好きになってくれたんだ」

おいおい――私は心の中で肩をすくめた。何なんだ、この中学生のような台詞は。女性経験が少ないのは分かっていたが、そういう男にとって、綾子は難易度が高過ぎたのではないだろうか。考えてみれば、愛も同じかもしれない。彼女も上昇志向が強い――かつては強かった。特に仕事の面において。若くして自分で会社を興したのが一番の証拠である。結婚できても、「奥さんとしての役目」は期待してはいけないな、と私は覚悟していたものだ。おそらく愛は、自分の仕事、そして社員の面倒を見るのを最優先させるだろうから。私は基本的に、自分のことは自分でできる人間なので、それでもいいと思っていた。だが秋山は、そういうタイプではないだろう。

「面倒を見てもらおうと思っていたんですか」

「そんなの、当然だろう」

「だったらあなたは、彼女に何を与えたんですか。一方通行の愛は、どこかで行き詰まりますよ」

「金だよ、金」吐き捨てるように秋山が言った。「大学院に行く収入源、何だと思ってるんだ？」

そういうことか……やけに高そうなマンションに住んでいたことも、それで納得できる。要するに綾子にとって秋山は、一種の「パトロン」だったのだろう。となれば、多少のモラハラぐらいは我慢していた可能性がある。互いが互いを利用する——というのが、二人の真の関係だったのかもしれない。一種の「共生」だ。だとすると、こんなことになっていなくても、後にはもっとひどい修羅場が待っていたのではないだろうか。無事に就職したら、綾子は自分の研究に没頭するだろう。しかし秋山は綾子に結婚して家庭に入るように要求する。二人の思惑が衝突した時の衝撃は……もしかしたら今回の一件も、そういうことだったのではないか？無事に就職が決まった綾子が別れを切り出し——パトロンの切り捨てだ——秋山がそれに対して激怒した。

しかし、この構図のどこに石井が当てはまる？それとも、秋山とも綾子とも関係ない事件なのか？

見えそうで見えない。私の考えはあちこちに漂い、真相が近づいては遠のくようだった。無言のまま、秋山の表情を観察する。焦り、怒り、かすかな諦め——私は「諦め」を拡大してやろうとさらに攻めた。

「別れ話でも出ていたんですか？　そうだとしたら、あなたにとっては辛いことだったでしょうね。女性とまともにつき合うのが初めてということは、別れを経験したこともない。それにそういう時のダメージは、男の方が大きいと言いますからね」

「そんな話はない」強烈な否定だが、ムキになっている様子ではなかった。

少し先走りし過ぎたか……別れ話のトラブルというのは、考え過ぎだったようだ。

「だったらどうして、平尾さんを襲ったんですか」

沈黙。否定しないことで、私は彼の犯行だという確信を強めた。ちらりと腕時計を見る。本橋が設定した「一時間」は、既に二十分が過ぎている。あと四十分で落とせるかどうか。次の一手をどうするか考えていると、秋山が突然口を開いた。

「女は……女はどうして、適当なんだ？」

「どういう意味ですか」

「女は適当なんだ」今度は疑問ではなく断定。「何も考えないで感情だけで動く。信じられない」

「平尾さんが何かしたんですか」

「どうしてだ！」

秋山が突然声を張り上げた。テーブルに両の拳を叩きつけて立ち上がり、私に摑みかかろうとする。若い刑事が素早く反応し、秋山の両肩に手をかけて椅子に座らせようとした。しかし秋山は体を揺すってそれに抵抗し、私に向かって両腕を伸ばした。しかし、若い刑事が時間を稼いでくれていたので、私には撃退する準備が十分にできていた。左の手首——利き腕だ——を右手で摑み、そのまま思い切り捻る。秋山が呻き声を上げ、そのまま体が左側に傾いた。なおも力を入れて捻り続けると、へなへなと床に座りこんでしまう。そこで若い刑事が腕を摑み、強引に立たせて椅子に座らせた。最後に念押しするように、両手で肩を強く叩く。秋山は完全に固まり、両肩をすぼめるような格好になってしまった。

「いい加減にしましょう」私は、荒い呼吸を何とか隠しながら忠告した。「ここで暴れると、罪が重くなるだけですよ。素直に全て話してくれた方が、後々有利になりますか……いいですか、あなたを守ってくれるものは、現段階では何もないんですよ。お父さんは当てにできない。有利な証言をしてくれる人もいないでしょう。自分で自分を守れますか」

今度は、「父親」という言葉に確実にダメージを受けたようだった。

「親父は……俺を守る」

「無理です」私は、秋山に窮地を意識させるように、ゆっくりと首を振った。「何だったら、今ここで電話してみますか？　直接話してもらってもいい。ただしその後で、私も話をさせてもらいます……実は私は、あなたのお父さんと一度話しています。必ずしも、あなたを評価していないようですね。優秀な部下がいたら、その人に会社を任せるかもしれません」

「まさか」顔を上げ、秋山が声を荒らげる。「俺は、会社を継ぐために……そのために綾子を改造しようとしたんだ」

「改造？」自分でも意識せぬうちに、声が高くなってしまっていた。「人が人を改造するんですか？　そんなことはできないし、許されない。あなたがやろうとしていたことは、『教育』ではないんですね？　相手も納得した上で、様々なしきたりや習慣を教える……そうじゃないでしょう？　一方的に価値観を押しつけ、彼女を苦しめた。そんなことが許されると思いますか」

　批判することは自分の仕事ではない。しかし私は、言葉の奔流を止められなかった。

「お父さんは、一代で会社を興した人です。経営者として優秀なのは、間違いないでしょうね。今では会社も大きくなって、何よりも評判を大事にするはずです。息子が逮捕された——会社としてはかかわりがないことにしたがると思いますよ」

「そんなはずはない！」

「いや、無視すると思いますね。あなたを助けようとしたら、お父さんの評判が――会社の評判が落ちますから。仮に、何らかの形で我々の捜査に介入しようとしたら、私がその事実を公表します」

「そんなことができるはずはない。あんたはただの公務員だろう」

「最終的に私は、この事件の捜査を担当しません。これからあなたを調べるのは、別の刑事です。私は、直接関係ない第三者として、自由に発言しますよ。それが問題になって馘になっても、それはそれで構わない」

「あんた……おかしいんじゃないか」

「そうかもしれません」私は表情を崩さずにうなずいた。「そんなことをするのは、何のためだと思います？　あなたのような人の罪を証明して、被害者を助けるためです。私は、犯罪被害者を救うために生きているんですよ」

「そんなこと……俺には関係ない」

「目的のためには何でもしますよ。あなたを罪に問う必要があると思えば、必死で捜査します。こう見えても私は、相当しつこいんです」

「分かった、分かった」面倒臭そうに秋山が言った。「綾子を襲ったのは俺だよ」

私はすかさず手帳を広げ、訊ねた。

「時間と場所は」

秋山は、ずっとこの件を口にしようと待ち構えていたように、すらすらと話した。

事実関係は合っている。

「車椅子の女性を巻き添えにしたのはどうしてですか？」

「顔を見られたと思ったから。車椅子にバックミラーがついているのが見えた」

あれか、と私にはピンときた。車椅子に乗っていると、後ろが死角になる。座ったままだと、振り向いて確認するのが面倒――愛がそう言っていたのを思い出す。それで彼女は、自転車用のバックミラーを改造して、車椅子に取りつけたのだ。しかし……秋山の勘違い、思いこみである。愛は、襲撃者の顔を全く見ていなかった。バックミラーがあるからといって、常に後ろをチェックしているわけではないのだ。だいたい、犯人の顔を見ていれば、愛は真っ先に話しただろう。

「あなたの勘違いです。彼女は犯人の顔を見ていない」

「まさか……」それまで激昂して耳まで赤くなっていた秋山の顔が、瞬時に蒼褪めた。

「改めて聴きます。昨夜、病院に忍びこんだのはどうしてですか？」答えは分かっている。しかし秋山の口から直接聴こうと、私は先を促した。

「綾子が意識を取り戻したっていうから……俺のことを話すと思って」

「ネットで見たんですね？」

「ああ」

これに関しては、してやったりだ——しかし私は、胸を張る気にはなれなかった。梓を傷つけ——命に別状がないのが唯一の救いだった——愛を危機に陥れ、間一髪で何とか秋山の身柄を確保しただけなのだから。一歩間違えれば、全てが崩壊していた恐れもある。

「それで、警備員の扮装をして病院に忍びこんだ」

「綾子の病室に行こうとしたら、隣の病室にあの女——車椅子の女がいるのが見えて。その時にも顔を見られたと思った。だから、一緒に始末して——」

「ふざけるな！」私は、無意識のうちに叫んでしまった。「お前には、そんなことをする権利はない！」

秋山が、唖然と口を開けて私を見つめる。生まれてこの方、面と向かって罵倒されたことがないのでは、と私は訝った。一度深呼吸して、気持ちを落ち着かせる。こういうのは私のスタイルではない。焦るな。怒るな。話はまだ途中なのだから。石井が殺された事件との関係。そしてそもそも、どうして綾子を襲うような羽目になったのか。

「石井さんについてはどうなんですか」

「誘い出して、しばらく監禁していた。綾子との間にどんなことがあったのか、全部聞き出したかったから」

「どうやって誘い出したんですか」

「女の名前を出したら、あっさり家のドアを開けたよ」

「聞き出せたんですか？」

「ああ」秋山の顔が歪んだ。「ふざけた奴だよ。女々しい」

「彼が写真をネットに流出させたのは間違いない。自宅のパソコンを解析して、それは分かっています。それで話を聞き出した後に、睡眠薬を使いましたね？　意識を朦朧とさせて、ビルから突き落として殺した。しかもその後、彼の携帯電話を使って、自殺を裏づけるようなメールを石井さんの友人に送っている」

秋山は何も言わない。が、かすかにうなずいた。分かってみれば単純な手口……この辺は、特捜が全て明らかにしてくれるだろう。

「全部一人でやったんですか？」私は共犯の存在を疑った。

「ああ」

「どうしてあのマンションから突き落としたんですか」

「たまたま、ペントハウスまで行けると分かったから。別に、どこでもよかった。あそこは目立たないし」

「そもそも、どうしてこんなことになったんですか」

秋山が躊躇った。唇を舐め、組み合わせた両手をしきりに動かし、私をちらちらと見る。話すかどうか、迷っているのだ。急かしてもいいが……腕時計を見る。五年前からベゼルの一部が欠けたままのオメガのシーマスター——愛と遭遇した事故の記憶を消さないために修理していない——は、「もう少し余裕がある」と告げていた。タイムリミットがあることを悟られないようにして、待とう。ぎりぎりまで引っ張って、それで駄目なら——。

秋山が口を開いた。最初私は、状況が把握できずに何度も聞き直した。事情が呑みこめてくると、今度は混乱を覚える。まさか、そんなことが……ここにつながってくるとは。

秋山の説明は回りくどく、何度も同じ話が繰り返された。相槌を打って話を整理しながら、私は時間軸に沿って話を再構築した。これをきちんと調書に落とすのは大変だろうが、それは私の仕事ではない。今は、全体像を摑むだけで十分なのだ。

話は分かった。事件の概要がようやくはっきりした。

しかし私の気分は、爽快感とはほど遠かった。秋山が最後に残した言葉故に——

「綾子はクズだ」。

7

翌朝、綾子が意識を取り戻した。体力の低下が著しく、すぐには喋れないという病院側の判断で、事情聴取は許されなかったが。札幌に戻っていた父親が急遽《きゅうきょ》上京して、母親と合流する。ずっとつき添い、枕元で娘の回復を待っていた母親は、呆然として魂が抜けたようになってしまっていた。急な回復は考えてもいなかったからこそ、本来は喜ぶべき事態に素直に対応できないのではないか。

病院側は、非常に頑なだった。ゆうべの騒ぎを快く思っていないのも明らかで、警察に対してはっきりと抗議してきたほどである。それでも私は、特捜本部の刑事たちや優里と病院内で粘り続け、事情聴取の許可が出るのを待った。入院している梓の世話をするのも目的だったが……軽い脳震盪《のうしんとう》と診断された梓は、念のためにそのまま入院していたのだ。「親には心配をかけたくない」と言って、実家への連絡は拒否したので、優里があれこれと世話を焼いている。

後から、愛も病院に駆けつけて来た。既に午後二時……普段なら、支援センターでの仕事を切り上げて、自分の会社へ顔を出す時間である。

「大丈夫なのか？」

「会社？　今日は任せたから」

「そうじゃなくて、体の方。スタンガン、押しつけられたんだろう？」

「蚊が刺したぐらいよ。びっくりしただけ」愛が肩をすくめる。ふと、彼女の車椅子のバックミラーが壊れているのに気づいた。先日、倒れた時に破損したのだろう。修理しないと……そもそも、最初に壊れた一台の代わりも、まだ入手していないはずだ。

「事情聴取は、警察がやるんだ」彼女が何を考えているか分かって、私は釘を刺した。

「現段階ではお勧めできません」愛が、急に仕事の声と顔つきになった。「意識が戻ったといっても、まだ話を聴ける状態ではないはずだから。まず私たちが綾子さんに会いましょう。そのあと病院側と相談してから判断して下さい」

「いや、それは……」

「もう、病院側と話をしたので」愛がさらりと言った。

「それは、先走りし過ぎじゃないか」私はやんわりと非難した。「こっちにも相談してもらわないと」

本来これは、特捜本部の仕事なのだ。被害者としての綾子に話を聴く――事件を仕上げるためには絶対に必要な仕事であり、避けられないが、やる際には慎重を期さなければならない。微妙な事件で、トラブルがないように私たちが立ち会うのは、最近では定番になっている。被害者に対して気遣いができない刑事はまだまだ多いし、ましてや綾子は、完全には回復していない。

「でも、あなたたちも同じように考えてるでしょう？」

「それは、まあ……」

「どうせ同席することになるんだし、誰が調整しても同じよね」

「まあ、そうだな」また言い負かされた。悔しくはあるのだが、それよりも、愛が元気なことにほっとする。

秋山に二度も襲われたことは、彼女にとっては大変な屈辱のはずだ。車椅子でなければ――そう考え、ショックを受けていてもおかしくはない。だが今日の愛は、少なくとも話している限りは、いつもの彼女と同じだった。

愛は、梓の病室へ消えた。私と一緒に廊下で待機しているのに耐えられなくなったのか、本当に梓を心配しているのかは分からなかったが。

夕方近くになって、芦田が顔を見せた。

「どうかしたんですか？」芦田は本部で待機していたはずだが……私は訝って訊ねた。

「特捜の連中に呼び出されたんだ」

「病院へ？」

「ああ、連中もここで待機しているからな」芦田が渋い声で言って、両手で顔を擦った。「これから事情聴取するつもりなんだよ。病院側は渋ってるが」

「ええ」

「特捜は、うちに余計なことをしてもらいたくないんだ。要するに……お前に口出しされたくないんだろうな」芦田が遠慮がちに言った。

「それはそうでしょうね」

私があっさり認めたせいか、芦田が驚いたように目を見開く。私は苦笑しながら、

「自分が疎まれているのは分かってますよ」と答えた。それで芦田の緊張は、少しだ

け解けたようだった。

「今回は、だいぶ人を怒らせたな」

「すみません、性分なので……でも、必死に訴えなければいけない時もあるでしょう？　アピールしないと、支援課の仕事はいつまで経っても理解されないから」

「少し度を越していたと思うけどね」

芦田がやんわり非難した。私としては、黙って頭を下げるしかない。巨大な組織において、自分が文句を言ったり自己主張ばかりしている人間だということは理解している。そのせいで、芦田や本橋に迷惑をかけていることも分かっていた。

「とにかく、大人しくしていてくれよ」芦田が念押しした。

「いや、たぶん、もう一悶着あると思いますよ」

「何でまた」芦田の表情がまた暗くなった。

「支援センターが、病院の方と勝手に話したんです」愛の行動を説明する。

「……最近、支援センターも暴走することが多いよな」芦田が舌打ちする。

「警察との距離感は難しいと思います。協力は絶対に必要ですけど、こっちが上の立場というわけでもないし……まあ、困ることもありますよね」私は苦笑した。

その時突然、私は名前を呼ばれた。ナースセンターから顔を出した看護師が、左右をきょろきょろ見渡しながら私を捜している。そう言えばこの前も、病院で名前を呼ばれて……あれは膝の治療を受けるためだった、と思い出した。不思議なことに、大詰めの状況の時には、私の膝は痛みを訴えない。この一件が一段落したら、また痛みに襲われるのだろうか。

ナースセンターに行くと、すぐに受話器を渡された。

「村野さんですか」相手は医師――声の調子から、ずっと綾子の治療をしていた担当医だと分かった。

「そうです」

「平尾さん、話ができる状態まで回復したんですが……あなたを呼んで欲しいと言っています。あなたと、ええと……支援センターの西原さん？」

「はい、彼女もここで待機しています」

「そうですか……事情は分かりませんが、三十分……二十分だけ許可します。体力が戻っていませんし、まだ混乱していますから、それ以上は無理ですよ。私も同席しますからね」

「分かりました」

電話を切って、私は受話器を見つめた。興奮半分、戸惑い半分……綾子が話せるようになったのはありがたい限りだが、何故私を指名したのだろう。会ったことがあるから？　顔も知らない刑事に話すのは辛い？　それはそうかもしれないが、意識が戻っていきなり、そこまで判断できるものだろうか。かすかな違和感を抱きながら、芦田に事情を説明する。

「――そういうわけで、特捜の方には説明してもらえますか」

「そういう面倒な仕事は、全部俺に回ってくるんだよな」

珍しく、芦田が露骨に愚痴を零した。申し訳ないとは思うが、そういう「折衝」こそが係長クラスの仕事である。

同じフロアにある、綾子の病室へ向かう。途中、梓の病室に寄って、彼女につき添っていた愛を同道した。愛は一瞬怪訝そうな表情を浮かべたものの、事態が自分が望んだ方向に流れていることをすぐに理解したようだった。二人で、無言で綾子の病室へ向かう。

彼女の病室の前では、特捜の刑事たちが待機していた。私を見ると、一斉にベンチから立ち上がり、不審気な視線を向けてくる。芦田が事情を話してくれたが、それで収まる様子もない。口々に文句を言い始めたところで病室のドアが開き、先ほど私を呼び出してくれたらしい医師が「お静かに」と注意した。やたらと大柄――百八十五センチぐらいありそうだった——で、声も低く迫力があり、刑事たちも黙ってしまう。

結局私と愛は、誰にも邪魔されずに病室に入った。綾子は相変わらず点滴やモニターにつながれたままで、顔色も悪い。ベッドに横たわっているので、目を閉じていれば、まだ意識が戻っていないように見えるだろう。しかししっかり目を開け、私と愛の姿を認めると、顎を引くようにしてかすかにうなずいた。

「二十分ですからね、二十分」医師がVサインを作って見せた。私は椅子を引き、愛は車椅子のままでベッドに近づき、話を聴く態勢を整える。メモを取らずに話に専念するために、ICレコーダーを用意しておいた。録音ボタンを押してサイドテーブルに置くのを、綾子の目がずっと追う。

「気分はどうですか」

「頭が痛いです」

綾子がかすれた声で言った。実際、あまり具合はよくなさそうで、このまま二十分も話ができるかどうか、疑わしい。私は振り返って医師を見たが、彼は余計な口出しをするつもりはないようだった。腕組みをし、壁に背中を預けて立ったまま、無言を貫いている。

「こちらからも聴きたいことはたくさんあるんですが、あなたの話を先に聴きます」

どうなるか分からないが、せっかくのチャンスを潰すことはない。私は思い切って切り出した。「我々に伝えたいことがあるんですよね」

「彼は……涼太はどうしました」

「亡くなりました」

状況を理解できるだろうかと懸念しながら私は答えた。綾子が目を閉じ、細く息を吐き出す。次に目を開けた瞬間には、かすかに生気が戻っているようだった。

「どうして亡くなったんですか」

「殺されました。犯人は逮捕されています……あなた、私たちに事情を全て話してくれなかったんですね」

綾子がわずかに首を動かして、私の顔を見た。その表情に、私はかすかな違和感を覚えた。こういうことを指摘されると、バツの悪そうな表情になるものではないだろうか……しかし綾子は、平然としている。事実を完全に理解し、特に何の感慨も持っていないようだった。

私が言い淀んでいると、愛が代わりに話し出す。

「平尾さん、今、別の恋人がいたんですね。秋山修さん」

綾子がかすかにうなずく。顔に赤みが戻って、急激に調子が上向いてきたようにも見える。

「秋山修が、石井さんを殺したんです」私は話を引き取った。「石井さんを拉致して監禁し、昔の――あなたとの関係を聞き出しました。それで最後には、睡眠薬で朦朧とした状態にさせて、ビルの最上階から突き落とした。かなり悪質です。自殺に見せかけるために、石井さんの携帯から、知人にメールを送っていたぐらいですから」

綾子が目を閉じる。ゆっくりと喉が動いたが、それがいかにも苦しそうだった。目を開けようとしないので、私はそのまま説明を続けた。

「一昨日、秋山はこの病院に侵入しました。詰めていた女性刑事を襲い、さらに彼女も――西原さんも襲った。あなたを襲ったのも秋山だったんですよ。見られたと思って、一緒にいた西原さんも襲って……彼女が病院にいることに気づいて、自分の正体がばれると思って暴走しました」

「……彼らしいですね」目を開けた綾子がぽつりと言った。

「らしい？」私は思わず身を乗り出した。「どういう意味ですか」

「子どもなんです。自分の思い通りにならないとすぐいじけて、我を失って。絶対に結婚なんかできないタイプですよ」

「でもあなたは、つき合っていた」

「つき合っていたから、そういうことも分かるんです」

既に元の綾子――強気な内面が常に滲み出る綾子が戻ってきたようだった。何故急に……気にはなったが、私は途切れている糸をつなぐ作業に集中した。

「秋山は、石井さんを殺したことを認めています。彼にとって石井さんは、過去のあなたの写真を流出させた、許せない相手だった」あまりにも狭量な……交際相手の過去を詮索したくなるのは、特に男にとって「性《さが》」とも言えるものだが、それが嫉妬、さらには恨みにまで高まるのは極端過ぎる。「秋山は、どうして写真が流出したことを知ったんですか？　既にあなたの友だちには、知っている人もいた。でも秋山は、この件については何も言わないんです。石井を殺したことは認めても、そもそものきっかけについては話さない」そこで私は初めて、ずっと抱いていた疑念を口にした。「あなたが喋ったんじゃないんですか？　写真の件で困っている、警察も何もしてくれない、何とかならないかって」

「そんな言い方はしていません」

言い方はともかく、「言った」のだ――そう認めたも同然であり、これで秋山の動機は裏づけられると、私はそっと息を吐いた。

「だったら、秋山に何と言ったんですか」

「……写真を撮らせたのは私が悪い、でも、私は被害者なんだって。このままだと社会的に抹殺される……就職もできないし、たぶん結婚も許してもらえないって」

「綾子はクズだ」——その言葉の意味が、私の中であっという間に大きくなった。捨て台詞だと思っていたのだが、本当の意味が分かったのだ。

「秋山は、石井さんを許さなかった。でも、あなたも許せなかった」

綾子の顔から、また血の気が引く。唇を嚙み締め、目を瞑《つむ》って、痛みに耐えているようだった。私は各種モニターの数値を見たが、彼女の調子がいいのか悪いのか、まったく分からない。振り返って医師の顔を見ると、相変わらず無反応だった。続行していいのか……質問を続けようとした瞬間、綾子が目を閉じたまま、口を開く。

「修さんの性格は分かっていました。さっきも言いましたけど、彼は子どもなんです。自分の思う通りに物事が進まないと、すぐに癇癪《かんしゃく》を起こす……それが、過去のことであっても同じなんです」

「だから彼は、写真を撮った石井さん、撮らせたあなた、双方が許せなかった。そういうことなんですね？」私は念押しした。

「許せなければ、行きつくところまで行ってしまう——それは分かっていました」

「殺すことまで予想していたんですか？」

あまりにも極端ではあるが、秋山の行動パターンは理解できなくもない。愛した女――初めてまともに交際した女が、過去に別の男とつき合っていた。それだけならまだしも、破廉恥な写真を撮らせていた。しかも相手の男は、それをネットでばらまき始めた。俺の女を汚すのは許さない――その怒りが天井まで押し上げられ、ついに爆発する。

そして秋山にとっては、あんな写真を撮らせた彼女も結局は「同罪」だった。二人とも許せない。だからこそ綾子を襲い、石井を殺した。恐らく綾子の告白を受けた瞬間から、秋山にとって二人は、抹殺すべき存在になったのだろう。

あまりにも自分勝手過ぎる。

しかし、綾子は？

「あなたは、どこまで予測していたんですか？　要するに、秋山を焚きつけて、コントロールしようとしたんでしょう。怒らせれば、石井さんを殺す――そう踏んだんじゃないんですか？　あなたは、石井さんに対して激怒していたはずだ。許せない存在になったんでしょう。そういう風に聞いています」

綾子は何も言わなかった。そこを認めたら、自分自身の罪が明らかになる――そんな風に考えているのかもしれない。実際、秋山をそそのかして石井を襲わせたとすれば、殺人教唆《きょうさ》に問われかねない。

「私は、何も言っていません。『困っている』と言っただけで、何かしてくれと頼んだことはありません」

「予想はしていたんじゃないんですか？　でも、その予想は甘かった。秋山があなたに対しても殺意を覚える――そこまでは考えていなかったんでしょう」

「あの人は子どもです」綾子が繰り返した。「子どもが何をやるかなんて、予想できないでしょう」

「あなたも殺されたかもしれないんですよ？　何をするか予想がつかないということは、自分の身に危険が及ぶ可能性も――そういうことは考えていなかったんですか？」

「どっちに転んでも、ろくなことにならないのは分かっていましたから」綾子が白けた口調で言った。「写真の件で、就職も駄目になるかもしれない。そうなった時に、あの人が何の罰も受けないのは、おかしいでしょう」

綾子は賭けたのだ、と分かった。秋山が自分の愚痴を受け止め、自分の代わりに石井を始末してくれるのではないか、と。その予想は当たったが、他はあまりにも行き当たりばったり……実際、彼女自身が殺されていた可能性もあるのだ。命を取り留めたのは、単に運が良かったに過ぎない。しかも愛まで巻きこまれた。

「あなたは」

愛が口を開く。ひどくかすれた声で、私は一瞬どきりとした。二人で事故に遭った後、初めて彼女の声を聞いた時も、こんな具合だったのだ。愛が、一つ咳払いをして続ける。

「あなたは被害者です。望まない写真をばらまかれたのは間違いないんですから。でもその後では、加害者になったんですよ？」

「警察が何もしてくれなかったからです」綾子があっさりと指摘した。

「それとこれとは別問題です」愛が反論する。「私たちの仕事は、犯罪被害者を救うこと——救うなんて言っちゃいけないですね……立ち直るための手助けをすることです。でもあなたは、新しい被害者を作ってしまった。あなたが直接手を下したわけではなくても、意味は同じです」

綾子の顔に戸惑いが走る。まだ意識がはっきりしていないのか、自分のやったことの意味が分かっているのか……表情からだけでは何とも言えない。しかし、愛が言いたいことはよく分かっていた。かつての恋人だからではなく……別の組織にいながら、志を同じくする者として。

愛は、話を続けようとして戸惑っている。私は彼女に目くばせして、話を引き取った。

「それでも――そういう状況であっても、私たちにとってあなたは犯罪被害者なんです。残念ながら、リベンジポルノの件は犯罪として立件はできませんでしたが、そんなことは関係ありません。だから、あなたを守り切れなかったことは、私にとって最悪の失敗でした。それに、被害者を増やしてしまったことも含めて、生涯、この事件は忘れないと思います」

綾子の喉が動く。ゆっくり目を閉じると、目の端から涙が一筋溢れた。私は息を呑み、最後の質問をぶつけた。

「今――意識が戻った後、どうして私と彼女――西原に会おうと思ったんですか」

「だって、きちんと話を聞いてくれたのは、あなたたちだけじゃないですか」目をつぶったまま、綾子が言った。

それはある意味、支援課の人間が受ける最大の褒め言葉である。被害者と完全な信頼関係を築けた――しかし私は、まったく嬉しくなかった。

8

屋上へ行こう、と誘ったのは愛だった。二十分の事情聴取を終えて、私たちの仕事は取り敢えず終わった――これ以上何かする権利はない。あとは綾子の回復のタイミングを見て、特捜本部がきっちり仕事をこなすだろう。殺人の教唆で立件できるかどうかは微妙なところだが……そこは、私たちが口を出すべきポイントではない。私たちには別の仕事が待っている。石井の両親のフォローはこれからが本番なのだ。県境を跨《また》いでどうやって被害者遺族を支援するか――これは一つのモデルケースにもなる。

夕焼けが空を染め始めていた。東京の夕焼けは決して綺麗ではない。今もオレンジの色がきつく、目に染みるようだった。まだ熱い風が吹き抜け、屋上を飾る洗濯物を揺らす。

愛がゆっくりと車椅子を転がし、屋上の隅へ向かった。何の目的で……と思ったが、そちらにはベンチがあるのだった。青が色褪せて白っぽくなってしまったプラスティック製のベンチに腰を下ろすと、愛よりも少し視線が低くなる。

「あんなことを言うのは辛いわよね」

前置き抜きで愛が切り出す。あんなこと――被害者である綾子が実は加害者で、しかし自分たちはあくまで彼女を守らなければならない。世の中は、常に一方向に物事が流れているわけではないのだ、と痛感する。時に人の立場は逆転し、さらに再逆転し……その流れを読み切れないと、取り残された人間は痛い目に遭う。

それも、私たちにとっては給料のうちかもしれないが。

「辛いけど、こういうのは織りこみ済みじゃないかな」

「そうね」

「一つ、教えてくれないか」

「何？」

愛が真っ直ぐ私の顔を覗きこんだ。まだ包帯に覆われた頭が痛々しい。今回の件では彼女も被害者なのだと、私は改めて実感した。

「何度も聞いたけど、どうしてこの件で、こんなにむきになったんだ？　明らかに、支援センターの仕事の枠を超えていた」

「私たちにできることには、限りがあるわよね」

「ああ」認めざるを得ない。私は素早くうなずいた。

「今回の件は、特にそうだったでしょう。綾子さんは大変な精神的苦痛を抱えているのに、犯罪として処理できないから、私たちは何も手助けできなかった。そうよね？」

「そうだ」

「普通だったら、そこで手放すと思う。あなたの言う通りで、私の場合、ボランティアの枠を超えてまでやるべきじゃないのよ」

「だったらどうして――」

「綾子さんは――あの人は、私と同じだと思ったから」

急に居心地が悪くなり、私はベンチの上で体を揺すった。愛の考えが、何となく読めてきた……それが私の心の底にある「澱《おり》」のようなものを刺激する。

「綾子さんは、上昇志向が強い人よね」

「強いというか、強過ぎるんじゃないかな。だから今回のような事件が起きたわけだし――」

「聞いて」愛が私の言葉を遮った。静かだが力強く、有無を言わさぬ強引さがあった。「私も上昇志向が強かったと思う。事故の前は、今よりずっと尖っていたはずよね」

「ああ」思わず苦笑してしまった。愛の上昇志向の強さは、初めて会った大学時代から変わっていない。「一生仕事は続ける」と言っていた通りに、交際が深まってもまったく仕事を辞める気配はなく、私は複雑な気持ちを抱いたものである。こちらは単なる公務員。一生に受け取る給料の総額もだいたい分かり、二十三歳の時点で、六十歳までの人生の見通しが立ってしまう……変な話だが、仕事を辞めても彼女の稼ぎだけで暮らしていくことも可能だっただろうし、その場合、どうやってモチベーションを維持していくか——ふいに、つき合っていた頃によく感じていた気分を思い出した。

彼女に捨てられたらどうする。

彼女には十分な収入があり、支えてくれる優秀な部下が何人もいた。私の存在は、彼女にとって単なる邪魔になることもあるのではないか。

それは、石井と綾子の関係にも通じる。もちろん綾子と愛は違う。綾子は、あっさり石井を切り捨てた。秋山のことも、利用できるだけ利用して、いずれは見捨てていただろう。愛は最後まで——事故の時まで私と一緒にいた。事故がなければ、間違いなく結婚していたと思う。

「最初は、彼女の上昇志向を助けてあげたいと思った。やりたいことがあって、それを実現する能力もあるのに、つまらない障害のせいで夢が叶わなかったら、悔いが残るでしょう？　だから、何とかリベンジポルノの件を上手く解決できる方法があるんじゃないかって、二人で色々話し合ったの。綺麗に整理して、自分の望む道を進んで欲しい……私が辿った道を、彼女には歩いて欲しくなかったから」

「でも君は、彼女の本性を見抜けなかった」

「残念ね」愛が肩をすくめる。「人間観察は、被害者支援の基本なのに」

「右に同じくだ」私も合わせて肩をすくめた。「情けないというか……だらしない。もっと頑張らないと」

「私は今、昔やりたかったことの半分もできていないと思う」力の入らない腿を、愛が平手で叩いた。「私は物理的な怪我で、人生が折れ曲がった。彼女には、そういう目に遭って欲しくなかったから……何となく、昔の私と今の彼女、似てるのよ」

「いや、全然違うよ」私は即座に否定した。「君には、彼女みたいに自分勝手な部分がなかった。自分に自信もあったはずだけど、それを表に出さなかったしね」

「それは性格の問題で……内に秘めた物は同じだと思うわ。だから、彼女を助けることは、昔の自分を助けるというか……よく分からないわね」愛が無理に笑みを浮かべる。「要するに、私と同じような目に遭ってもらいたくなかっただけ。無理していたことは、自分でも認めるわ」

「こういう無茶は、もうしないでくれ」私は声を低くして言った。「怪我してまでやることじゃない」

「あなたもよく、怪我してるじゃない……肉体的にだけじゃなくて、精神的にも」

「俺は……」いいんだ。そう言いかけて口を閉ざす。私と愛に何の違いがある？　同じ事故で傷つき、その後は同じ仕事を別の場所で始めて、今では緩い協力関係にある。

「自分が失敗したことは認めるから」愛がさらりと言った。「やっぱり……会社の仕事とは違うわね。お金の計算をしている方がずっと楽だわ」

「それはそうだ。そもそも俺たちは、金のためにやってるわけじゃない。だから目標が設定できないし、ゴールもない」

「時々、怖くなる時があるの」愛が溜息を洩らした。「私たち、大きな渦に手を突っこんで、時々小さい物を拾い上げるだけで満足してるんじゃないかって。世の中の流れ全部を変えるなんて、無理でしょう？」

「ああ。でも、手を突っこみ続けないと、流れは絶対に変わらない。大勢で手を突っこめば、全部変わるかもしれないし」

「ちょっと楽天的過ぎない？」

「昔からそうなんだ――それに、楽天的に考えないと、この仕事はやっていけないよ」

「確かにね……何だか今回は、負けたみたいな気分だわ」

「いや、君は負けていない」私は立ち上がった。愛の視線が追ってくる。「頑張ったからそれでいい――この仕事はそういうことじゃないし、自己満足でやっちゃいけない。大事なのは、とにかく続けることだと思う。負けたと思って立ち止まったら、そこで終わりだ。世の中には、俺たちのことを待っていてくれる人がいるんだから。それに君は、人の手本になる人間なんだ」

「私が？」愛が笑った。「まさか」

「君は負けなかった。あんな事故の後でも、しっかり自分を保っている。仕事を続けて、そのうえ支援センターでも働いている。君こそ、犯罪被害者が歩むべきモデルケースじゃないのかな」

愛が一瞬、柔らかい笑みを私に向けた。それはかつて――つき合っていた頃に、よく見せてくれた表情だった。この笑みを守るためなら、どんなに辛いことにも耐えてみせる、そう決意させるような笑顔。

「その考えが、そもそも間違っているかもしれないわ」

「どうして」

「犯罪被害者の事情は、一人一人違うでしょう。だから、立ち直るための『モデルケース』はないのよ」

「……ああ」

「私は、誰のモデルになる気もない。私は私。そして、犯罪被害者や家族が立ち直るのに手を貸すだけだから。答えは、それぞれが見つけなくちゃいけないのよ」

犯罪被害者支援の仕事に正答はない――しかし、愛が言ったことだけは正しいのだ。私たちの仕事はあくまで手伝い。隔靴《かっか》搔痒《そうよう》の感もあるが、人は誰でも、最後は自分の足で歩いていかなければならないのだ。誰かにずっと助けられ、手を貸してもらって生きていくと、自尊心が失われる。自分の足で歩いてこそ、誇りは折れないのだ。

「一つだけ、はっきりしてるな」

「何？」愛が首を傾げる。

「君の誇りは折れていない」

「当たり前じゃない」愛がさらりと言った。「事故の後の私は、それだけを頼りに生きてきたんだから」

だったら私は？　とても彼女のようには考えられない。

またも答えの出そうにない疑問だった。熱い風が、私たちの間を吹き抜けていく。二人の距離を改めて意識させるように。

取材協力　菅　弘一

本書は文庫書下ろしです。
この作品はフィクションであり、実在する
個人や団体などとは一切関係ありません。

|著者|堂場瞬一　1963年茨城県生まれ。青山学院大学国際政治経済学部卒業。新聞社勤務のかたわら小説を執筆し、2000年『８年』で第13回小説すばる新人賞を受賞。警察小説、スポーツ小説など多彩なジャンルで意欲的に作品を発表し続けている。主な著書に「刑事の挑戦・一之瀬拓真」シリーズ、「アナザーフェイス」シリーズ、「警視庁追跡捜査係」シリーズ、『夏の雷音』(小学館)、『十字の記憶』(KADOKAWA)、『グレイ』(集英社)、『複合捜査』(集英社文庫)、『傷』『埋れた牙』『Killers』(以上、講談社)、『八月からの手紙』『壊れる心　警視庁犯罪被害者支援課』(ともに講談社文庫)など多数。

邪心《じゃしん》　警視庁《けいしちょう》犯罪《はんざい》被害者《ひがいしゃ》支援課《しえんか》２
堂場《どうば》瞬一《しゅんいち》

講談社文庫
定価はカバーに
表示してあります

2015年10月15日第１刷発行

発行者――鈴木　哲
発行所――株式会社　講談社
東京都文京区音羽2-12-21　〒112-8001
電話　出版　(03)　5395-3510
　　　販売　(03)　5395-5817
　　　業務　(03)　5395-3615
Printed in Japan

デザイン―菊地信義
本文データ制作―講談社デジタル製作部
印刷――凸版印刷株式会社
製本――加藤製本株式会社

ISBN978-4-06-293215-8

講談社文庫刊行の辞

二十一世紀の到来を目睫に望みながら、われわれはいま、人類史上かつて例を見ない巨大な転換期をむかえようとしている。

世界も、日本も、激動の予兆に対する期待とおののきを内に蔵して、未知の時代に歩み入ろうとしている。このときにあたり、創業の人野間清治の「ナショナル・エデュケイター」への志を現代に甦らせようと意図して、われわれはここに古今の文芸作品はいうまでもなく、ひろく人文・社会・自然の諸科学から東西の名著を網羅する、新しい綜合文庫の発刊を決意した。

激動の転換期はまた断絶の時代である。われわれは戦後二十五年間の出版文化のありかたへの深い反省をこめて、この断絶の時代にあえて人間的な持続を求めようとする。いたずらに浮薄な商業主義のあだ花を追い求めることなく、長期にわたって良書に生命をあたえようとつとめるところにしか、今後の出版文化の真の繁栄はあり得ないと信じるからである。

同時にわれわれはこの綜合文庫の刊行を通じて、人文・社会・自然の諸科学が、結局人間の学にほかならないことを立証しようと願っている。かつて知識とは、「汝自身を知る」ことにつきていた。現代社会の瑣末な情報の氾濫のなかから、力強い知識の源泉を掘り起し、技術文明のただなかに、生きた人間の姿を復活させること。それこそわれわれの切なる希求である。

われわれは権威に盲従せず、俗流に媚びることなく、渾然一体となって日本の「草の根」をかたちづくる若く新しい世代の人々に、心をこめてこの新しい綜合文庫をおくり届けたい。それは知識の泉であるとともに感受性のふるさとであり、もっとも有機的に組織され、社会に開かれた万人のための大学をめざしている。大方の支援と協力を衷心より切望してやまない。

一九七一年七月

野間省一

講談社文庫 最新刊

辻村深月
ネオカル日和
本が好き、物語が好き。掌編小説も収録、著者の好きが全部詰まった、初のエッセイ集。

石川宏千花
お面屋たまよし
面作師《おもてつくりし》見習いの少年・太良《たいら》と甘楽《かんら》が夜ごと商《あきな》うのは、好きな姿に化けられる不思議な〝妖面《ようめん》〟。

我孫子武丸
狼と兎のゲーム
我が子を虐待する父親というモンスターから逃げのびろ！ 戦慄と驚愕のサスペンス長編。

瀬名秀明
月と太陽
皆既日食。「きみは誰かの獲物になる」という予言。世界に放たれた「希望」を描く物語。

伊与原新
ルカの方舟《はこぶね》
論文偽装疑惑の教授の遺体と方舟に姿を変えた隕石。研究の栄光と暗部を描く理系ミステリ。

津村節子
三陸の海
夫・吉村昭が愛した三陸海岸が津波に襲われた。深い縁で結ばれた人々を訪ねる旅の記録。

陳舜臣
〈新装版〉**阿片戦争（三）（四）**
英軍の強大な兵力の前に清軍大敗。屈辱の全面降伏へ……。日本人必読の戦争叙事詩完結。

カレー沢薫
負ける技術
人生は負け越してこそうまくいく（可能性がある）。下から目線で綴る究極の生き方指南。

池宮彰一郎
〈レジェンド歴史時代小説〉**高杉晋作（上）（下）**
尊皇倒幕をかけ、28歳でこの世を去った高杉晋作。時代を駆け抜けた晋作を描いた、歴史小説。

藤沢周平
〈レジェンド歴史時代小説〉**義民が駆ける**
三方国替えの命令に抗した荘内藩の農民たち。越訴のために江戸を目指す、その結末は。

ポーラ・ホーキンズ
池田真紀子 訳
ガール・オン・ザ・トレイン（上）（下）
信用ならざる女性三人の独白で描く、サイコ・スリラー。英米でベストセラーを記録した傑作！

佐伯一麦
ノルゲ Norge
解説＝三浦雅士　年譜＝著者

妻の留学に同行し、作家はノルウェーに一年間滞在した。異郷の人々との触れ合いと北欧の四季を通じた、精神の恢復と再生のタペストリー。野間文芸賞受賞作。

978-4-06-290286-1　さN3

川崎長太郎
ひかげの宿／山桜　川崎長太郎「抹香町」小説集
解説＝齋藤秀昭　年譜＝齋藤秀昭

長太郎の代表作〈抹香町もの〉。その膨大な作品群のうち、特に重要な二人の女性に焦点を当て、本書によってはじめて全貌が明らかとなる。孤独な男女の生の原形に迫る名作集。

978-4-06-290287-8　かN6

北條民雄
北條民雄　小説随筆書簡集
解説＝若松英輔　年譜＝計盛達也

一八歳でハンセン病を発病、死と直面する極限状況で傑作「いのちの初夜」などを次々発表し、川端康成、中村光夫らを絶賛させた天才作家。その魂の軌跡をたどる。

978-4-06-290289-2　ほE1

日本文藝家協会編
現代小説クロニクル2005～2009
解説＝川村湊

現代文学の終わりなき超克、シリーズ第七弾。江國香織、佐伯一麦、平野啓一郎、伊井直行、小川洋子、吉田修一、田中慎弥、楊逸、川上未映子、青山七恵、柴崎友香。

978-4-06-290288-5　にC7

講談社文庫　目録

東郷　隆　センゴク兄弟
東郷　隆　南　天
東郷　隆　蛇の王(上)(下)〈ナーガ・ラージ〉
東郷　隆　定吉七番《セブン》の復活
東郷　隆　上田信　絵　【絵解き】戦国武士の合戦心得〈歴史・時代小説ファン必携〉
東郷　隆　上田信　絵　【絵解き】雑兵足軽たちの戦い〈歴史・時代小説ファン必携〉
戸田郁子　ソウルは今日も快晴〈日韓結婚物語〉
とみなが貴和　EDGE《エッジ》
とみなが貴和　EDGE2〈三月の誘拐者〉
東嶋和子　メロンパンの真実
戸梶圭太　アウトオブチャンバラ
徳本栄一郎　メタル・トレーダー
東良美季　猫　の　神　様
堂場瞬一　八月からの手紙
堂場瞬一　壊　れ　る　心〈警視庁犯罪被害者支援課〉
土橋章宏　超高速！　参勤交代
夏樹静子　そして誰かいなくなった
夏樹静子　新装版　二人の夫をもつ女
中井英夫　新装版　虚無への供物(上)(下)

中井英夫　新装版　とらんぷ譚Ⅰ　幻想博物館
中井英夫　新装版　とらんぷ譚Ⅱ　悪夢の骨牌《かるた》
中井英夫　新装版　とらんぷ譚Ⅲ　人外境《にんがいきょう》通信
中井英夫　新装版　とらんぷ譚Ⅳ　真珠母《しんじゅも》の匣《はこ》
長井　彬　新装版　原子炉の蟹
長尾三郎　人は50歳で何をなすべきか
長尾三郎　週刊誌血風録
南里征典　軽井沢絶頂夫人
南里征典　情　事　の　契　約
南里征典　寝室の蜜猟者
南里征典　魔性の淑女牝
南里征典　秘　宴　の　紋　章
中島らも　しりとりえっせい
中島らも　今夜、すべてのバーで
中島らも　白いメリーさん
中島らも　寝　ず　の　番
中島らも　さかだち日記
中島らも　バンド・オブ・ザ・ナイト
中島らも　休　み　の　国

中島らも　異人伝　中島らものやり口
中島らも　空からぎろちん
中島らも　僕にはわからない
中島らも　中島らものたまらん人々
中島らも　エキゾティカ
中島らも　あの娘《こ》は石ころ
中島らも　ロバに耳打ち
中島らも　ロ　カ
中島らも　編著　なにわのアホぢから
中島らもほか　輝　き　の　一　瞬〈短くて心に残る30編〉
中島らも　チチ松村　らもチチ　わたしの半生〈青春篇〉〈中年篇〉
鳴海　章　ニューナンブ
鳴海　章　街　角　の　犬
鳴海　章　え　れ　じ　い
鳴海　章　マルス・ブルー
鳴海　章　中《なか》継《つぎ》刑《デ》事《カ》〈捜査五係申し送りファイル〉
鳴海　章　フェイスブレイカー
中嶋博行　違　法　弁　護
中嶋博行　司　法　戦　争

中嶋博行　第一級殺人弁護
中嶋博行　ホカベン　ボクたちの正義
中嶋博行　新装版　検察捜査
中村天風　運命を拓く〈天風瞑想録〉
夏坂　健　ナイス・ボギー
中場利一　岸和田のカオルちゃん
中場利一　バラガキ〈土方歳三青春譜〉
中場利一　岸和田少年愚連隊
中場利一　岸和田少年愚連隊　血煙り純情篇
中場利一　岸和田少年愚連隊　望郷篇
中場利一　岸和田少年愚連隊　外伝
中場利一　岸和田少年愚連隊　完結篇
中場利一　純情ぴかれすく〈その後の岸和田少年愚連隊〉
中場利一　スケバンのいた頃
中山可穂　感情教育
中山可穂　マラケシュ心中
中村うさぎ　倉田真由美　うさたまのいい女になるっ！〈暗夜行路対談〉
中山康樹　リッスン〈ジャズとロックと青春の日々〉
中山康樹　ビートルズから始まるロック名盤

中山康樹　ジョン・レノンから始まるロック名盤
中山康樹　伝説のロック・ライヴ名盤50
永井するみ　防風林
永井するみ　ソナタの夜
永井するみ　年に一度、の二人
永井するみ　涙のドロップス
永井　隆　ドキュメント　敗れざるサラリーマンたち
中島誠之助　ニセモノ師たち
梨屋アリエ　でりばりぃAge
梨屋アリエ　ピアニッシシモ
梨屋アリエ　プラネタリウム
梨屋アリエ　プラネタリウムのあとで
梨屋アリエ　スリースターズ
中原まこと　いつかゴルフ日和に
中原まこと　笑うなら日曜の午後に
中島京子　FUTON
中島京子　イトウの恋
中島京子　均ちゃんの失踪
中島京子　エルニーニョ

奈須きのこ　空の境界(上)(中)(下)
中島かずき　髑髏《どくろ》城の七人
内藤みか　尾谷幸憲　LOVE※〈ラブコメ〉
永田俊也　落語娘
中村彰彦　名将がいて、愚者がいた
中村彰彦　義に生きるか裏切るか〈名将がいて、愚者がいた〉
中村彰彦　知恵伊豆と呼ばれた男〈老中松平信綱の生涯〉
中村彰彦　幕末維新史の定説を斬る
長野まゆみ　簞笥のなか
長野まゆみ　となりの姉妹
長野まゆみ　レモンタルト
長嶋　有　夕子ちゃんの近道
長嶋　有　電化文学列伝
永嶋恵美　転落
永嶋恵美　災厄
永嶋恵美　擬態
中川一徳　メディアの支配者(上)(下)
永井　均　内田かずひろ　絵　子どものための哲学対話
なかにし礼　戦場のニーナ

講談社文庫　目録

なかにし礼　生きる力〈心でがんに克《か》つ〉
中路啓太　火ノ児の剣
中路啓太　裏切り涼山
中路啓太　己惚れの記
中島たい子　建てて、いい？
中村文則　最後の命
中村文則　悪と仮面のルール
中田整一　トレイシー〈日本兵捕虜秘密尋問所〉
編／解説中田整一　真珠湾攻撃総隊長の回想〈淵田美津雄自叙伝〉
中村江里子　女四世代、ひとつ屋根の下
南淵明宏　異端のメス〈心臓外科医が教える病院のウソを見抜く方法！〉
中野美代子　カスティリオーネの庭
中野孝次　すらすら読める方丈記
中野孝次　すらすら読める徒然草
中山七里　贖罪の奏鳴曲《ソナタ》
長島有里枝　背中の記憶
西村京太郎　名探偵が多すぎる
西村京太郎　ある朝　海に
西村京太郎　脱出
西村京太郎　四つの終止符
西村京太郎　おれたちはブルースしか歌わない
西村京太郎　名探偵も楽じゃない
西村京太郎　悪への招待
西村京太郎　七人の証人
西村京太郎　ハイビスカス殺人事件
西村京太郎　炎の墓標
西村京太郎　特急さくら殺人事件
西村京太郎　変身願望
西村京太郎　四国連絡特急殺人事件
西村京太郎　午後の脅迫者
西村京太郎　太陽と砂
西村京太郎　寝台特急あかつき殺人事件
西村京太郎　日本シリーズ殺人事件
西村京太郎　L特急踊り子号殺人事件
西村京太郎　寝台特急「北陸」殺人事件
西村京太郎　オホーツク殺人ルート
西村京太郎　行楽特急《ロマンスカー》殺人事件
西村京太郎　南紀殺人ルート
西村京太郎　特急「おき3号」殺人事件
西村京太郎　阿蘇殺人ルート
西村京太郎　日本海殺人ルート
西村京太郎　寝台特急六分間の殺意
西村京太郎　釧路・網走殺人ルート
西村京太郎　アルプス誘拐ルート
西村京太郎　特急「にちりん」の殺意
西村京太郎　青函特急殺人ルート
西村京太郎　山陽・東海道殺人ルート
西村京太郎　十津川警部の対決
西村京太郎　南神威島
西村京太郎　最終ひかり号の女
西村京太郎　富士・箱根殺人ルート
西村京太郎　十津川警部の困惑
西村京太郎　津軽・陸中殺人ルート
西村京太郎　十津川警部C11を追う
西村京太郎　越後・会津殺人ルート〈追いつめられた十津川警部〉
西村京太郎　華麗なる誘拐
西村京太郎　五能線誘拐ルート

講談社文庫　目録

西村京太郎　シベリア鉄道殺人事件
西村京太郎　恨みの陸中リアス線
西村京太郎　鳥取・出雲殺人ルート
西村京太郎　尾道・倉敷殺人ルート
西村京太郎　諏訪《すわ》・安曇野《あずみの》殺人ルート
西村京太郎　哀しみの北廃止線
西村京太郎　伊豆海岸殺人ルート
西村京太郎　倉敷から来た女
西村京太郎　南伊豆高原殺人事件
西村京太郎　消えた乗組員《クルー》
西村京太郎　東京・山形殺人ルート
西村京太郎　八ヶ岳高原殺人事件
西村京太郎　消えたタンカー
西村京太郎　会津高原殺人事件
西村京太郎　超特急《イベント・トレイン》「つばめ号」殺人事件
西村京太郎　北陸の海に消えた女
西村京太郎　志賀高原殺人事件
西村京太郎　美女高原殺人事件
西村京太郎　十津川警部 千曲川に犯人を追う

西村京太郎　北能登殺人事件
西村京太郎　雷鳥九号《サスペンス・トレイン》殺人事件
西村京太郎　十津川警部 白浜へ飛ぶ
西村京太郎　上越新幹線殺人事件
西村京太郎　山陰路殺人事件
西村京太郎　十津川警部 みちのくで苦悩する
西村京太郎　殺人はサヨナラ列車で
西村京太郎　日本海からの殺意の風〈寝台特急「出雲」殺人事件〉
西村京太郎　松島・蔵王殺人事件
西村京太郎　四国情死行
西村京太郎　十津川警部 愛と死の伝説(上)(下)
西村京太郎　竹久夢二 殺人の記
西村京太郎　寝台特急《メモリー・トレイン》「日本海」殺人事件
西村京太郎　十津川警部 帰郷・会津若松
西村京太郎　特急《アリバイ・トレイン》「あずさ」殺人事件
西村京太郎　特急《ハイデッカー・エクスプレス》「おおぞら」殺人事件
西村京太郎　寝台特急《ロイヤル・トレイン》「北斗星」殺人事件
西村京太郎　十津川警部 姫路・千姫殺人事件
西村京太郎　十津川警部の怒り

西村京太郎　新版 名探偵なんか怖くない
西村京太郎　十津川警部「荒城の月」殺人事件
西村京太郎　宗谷本線殺人事件
西村京太郎　奥能登に吹く殺意の風
西村京太郎　特急《スーサイド・トレイン》「北斗1号」殺人事件
西村京太郎　十津川警部「悪夢」通勤快速の罠
西村京太郎　十津川警部 五稜郭殺人事件
西村京太郎　十津川警部 湖北の幻想
西村京太郎　九州新特急「つばめ」殺人事件
西村京太郎　九州特急「ソニックにちりん」殺人事件
西村京太郎　十津川警部 幻想の信州上田
西村京太郎　高山本線殺人事件
西村京太郎　十津川警部 金沢・絢爛たる殺人
西村京太郎　伊豆誘拐行
西村京太郎　東京・松島殺人ルート
西村京太郎　秋田新幹線「こまち」殺人事件
西村京太郎　十津川警部 生死を分けた石見銀山《トリアージ》
西村京太郎　悲運の皇子《みこ》と若き天才の死
西村京太郎　十津川警部 長良川に犯人を追う

講談社文庫　目録

2015年9月15日現在